Notre écrivain-protagoniste vous présente ici l'image de l'endroit où elle a la chance de vivre.

Dans ce cœur il y a tous les contes que l'auteur va dédier, au cours du temps, à son chéri.

« ARC-EN-CIEL ET TOUTES LES NUANCES DU TCHAT»

« Dédié à mon plus grand Amour que cette vie ait pu m'offrir… »

Ce roman d'amour naît avec le but de représenter tout ce qu'une femme est capable de donner, de désirer et surtout de croire en ce qu'il peut y avoir dans l'homme de ses rêves, au moment où elle tombe amoureuse…

PRÉFACE : Mélange symbiotique **littéraire - artistique - de L'AMOUR** 'artisanal… ' sans prétention … et plus coloré que la terre ! Il ne faut pas s'étonner si l'auteure, de temps en temps, interagira en première personne avec ses protagonistes et même avec vous… « Chers lecteurs tant désirés! »

Voilà le merveilleux panorama, que l'auteure Cinzia Rubino, a appelé « son paradis », qui

contribuera beaucoup en l' aidant dans l'écriture, avec tous ses parfums, devant le majestueux

Vésuve, que l'on voit de loin, avec la splendide vue des mouettes; ce paradis sera associé à

l'extraordinaire muse inspiratrice de ce sage, prénommée **Dino**, un grand artiste Piémontais né à

"Monbercelli", un charmant village qui se trouve dans la province d'Asti.

 On est à Bacoli, dans la province de Naples, un paradis dans la célèbre « Terre des feux », où l'on

vit bien et où tout est à portée de main : des boutiques caractéristiques, des villas, de très

grands canots, des bars et des pédalos sur le lac de Misène, des vues sublimes sur la mer, sur le

golfe de la zone Phlégréenne, derrière le merveilleux golfe de Naples et … le plus beau : une

population qui sait très bien accueillir les touristes qui arrivent dans ce merveilleux pays

 des merveilles …

Celle-ci est une vraie histoire d'amour, qui a pu exister grâce aux nouveaux moyens informatiques, qui tiennent compagnie à beaucoup de personnes seules … et qui leur permettent de dialoguer, même s'ils vivent à des milliers de kilomètres. Les messages d'amour les plus profonds qui ont été écrits à partir de la nuit des temps, jusqu'à l' époque actuelle, si terrible. De la part de Cinzia pour son bien-aimé, son amour Dino, tant recherché. Mais c'est aussi un livre dédié aux amours les plus importants de sa vie, qui appartiennent aux pages les plus profondes de son cœur. Elle le dédie également à toutes les personnes seules, qui n' arrivent pas à croire en l'amour, afin qu'elles comprennent qu'elles ne doivent jamais cesser de le chercher.

Le livre devrait être lu en imaginant parfois l'accompagnement alterné de deux bases musicales (ci-dessous), deux brefs et simples morceaux au piano, créés par l'auteure du livre en pensant à lui, puisqu'elle a fait des études de piano. Cinzia avait choisi ces mélodies simples et douces en prévision de sa première rencontre avec Dino Ce sont les mêmes mélodies, au son desquelles, elle aurait voulu l'embrasser pour la première fois ; celles qu'elle écoutait souvent alors qu'elle lui dédiait ses écrits… et pendant lesquelles, elle aurait ensuite voulu faire l'amour avec lui. La première, ci-dessous, intitulée **« Le premier baiser»,** avait été composée en pensant au premier baiser qu'il y aurait eu entre eux. Le chant, à la première ligne du morceau, était entonné par sa voix émue.

"Il primo bacio...
...fanto...
C.Rubino
DA CAPO

„Nino e il suo rubino„
delicatamente accarezzevole...
Ped.

« *Pendant une sombre et interminable soirée, soudain, s'étend délicatement sur la mer en bas de chez moi, le reflet argenté et brillant de la lune. C'était toi Dino, mon très cher* »

PREMIÈRE PARTIE.

Cinzia s'est séparée de son mari au mois de janvier. Il avait complètement perdu la tête pour une autre femme et en l'espace de trente tristes jours, ils avaient décidé de quitter leurs familles respectives avec leurs enfants et de commencer une rapide cohabitation. Cinzia savait déjà, depuis le mois de novembre de l' année dernière, que son mari l'aurait définitivement quittée au mois de janvier ; puis, quand le moment fatidique de la séparation est arrivée , il lui sembla que tout s'écroulait autour d' elle ; l'énorme souffrance de ses deux merveilleux enfants, Lorena et Davide et celle d'une petite-fille sensible et charismatique prénommée Melissa, qui a ainsi perdu son très cher grand-père, était insupportable

Pendant cette période, sa très chère sœur Tiziana meurt, après une longue et terrifiante souffrance. Sa fille Lorena part rejoindre son compagnon (le père de sa petite fille) qui avait été « exilé » pour des raisons professionnelles, à Lampedusa. Son fils Davide, pour des raisons logistiques, décide de vivre dans la maison à côté de celle de son père, qui est plus près du lycée où il étudie.

La cheminée, dans la maison où elle vivait avec sa famille.

La cheminée a été construite par l'un des très chers frères de Cinzia, Carlo, qui vit depuis plus de vingt ans au Brésil. Elle l'a peinte il y a longtemps et derrière la petite fenêtre, elle a représenté sa belle famille, dans le désir de rester toujours très unie à eux, avec son compagnon qui les embrasse tous de façon protectrice.

C'est ainsi qu'à partir du mois de janvier, son vrai calvaire commence, le fruit de toute la souffrance qui est en elle, des pleurs infinis, des nuits blanches désespérées, dans une solitude absolue et jusqu'alors jamais connue ; mais c'est aussi le désir de recommencer à vivre, de renaître encore une fois, grâce à sa foi très intense en Dieu, un ancrage ferme dans sa vie difficile.

Elle a la chance d'avoir ses parents, ses frères et ses sœurs merveilleuses, une mère qui s'est toujours dévouée pour ses enfants et qui,dans les moments nécessaires, a su se priver pour les autres, pleine d'un amour incommensurable. Un jour, l'une de ses très chères sœurs, Angela, une pianiste exceptionnelle et au cœur noble, lui conseille de commencer à tchater pour se distraire ; elle la persuade car, selon elle, cela l' aurait l'éloignée de toutes les tristes pensées et des profondes angoisses qui la tenaillaient. Cinzia écoute son conseil. Elle commence ainsi à se battre contre sa soudaine solitude, en passant des heures devant l'ordinateur. Les premiers jours, elle se met devant l' ordinateur en pleurant sans arrêt, comme une vraie désespérée, à la recherche du réconfort d'un inconnu, terrorisée à l'idée de ce nouveau statut de femme seule, abandonnée par l'homme qui, juste quelques jours avant, lui avait fait croire qu'il l'aimait, qui, juste quelques week-end auparavant, avait serré sa main dans la sienne, dans la voiture, en lui donnant une sûreté infinie, peut-être l'unique chose sûre, à part un bien-être économique qu'il avait toujours réussi à lui donner…

Elle ne vous énumèrera pas toutes les personnes avec lesquelles elle a dialogué en ligne, ce qui est important, c'est que cela lui a fait aussitôt comprendre à quel point c'était encore agréable de dialoguer sereinement avec les hommes, avec ces hommes qui jusqu'à présent ne lui avaient procuré qu'une immense douleur, faite d'incompréhensions, de mauvaises manières, de manque de respect, de différentes mortifications, qui avaient fait émerger la pire côté de Cinzia, qu'elle avait ensuite utilisée, à contrecœur, pour se défendre de son ex-mari. Malgré cela, elle continuait toujours à croire, comme une petite fille, à l'amour et elle ne voulait pas encore se résigner à rester seule. Le dialogue serein tellement désiré, pendant les vingt-cinq années vécues avec son mari, lui manquait depuis au moins vingt tristes années. Le contact physique lui manquait énormément également : elle le désirait tellement de sa part … et de personne d'autre.

Et puis, cela devenait de plus en plus important d' être encore désirée par les hommes. C'est pourquoi, lentement, elle recommençait finalement à se sentir femme. Désireuse de plaire encore, elle recommençait à prendre soin d'elle-même, à se préparer, au cas où le moment de l'Amour arriverait de nouveau.

Son parcours sur les tchats a commencé à partir du début du mois de février, pour arriver à un événement très important le 21 avril. Une date qui représentait pour elle une brève déception, due à un homme qu'elle avait beaucoup apprécié, qu'elle avait rencontré deux fois seulement, pour boire un café et bavarder un peu. Elle lui avait bien fait comprendre qu'en prenant un peu de temps, elle aurait sans doute succombé à ses flatteries, parce qu'elle était vraiment attirée par lui. Cependant à la fin, celui-ci, ayant compris que Cinzia cherchait l'amour, un compagnon, n'avait pas le courage de profiter d'elle, qui s'était ouverte à lui, en lui confiant aussi toute sa tristesse. Même si sur le tchat il avait indiqué qu'il était célibataire, elle avait bien compris au contraire qu'il était marié, tout en disant vivre séparément dans sa maison, et en outre, qu'il n'aurait jamais eu le cœur et la cruauté d'abandonner sa propre famille, comme son ex-mari l'avait fait impitoyablement, sans se préoccuper de la douleur de tous ceux qui l'entouraient. A la fin de cette brève idylle, elle se disait: « Je te remercie cher Francesco de ne pas avoir profité de la vulnérabilité de mon cœur et d'avoir compris que cela aurait été trop douloureux pour moi d' être de nouveau abandonnée ! MERCI, je ne l'oublierai jamais »

Mais revenons au 21 avril. Cinzia, tout en n'en comprenant pas la raison, avait depuis toujours eu des goûts très difficiles à l'égard des hommes, elle se laissait difficilement attirer par quelqu'un. Le jour après le refus de Francesco, elle avait décidé de continuer de manière intensive à chercher sur les profils des tchats d'autres hommes aux traits tout aussi séduisants.

Et voici, qu'à cette même date, dans son courriel, apparaît soudain la demande d'enregistrement à un nouveau tchat. Elle ne demandait rien de mieux, une autre minière d'images masculines !

VOICI COMMENT CELA S'EST PASSÉ ...

Informations de base

•Née à Naples – Scorpion   54 ans 5'5" / 165 cm □

•Femme □

•Blanc/Européen □

• Robuste □

•Séparé/e □

•Elle a des enfants qui ne vivent pas avec elle □

  Maîtrise

•Chrétien-catholique □

•Elle ne fume pas □

•Elle ne boit pas

Histoire : Je suis Cinzia, ma vie est une histoire compliquée, mais allégée par ma bonne humeur et mon optimisme … j'aime la vie et je l'aimerai toujours, quoi qu'il arrive !

Je suis indépendante et, sans modestie je dis que j'ai plus de qualités que de défauts.

Partenaire idéal : Je cherche un homme qui soit sur la même longueur d'onde, qui soit très beau à mes yeux, qui ait énormément d'amour à me donner et qui en désire autant… qui soit SINCÈRE, DIRECT … ROMANTIQUE … J'oubliais, la chose la plus importante …il doit être libre sentimentalement, et pas marié ! Je suis disponible pour tous les autres … libres, séparés, veufs, célibataires ….

Rencontre idéale : Seuls, en se regardant dans les yeux et en discutant sereinement, n' importe où…

Musique : Toute la belle musique italienne et américaine, etc.

Film : Genre psychologique américain et tous les films engagés.

Livres:« La belle romaine » de Moravia, « Le secret du bonheur » - Schopenhauer.

Autres intérêts

Raconte aux autres tes intérêts (ex : programmes TV, jeux).

DINO ARESCA – BIOGRAPHIE ARTISTIQUE 13-10-2013

- Né le 11-01-1959 à Asti, il réside à Monbercelli C.so Asti, 242

- où il vit et travaille, siège de l'Atelier de la Pensée. Musicien, photographe

- et poète, il entreprend l'art de la peinture grâce, tout d' abord, à la formation de Gianni

- Bruscato et après, à celle de Piero Mazzotti. En quelques années il obtient une

- grande popularité nationale et internationale : à Monte-Carlo, Hôtel de

- Paris – Milan, rue Brera Galerie Art ouverture, Fondation

- Mantovani, Fondation Matalon avec le mouvement artistique « Le

- Metaformismo» édition Mondadori du critique d'art Giulia Sillato.

- Il participe, pendant l'exposition de la Biennale de Venise, à une exposition

- Palais Parafava, à Asti Palais Medici del Vascello. Il a exposé à

- Saint-Paul de Vince, Paris, Vienne, Berlin, New York, Sydney, MuMa

- musée de la mer à Gênes et d'autres musées : ses œuvres sont dans des collections

- privées et publiques dont le Musée de Montréal et le Musée d'Art

- Contemporain Italien de San José au Costa-Rica.

EXPOSITION PERMANENTE DANS LA GALERIE MERIGHI A GÊNES.

Il est côté par Mondadori sur le CAM Catalogue Art Moderne.

Pour plus de détails : www.dinoaresca.it – Facebook : dino aresca Skype: dinoaresca

- Marqué par une expressivité abstraite informelle, il est le créateur des

- « Fontaines de lumière». Elles sont le cœur et l' apogée de l'identité inimitable

- d'une figure d'art conscient qui, à partir du profond de l'âme, vise

  à dénicher l'embouchure des tourbillons sidéraux, les vibrations de l'infini et les

- émotions de l'univers dans ses couleurs, nés à nouveau sur la toile, souvent sur des fonds

- blancs, pour être un miroir et une source de sensations vitales et

- irrésistibles à travers une explosion des projections cosmiques, kaléidoscopiques et

  pyrotechniques. Des éclairs stellaires qui, à travers des tonalités juxtaposées

- et des techniques mélangées (acrylique ou huile), révèlent un lyrisme magique plein

- d'évocations figuratives, capable de représenter

- l'effervescence des Bulles du célèbre Brut Alta Langa Docg.

Peinture à l'huile peinte avec les doigts.

Tableaux et chaise peints par moi

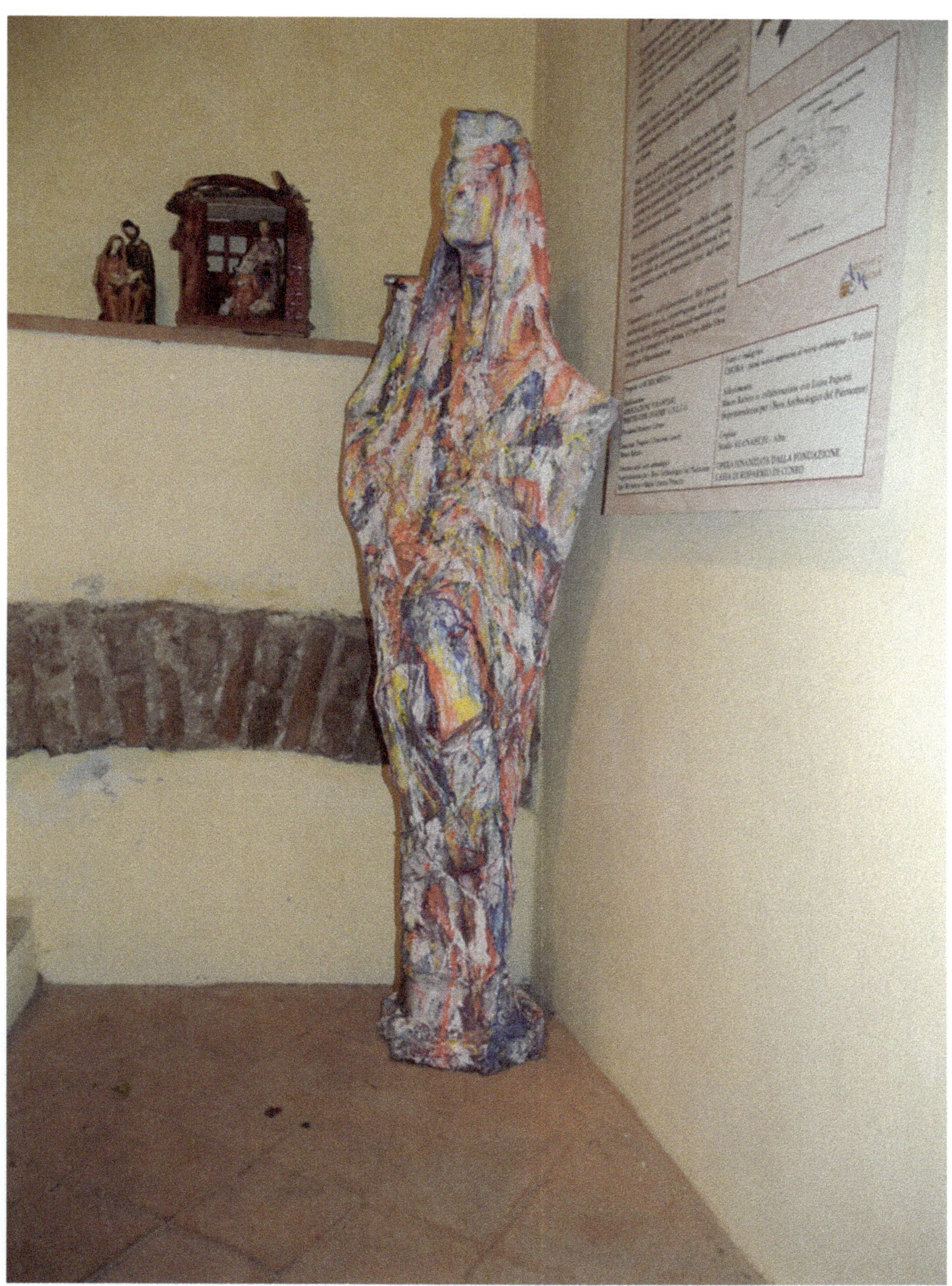

Statue créée par moi

« L'arbre de la vie »

Mes œuvres, présentes dans l'atelier

artistique dans lequel je me consacre à la

transposition abstraite de toutes mes

pensées, mes rêves, mes émotions et mes inspirations ...

Prix international à Lecce

Dino • Qui suis-je • Photo • Messages

Informations de base

- Capricorne ☐ • 5'11" / 180 cm ☐ • Homme ☐

- Blanc/ Européen ☐

- Athlétique ☐

- Il a des enfants ☐

- Bac ☐

- Il fume régulièrement ☐

- Il boit en compagnie

  Séparé

Histoire

JE SUIS UN ARTISTE ABSTRAIT dinoaresca.it, si vous voulez me contacter, ainsi

on pourra parler pour mieux se connaître, je salue toutes les personnes sympathiques de ce site –
Tchao

Partenaire idéal

Une personne solaire qui ne soit pas collante, qui ne m'obsède pas avec Sa jalousie

Rencontre idéale

Je laisse le destin suivre son cours.

Musique

Peter Gabriel, Pink Floyd, tout en général.

Tous les résultats **FILM :** d'action

01 Distribution

- Speed

- Steven Spielberg

Livres

Tous ceux de la Littizzetto.

Demandez-lui s'il a d'autres intérêts.

Quelques minutes après son inscription, passent devant ses yeux les différents visages des
hommes qui commencent à lire son profil … et si quelqu'un lui plaît, elle n'a qu'à cliquer sur l'une
des fenêtres, pour lui montrer sa sympathie. Cinzia clique plusieurs fois mais quand l'image de

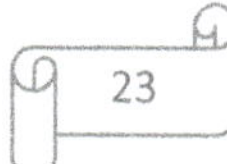

Dino lui apparaît, elle pense " il ne va pas me répondre ". Elle est immédiatement frappée par la douceur de cette image et par ses yeux si clairs et profonds comme la mer la plus transparente de sable blanc. En l'espace de deux ou trois minutes, voilà qu'il lui répond avec intelligence, puisque, sans payer, sur ce tchat, on ne peut envoyer que des messages, seulement deux ou trois mots, c'est pour cela, qu' elle lui laisse ses données relatives à un social network, nom et prénom. Et ensuite il y a la rencontre par vidéo cam. La première pour elle. Pendant la première webcam, il semble que tous les deux se plaisent aussitôt et d'une manière extraordinairement magique : il lui montre beaucoup d'enthousiasme et Cinzia se confie tout de suite, elle lui dit qu'elle a été éloignée d'un ingénieur qu'elle aimait beaucoup, mais qui probablement avait compris qu'elle était une personne sérieuse et d'âme pure. Elle lui raconte aussi qu' elle a des problèmes, notamment un problème de santé qui aurait pu dégénérer au cours du temps. Et lui, avec son visage angélique, en écoutant cette histoire inquiétante, lui dit aussitôt timidement et avec une douceur infinie : « Qu'est-ce que tu en sais…peut-être que je réussirais à te guérir un jour avec mes baisers? » À la fin de la conversation, il lui demande ses numéros de téléphone et le soir quand il l'appelle, il lui dit une autre chose : « Tu sais ce qui m'est arrivé aujourd' hui pendant que je peignais ? Je voyais clairement ton visage, comme s'il était là près de moi…Désormais quelqu'un pense à toi ! ». Cette dernière phrase sur ses bisous guérisseurs, unie à celle-ci, prononcée pendant leur conversation via webcam, la touche de façon très particulière, profonde, indéniable, presque transcendantale. C'est pour cela qu' elle décide de se laisser emporter par le tourbillon de tout ce que cet homme lui aurait apporté à partir de ce moment là, cet homme aux yeux très beaux et avec un cœur qu' elle considérait, si elle ne se trompait pas, encore plus merveilleux !

Et voilà leurs premiers messages. Par ordre chronologique, à partir du 21 avril.

Première partie de la conversation par webcam et sur le social network
Conversation commencée le 21 avril, jusqu' au 3 juin.
10:27 **Cinzia Rubino**

Je te trouve très intéressant, c'est dommage que l' on soit si loin, je te remercie de m'avoir donné tes coordonnées, parce que ce matin j'étais sur ce tchat pour la première fois et je ne comprenais rien et je ne voulais pas du tout m'inscrire, je te félicite pour tes oeuvres fantastiques, tu sais, moi j' ai fréquenté le lycée artistique et le conservatoire de musique – bisous – Cinzia

-

10:31 Cinzia Rubino

J'imagine qu'avec ton petit visage d'ange tu as beaucoup de femmes qui te font la cour, n' est-ce pas ?

-

10:31 Dino Aresca

Si tu veux, appelle-moi, comme ça on pourra bavarder un peu ou bien sur Skype – dinoaresca – un très doux bisou, à bientôt, mon numéro de portable est le 349 ....

Si tu veux tu peux m'envoyer ton numéro de portable et, si je ne te dérange pas, je te téléphone, un très doux bisou.

-

10:32 Cinzia Rubino

Oui, j' aimerais bien entendre ta voix, mon numéro de portable est le 331 .... je suis un peu timide au début et je n' aime pas prendre d' initiative, donc si tu as envie tu peux m' appeler quand tu veux...

-

10:39 Cinzia Rubino

Je te laisse aussi mon numéro de téléphone fixe, mon téléphone portable ne marche pas bien ...De toute façon on est loin mais, en voyant ta photo, tu m'inspires confiance 081 ......

-

11:09 Cinzia Rubino

Salut

- 		21 avril, tu as raté un coup de fil de Dino.

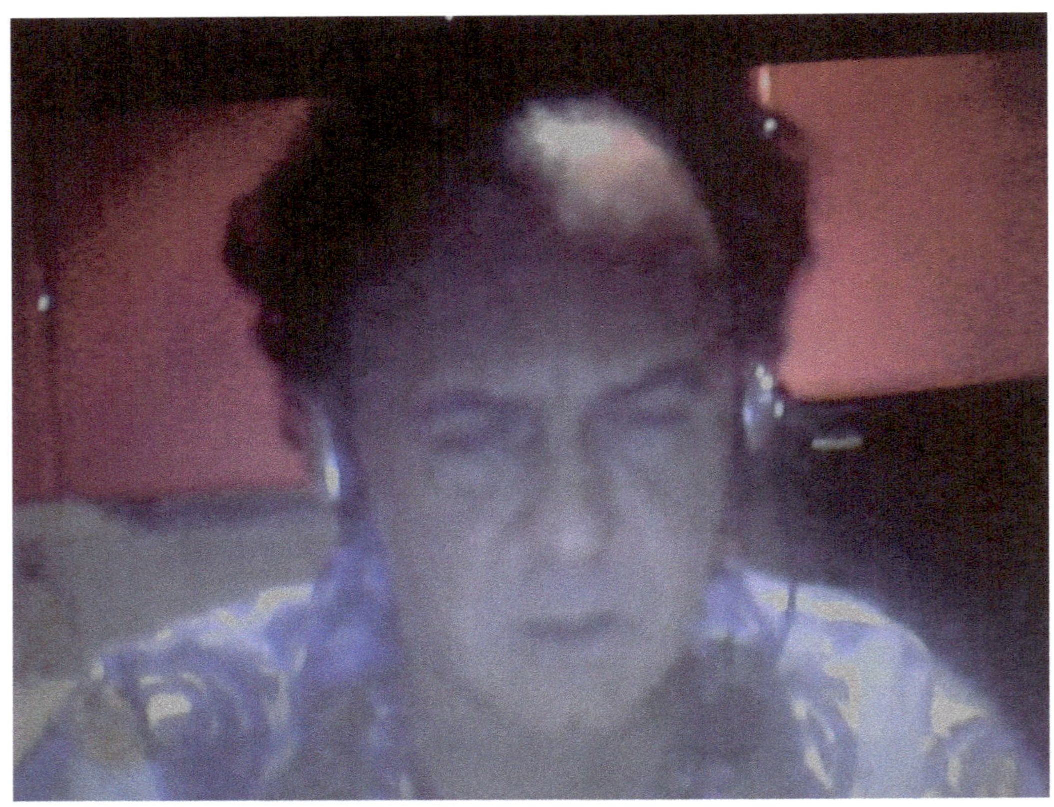

Le voilà pour la première fois via webcam.....

11:12 Dino Aresca

Bisous Dino

- 21 avril – Tu as appelé Dino (première tentative)

- 21 avril – Tu as raté un coup de fil de Dino.

- 21 avril – Tu as appelé Dino.

-

12:05 Cinzia Rubino

Bisous à toi mon Ange du tchat ...

- **21 avril**

-

19:56 Cinzia Rubino

Est- ce que tu es là mon nouvel ami ?

dommage... ce sera pour la prochaine fois ...

-

20:45 **Dino Aresca**

Bisous

-

21:37 **Cinzia Rubino** ... de petits messages sur l'ordinateur:

Rappelle-toi... tu ne dois pas me faire trop de compliments ... sinon je n' aurai pas le courage de te rencontrer un jour...

Pour ne pas décevoir tes attentes.... Je t' embrasse Cinzia.

- 21:56 **Cinzia Rubino**

Je voudrais te dire encore une autre chose, tu sais ce qui me plairait beaucoup pendant notre première rencontre...

Danser l'un contre l'autre, lentement, avec une très belle musique qui nous laisserait pour toujours des émotions gravées quand on se serrera fort... je suis vraiment la plus idiote des romantiques, si tu ne l 'avais pas compris Tchao ....

21:59 **Dino Aresca**- Ok ma très douce ...

- 22 avril Cinzia Rubino Je te remercie, hier tu as su me dire des mots très émouvants... Tu es vraiment une personne très gentille...Tchao et à bientôt j'espère.
- 23 avril

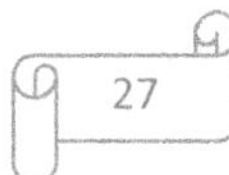

Bonjour mon nouvel ami, j'imagine qu' à cause du travail et à cause d' autres choses, tu es toujours occupé, mais j'espère tellement que de temps en temps, tu te souviendras de moi, bisous. Cinzia

Voilà que réapparaît enfin l'ange du tchat qui lui envoie tout de suite

l'image de sa plus belle sculpture.

Elle le remercie, enchantée par une originalité si rare, on dirait un ange sur le point de prendre son envol...

Cinzia, fortement inspirée, commence à le représenter également dans ses dessins…

3 juin Dino n'a pas répondu à ton appel.

3 juin Tu as appelé Dino. Cinzia Rubino

Je t'écoute

Toi non ?

Moi oui

Les beaux yeux ouiiiiiiiiiiiiiii

Est-ce que tu veux m'appeler de nouveau ?

21:40 Dino Aresca

On n'entend rien, approche-toi du micro et augmente le volume •

21:40 Cinzia Rubino

Ce n'est pas le micro, c'est la connexion

3 juin Dino n'a pas répondu à ton appel. •

21:47 Cinzia Rubino

Tu ne peux plus répondre ?

Peut-être, car tu ne réponds pas ……..

Cinzia Rubino

Tchao alors, mon très bel ami qui est loin, rêvons cette nuit, peut-être qu' on aura de la chance… peut-être que tu es occupé maintenant. Tchaoooooo – bisoussssss…. Je t'attends – à bientôt …..

Parfois, même en voulant se parler, on ne s'entend pas. L'un n'entend pas l'autre, à cause du bruit ou seulement pour des problèmes informatiques.

Il vit dans le Piémont et Cinzia vit à Naples. Ironie du sort, même la copine de son ex-mari venait du lointain Piémont. Il est poète lui aussi, il a une immense sensibilité d'esprit, il est très originale et son aspiration artistique est pure. Il a déjà reçu de nombreuses reconnaissances et de premiers prix grâce à des concours internationaux très importants, il a obtenu depuis des années une discrète côte de Mondadori. Il a également gagné l'important concours de poésie dédié à Italo Calvino, mais il a surtout une immense humilité, simplicité et il a charmé Cinzia en quelques jours seulement. Elle voulait à tout prix conquérir son cœur, elle n'était pas le genre de personne intéressée seulement au sexe… Entre les deux, il y a un jeu subtil, fait de mille nuances intenses. En réalité Cinzia, en elle-même, sentait et savait que c'était lui l'homme qu'elle attendait depuis toujours, mais elle ne savait rien de lui, de ce qu'il cherchait sur le tchat, et elle n'osait pas le lui demander, par peur de le perdre. Elle avait énormément de craintes et de peurs, comme un enfant désorienté, elle avait peur de ne pas être à la hauteur de Dino et du sentiment devant lequel tous deux se penchent pour un regard ou une révérence, pour le frisson d'un mot ou, parce qu'elle n'avait plus l'impression d'être belle, à cause de son âge, des souffrances, du temps et de la vie, des signes des jours passés et ceux qu'elle n'avait pas encore vécus. C'est pour cela qu'elle commence à lui communiquer tout ce qu'elle ressent, avec des cadeaux et des messages cueillis comme les fleurs d'une partie secrète de son âme, des douces compositions musicales créées spécialement pour lui, des lettres d'amour, des poésies, des dessins, et même six contes... tout cela, dans l'espoir qu'il puisse ainsi connaître la partie la plus précieuse d' elle-même, sa beauté intérieure, celle de son âme, sa bonté, sa générosité. La nature de leur conversation, faite de mots et d'images, très loin des flatteries de la beauté, des promesses et des pièges de la chair et de l'habitude du contact physique, avait besoin de câlins virtuels, de rendez-vous, de rêves partagés, de florilèges d'offres à peine épanouies, avec l'inspiration d'une nouvelle lune, douce et puissante. Il était devenu son inspiration. Souvent, elle se réveillait à l'aube, avec l'envie irrésistible de se consacrer totalement à lui par écrit, c'est pour cela qu'elle saute aussitôt du lit et elle monte à l'étage, elle se laisse emporter par les émotions suscitées face au paysage, pour aussitôt transcrire ses idées et ses pensées sur l'ordinateur, dans le livre qu'elle désirait écrire depuis toujours, mais pour lequel elle n'avait jamais eu la juste inspiration. Ce qui suit, ici, est l'ensemble des messages que Cinzia commence à écrire à son bien-aimé Dino par l'intermédiaire de son portable. Et tout cela sera le prélude de leur première rencontre magique. Il commence à la contacter au téléphone en lui parlant.. et puis en lui envoyant des MMS avec les images de ses tableaux. Très occupé à cause du travail et par tout ce qui l'entoure, en particulier un fils splendide qui lui ressemble tellement et qu'il aime plus que lui-même Il n'a pas tellement de temps à lui consacrer... il était sérieux et il ne voulait pas (selon Cinzia) trop s'exposer pour ne pas courir le risque de lui créer de fausses attentes, avant de pouvoir la rencontrer. Peut-être qu'il ne voulait avoir avec elle qu'une future relation sexuelle. Néanmoins, il arrivait, avec tout cela, à lui faire entrevoir exactement ce qu'elle savait avoir toujours désiré.

Il avait fait entrer dans sa vie un « ARC-EN-CIEL ... »

Elle commence ainsi, le 23 avril, à lui envoyer des messages, deux jours après l'avoir connu, avec son portable: « Je voudrais te dire tchao, pour te dire que tu es souvent dans mes pensées ».

Et dans un autre message, ce même jour, elle lui écrit en ajoutant : « J'oubliais … je suis Cinzia » inquiète qu'il l'aurait prise pour quelqu'un d'autre, parce que sur l'un des réseaux sociaux qu'il fréquentait, il avait déjà au moins plus de 1600 contacts, des femmes pour la plupart…

Et lui, à la même date, il répond : « Trésor, je pense à toi et je te désire … »

« Je te remercie, tu sais, je pense que c'est naturel d'accepter n'importe quelle sorte de flatterie de quelqu'un comme toi et je pense que c'est le minimum de ce que tu mérites, même si on se connaît à peine. Très doux bisous …. »

Lui, le jour suivant, le 24 avril : "Ma douce émotion, tu es mon émotion, bisou » « Et toi tu seras la matérialisation de cet homme que j'ai toujours désiré et que je n'ai jamais eu… » « Mon très doux trésor … Bisous d'une infinie et douce sensualité » « Je te remercie ma précieuse âme sensible tu sais, cette nouvelle situation m'intimide un peu mais tôt ou tard le moment devait arriver et j'espère qu'il restera inoubliable».

Il lui envoie l'une de ses œuvres. Dans une explosion de matière d'une pure dérivation informelle, la danse des couleurs l'amène à céder à la figuration abstraite : au centre du tableau, émerge par les coups de pinceau le profil d'une femme. C'était comme un rêve à moitié endormi, comme le portrait d'un désir. L'image évanescente à partir de laquelle tout pouvait naître et tout pouvait revenir. C'était donc cela le fruit des mots entre eux ? Ou bien les mots n'étaient plus suffisants ?

« Ce sera certainement inoubliable ma douce chérie, je te désire dans une

douceur et une sensualité infinie, je désire ton corps, ta peau, tes baisers

 ardents, ma douce femme... »

« Je te remercie, ton tableau est incroyable, j'ai entrevu le visage d'une femme au centre, comme tu m'as expliqué. Écoute, si on continue ainsi toi et moi, je n'aurai plus le courage et la désinvolture de te rencontrer, je me sens un peu bloquée après mes vingt dernières années si malheureuses , excuse-moi si je te dis cela. Tu es sûrement l'homme fait pour moi, tchao bel exemplaire … »

« Si je parle trop, je risque d'altérer les situations, je te promets une seule chose … je ne te ferai jamais regretter tous ces kilomètres, si tu les fais pour moi, tchao à bientôt ! »

« Moi non plus je ne regretterai pas de les avoir fait pour toi, douce créature »

«J' espère que notre rencontre ne deviendra pas trop incandescente, parce qu' on risque de se brûler, mon très cher ».

« Envoie-moi, par texto, l'adresse de Pérouse et je regarde sur le navigateur combien de temps il faut pour y arriver, j'imagine déjà d'être dans tes bras… »

« Précisément à Passignano sur le Trasimeno. Rue le M ….. la maison est à environ vingt kilomètres de Pérouse, malheureusement j'ai déjà regardé, de Asti hélas, il y a environ cinq cents kilomètres, j'espère vraiment que je te plairai avant de m'imaginer dans tes bras … » « Tu me plais, j'en suis sûr, ma femme adorable »

« Tchao mon ami, quelquefois cela devient inévitable de penser à toi, surtout si je regarde un peu ton image si douce qui m' inspire tant de gentillesse d'âme, j'espère vraiment que tu es comme ce que tu émanes…. Tu m'attires encore plus » «Je te remercie, femme fascinante »

Le même jour, elle écrit « J'espère de ne pas te déranger, plus je regarde tes tableaux et plus ils me parlent, ce sont des images vives … d'un impact incroyable, comme si c'était eux à regarder le spectateur qui les observe … Je crois que tu deviendras une vraie célébrité … Ne t' inquiètes pas si tu ne peux pas me répondre, bonne nuit, l'ami de mon cœur … »

27 avril : « Excuse-moi, mais je peignais mon amour, j'ai envie de toi, de ton sourire, de tes lèvres, de ton corps, un baiser où tu le désires le plus, mon très cher trésor ».

Le matin : « Bonjour, j'espère qu'avec toi j' arriverai quelque peu à libérer mon esprit et mon cœur de tout ce qui l'envahit, j'espère ne pas exagérer et être trop compliquée avec mes textos. Tchao »

28 avril : « Ce matin j'étais un peu triste, mais j'ai pensé à toi en écoutant une base musicale sans mots que j'ai créé pour toi, au piano. Elle me plaît, elle est simple comme nous et je voudrais qu'elle devienne notre musique …et ensuite, chaque fois que nous le désirerons, elle nous réunira, même si on est si loin, en l'écoutant avec les yeux mi-clos. Bonne journée mon humble et tendre artiste».

La simple combinaison des arpèges et des accords qui se répétaient, avaient aussitôt ému Cinzia alors qu'elle les composait, pour l'extraordinaire douceur et délicatesse, et c'est à ce moment-là qu'elle s'était dit qu'elle aurait utilisé ces mélodies, afin qu' elles deviennent leur chanson d'amour, en imaginant ensuite leur exécution, un jour peut-être, dans un grand orchestre …

A la même date, il écrit : « Je ferme les yeux et je pense à toi … je t'embrasse. Dino »

« Tu es mon ange, qui a réussi à me faire rêver un peu, je voudrais déjà t'écrire un roman, mais tu me prendrais pour une folle et puis je me sentirai libre de m'exprimer complètement seulement après que j'aurai eu le grand plaisir de te connaître de près…J'ai peut-être eu la chance de te plaire. Si tu viens, j'espère au moins que tu pourras rester de vendredi jusqu'à dimanche, pour que nous ayons au moins une journée entière pour être ensemble, et quoi qu'il arrive entre nous, tu me plairas toujours, à l'infini … »

« Toi aussi tu me plairas toujours à l'infini … je t'aime vraiment beaucoup. Un baiser où tu le désires, à bientôt … » « Je te remercie de penser à moi, tu deviens un jeu trop dangereux pour mon cœur. Espérons… Bonne nuit, l'ami de mes rêves ».

Le 29 avril : « Un tendre baiser à la femme de mon destin »

« Pour m'écrire de cette façon, cela veut dire que tu sais qu'on ne pourra pas éviter telle rencontre »

«C'est enivrant de se réveiller et de trouver déjà ton message très doux, bonne journée Mon A…»

« C'est vraiment comme ça mon très doux et beau trésor …un gros bisou »

29 avril : « Cher Dino, tu me manques déjà et je ne t'ai pas encore vu, je me demande ce qui arrivera quand on se rencontrera et au contraire j'imagine déjà, comme ce sera triste pour moi après. Tant pis, comme tu dis, mieux vaut vivre au jour le jour plutôt que rien du tout… A bientôt. Tes yeux sont beaux comme le ciel …. Bonne nuit»

La même date : « Moi aussi, tu me plais beaucoup mon trésor, j'ai une envie folle de toi. Bisou »

30 avril : «Un bonjour spécial au seul homme que j'aurais voulu connaître dans ma vie, je te remercie, tes tableaux me font rêver, cependant j'espère que mon romantisme exagéré ne va pas t'effrayer»

« Je n'ai pas peur, cela me fait plaisir – un doux baiser »

« Hier, un homme auquel je plais beaucoup, m'a dédié un beau morceau des Pooh, je ne le connaissais pas et je voudrais te le dédier de tout mon cœur, il s'intitule – EN TE CHERCHANT – dès que tu peux, écoute-le, il parle d'un homme qui, après beaucoup de temps et une recherche acharnée, rencontre enfin la femme de sa vie »

Le même jour, il écrit : « ...j'ai envie de toi – un doux baiser ». « Moi aussi, j'étais au piano et je pensais justement à toi, j'espère que tout cela ne restera pas seulement un rêve les yeux ouverts ... »

« Mais même si tout cela reste un rêve, en quelques jours tu es arrivé à remplir ma vie, je te remercie »

La même date : « Je t'envoie un arc-en-ciel d'une tendresse infinie... »

« Et cela est dit par le maître des couleurs. J'ai vu ta présentation artistique sur Internet. Tu es toujours au top, tu sais. Mais à part ta beauté il y a une valeur ajoutée qui a une profonde signification, ce que tu as en toi et que je considère merveilleusement unique»

30 avril : « Je voudrais être dans tes bras si tendres et être caressé par tes lèvres sensuelles et douces comme une mouette libre dans un ciel de passion vers le soleil brûlant... »

« Tu verras : on volera tellement haut ensemble, plus haut ce serait impossible ... et on sera vraiment heureux, j'espère qu'un jour je pourrai t'appeler Mon Amour du plus profond de mon cœur . Tchao et à bientôt »

Souvent Cinzia, en écrivant ces messages sincères se faisait tellement prendre par l'émotion qu'elle s'émouvait. Va savoir si Dino percevrait tout cela. Ce n'était plus un jeu pour elle !

« J'en suis sûr, ma femme fascinante » « Tu sais, si je continue à dire ces choses, je n'aurai vraiment pas le courage de te voir, j'aurai honte. Ok, allez, tchao »

« Je suis impatient de te rencontrer, de t'embrasser, de te donner des baisers et de faire l'amour avec toi »

Un peu plus tard, avant de parler enfin avec lui en ligne, elle lui écrit : « Excuse-moi mais j'avais éteint l'ordinateur, il est lent »

« Pas de problème » « Apparemment, tu n'es pas en ligne » «Je suis en ligne, essaie à nouveau mon trésor »

Enfin, ils se parlent et ils se voient de nouveau. C'était le point auquel tous les deux voulaient arriver, depuis le début. Le seuil d'une histoire importante ou quelque chose qui n'aboutira à rien. Elle, mal à l'aise, reste plutôt silencieuse, mais à la fin de la conversation, elle lui dit par webcam : « Maintenant je me sens mieux, puisque je me suis gavée de toi ! » en le voyant ensuite sourire et heureux de son affirmation.

1er mai. Dino: « Je suis en train de peindre ma très chère, biiiiiiiiises, après je t'envoie une belle image de ma série de peintures intitulée ' Fontaines de lumière»

2 mai : « Je te remercie. J'espère d' abord que tout ce que tu m'as transmis jusqu' à maintenant soit sincère. Bonjour, mon précieux Dino, j'aimerais tellement, que tu arrives avec moi, à peindre la toile la plus colorée d'émotions, la plus intense de ton cœur, Tchao, Cinzia »

« Je pense à toi intensément »

Et il lui envoie une autre image de ses tableaux. Une vraie explosion de couleurs qui se succèdent, qui s'élancent radieusement vers le haut : on comprend pourquoi cette catégorie de tableaux est cataloguée dans le genre précieux intitulé : « Fontaines de lumière » : en effet, ce sont des jets d'eau colorés... de toutes les couleurs de la vie !

A la même date. Cinzia : « Tes œuvres sont merveilleuses, je te remercie. C'est inutile de le répéter, tu sais déjà tout de moi …Je le ressens au plus profond de moi… pour moi, notre rencontre sera l'un des moments les plus beaux de ma vie, peu importe quand pourvu qu'il arrive, ta Cinzia, je l'espère »

« J'ai tellement de choses à te dire … tu sais. Si mes pensées pour toi pouvaient devenir des caresses, tu sentirais que je te caresse doucement toute la journée. Tu sais ce que je ferai ? Je te mettrai un bandeau sur les yeux, comme ça il n'y aura pas le risque de ne pas te plaire ! Ne fais pas attention, je suis aussi un peu folle moi, mais c'est de ta faute parce que tu sais bien comment séduire ! Je m'arrête ici malgré moi. Bonne nuit »

3 mai : « Moi aussi je suis un peu fou et je le deviens de plus en plus, j'ai une envie folle de faire l'amour avec toi. Bonne nuit » Au téléphone, Dino l'avait rassurée tendrement en ce qui concerne sa peur de ne pas être belle, en lui expliquant avant tout que pour lui la beauté, à la lumière de toutes ses expériences, est devenue aujourd'hui un argument très relatif, discutable, parce qu' elle est vide si c'est une fin en soi…. en lui disant ensuite:« Ne t'inquiète pas, il suffira que tu mettes une jolie robe, une paire de bas autofixants et moi je penserai au reste, sois tranquille » et elle lui

avait répondu : « Non…. Tu sais, je n'ai jamais mis de bas autofixants, mais il vaut mieux ne pas y penser, tu sais moi aussi j'aimerais bien donner des baisers…» Voilà pourquoi dans le message suivant elle lui écrira « De toute façon, rassure-toi, parce que j'ai encore de la lingerie très belle et neuve, elle est encore dans son emballage, et si le prince de mes rêves me le permet, le moment de l'utiliser arrivera ! Je te souhaite une douce nuit »

« Je me le permets si tu veux.. je l'écris devant le notaire avec des témoins, prends un rendez-vous – baiser sensuel et bonne nuit » (il la rassurait encore plus, elle lui plairait car il le lui avait répété de plusieurs façons, en lui disant qu'il ne se trompe jamais dans ces choses-là …)

Le 3 mai. Cinzia : « Bonjour à la lumière aveuglante des petites étoiles qui illuminent mon cœur, tu es mon rêve qui me donne des frissons, combien j'aimerais t'avoir à côté de moi, si tu savais, combien douces et spéciales sont les bases que j'ai créées pour toi sans mot, pour lesquelles j'aimerais que les soupirs et tout ce qu'il y a d'intense que l' on chuchotera en nous aimant, deviennent leur texte… cela sera très beau et unique pour moi. Maintenant j'arrête mon stylo devenu fou et je vais calmer mon ardeur dans la mer froide »

« Douce femme, douces lèvres… » «Tu es mon ange, ne l'oublie jamais, même si après, on ne se reverra plus » (elle avait peur qu'après avoir été ensemble la première fois, il ne l'aurait plus désirée…)

« J'ai un peu peur de trop penser à toi. Mais cela m'aide à combattre la solitude angoissante de ces derniers mois, j'ai tellement hâte de t'avoir ici, même si après je serais tentée de m'enfuir à cause de l'embarras… imagine les fous rires…Tchao à bientôt » «Cela ne sera pas un embarras mais une splendide réalité – bisou »

« J'ai dessiné avec un stylo et des crayons ton visage à partir d'une photo, j'ai saisi ton expression si belle et si tendre, maintenant tu es déjà en moi et pour toujours… » (ce dessin, il le lui enverra quelques temps après)

« …Toi aussi, tu es en moi … mon trésor…tu me possèderas, dans une douce harmonie, entre tes lèvres sensuelles et très douces » « Ouiiiiiiiiiiiiiiii moi aussi je te désire». Dino:
« mmmmmmmmmmmm ». Cinzia: « mmmmmmmmmmmm »
« Tu seras mieux que la drogue la plus puissante que je n'ai jamais essayé… » « Douce harmonie des sens… » « Si c'est ainsi…et si c'est comme tu dis, je n'ai pas l'ombre d'un doute… Nous sommes deux âmes sensibles identiques, ne l'oublie jamais, mon cher »

«J'adore déjà ce moment, passion et magie… » «Oui, la magie et la passion les plus désirées, mais seulement pour moi, parce que j'ai décidé de t'identifier comme le plus grand amour de ma vie…en espérant que tu ne le seras pas seulement pour un instant… ! »

« Je désire être seulement pour toi, les baisers sont des caresses pour l'âme »

« Comme tu es gentil…Je t'offrirai toute la douceur que j'ai en moi et qui veut se manifester avec toi et seulement avec toi »

Le 4 mai. Cinzia : « Bonjour mon rêve d'amour…et souviens-toi, même si tu ne trouves pas ici mon souhait, tu le sentiras de toute façon en toi…J'espère que tu seras vraiment ce que tu laisse entrevoir par ton image, au-delà de ton image…Je te confierai mon rêve récurrent…éprouver le véritable amour, mais seulement avec celui qui arrivera à se sentir libre même lorsqu'il m'embrassera, tchao »

Ensuite au téléphone, il lui dit, afin de la rassurer…en sentant sa tristesse à la pensée de le voir quelques fois seulement, vu la distance qui les sépare: « Et qu'est-ce que tu en sais, peút-être que quand tu seras en retraite tu emménageras chez moi… ? » Bouleversée par un telle déclaration idyllique, elle lui répond : « Ce serait bien, si seulement c'était vrai que tu désires un jour m'avoir pour toujours avec toi… » Par ses mots, elle reprend confiance en elle « Bonne nuit, j'espère que je rêverai de toi…» Lui, juste après : « Toi tu es le rêve… »

Le même jour. Cinzia : «Après t'avoir aimé, je te dédierai les pages les plus émouvantes qui n'ont jamais été écrites sur l'amour. Un baiser sans fin à l'homme le plus beau »

Le 6 mai, (après lui avoir dit avec insistance au téléphone qu' elle ne devait avoir aucun souci pour les messages qu' elle lui écrivait, puisqu'ils le rendaient heureux), elle lui dit ensuite : « Si mes messages te donne du bonheur, ils devront alors être obligatoirement pour toi… Bonjour, mon aspiration d'amour, quand tu seras ici, le soir, sur notre balcon, sous la lune, les yeux fermés, avec mes mains, comme une aveugle, je mémoriserai délicatement les traits délicats de ton visage, de façon que, même quand tu ne seras pas avec moi, en pleurant à cause de ton absence, je te matérialiserai encore plus à côté de moi, tchao »

Il lui envoie la photo d'un autre tableau, son langage alternatif particulier…D'autres mélanges de couleurs pour stimuler davantage toutes ses aspirations…

« Je te remercie, tes toiles me touchent vraiment le cœur. Et je voudrais que ce soit mon dernier

désir, celui de trouver en toi mon infini… » «Tu trouveras tout…mon doux trésor »

« Peut-être que je préfère ne plus rien attendre de la vie mais je te remercie mon cher Dino, bonne nuit au seul homme que je voudrais voir rêver sur mon cœur »

« Je rêverai au-dessus de ton sein et à côté de tes douces lèvres, contre ta peau, en entendant le chant des mouettes…je te le promets mon doux trésor… »

7 mai : « Ta promesse arrive à effacer pendant un moment infini d'extase, toute la douleur que je ressens à l'intérieur de moi…et comme d'habitude je te répète, n'aie pas peur de ce que tu comprends de moi. Tu sais, quand dans ta vie tu as vécu la douleur dans ses formes les plus profondes et subtiles et à un âge précoce, alors tu acquiers le pouvoir de comprendre ce que pourra t'offrir le bonheur. Pour moi, ne l'oublie pas, tu seras le bonheur le plus intense et le plus pur»

8 mai, Cinzia: « Bonjour à l'homme qui me donne tant d'émotions, de façon invraisemblable. Moi aussi j'aime beaucoup les mots qui, à ta seule pensée, jaillissent comme une source infinie, d'une fissure de la roche dure de mon cœur. Alors je te dis qu'à partir d'aujourd'hui, tu es officiellement la muse que j'attendais et finalement j'ai commencé à écrire le livre que je désirais depuis si longtemps ». En effet l'auteure a décidé, à partir de ce moment-là, d'écrire son roman.

« Je l'espère, ma douce et fascinante inspiration » puisqu'après il lui confie au téléphone qu'elle aussi est devenue une grande source d'inspiration pour ses peintures…

«En attendant, je voyage près de toi dans mes pensées…et je me promène avec toi main dans la main, le long des berges d'un beau fleuve transparent comme nous, ce que j'aurais désiré faire avant tout. Ainsi, je me sentirai plus prête, quand on tentera de nous unir pour devenir une seule chose. Ce doux jeu qui est né entre nous exalte énormément mes sens, et les sensations que je ressens maintenant m'étaient jusqu'aujourd'hui inconnues. Tu es unique» **« De merveilleuses pensées qui fascinent et qui font rêver comme une mouette libre dans un ciel infini… »**

Après, il lui envoie l'image de l'un de ses tableaux le plus original intitulé

Ce tableau représente l'une de ses œuvres les plus célèbres. Plusieurs fois, des passionnés de son art, auraient voulu l'acheter, il a préféré ne pas le vendre jusqu'aujourd'hui car ce tableau est la représentation d'un moment très particulier de sa vie. Une succession d'événements superposés à une image coupée d'un corps féminin, sa vraie faiblesse, constamment présent...

Ensuite, il lui donne encore une autre image, en comprenant qu' elle est toujours très contente de les recevoir, en lui expliquant que cette nouvelle peinture représente, avec ses couleurs vertes et bleu clair, la flamme de ses espoirs, qui laisse entrevoir plus au-dessus, son visage expressif en rose, qui regarde vers le haut, en priant le Seigneur notre Dieu, confiant (en haut, vous pouvez admirer les yeux, le nez et le contour d'un visage).

« Je te remercie, tes œuvres sont toutes merveilleuses, des pièces uniques. Souviens-toi, bien que ce soit pour moi un jeu charmant avec toi, tu ne dois pas croire que cela sera facile ensuite de me tenir tête. Bonne journée mon cher Dino »

A la même date, il écrit enfin : « Un jeu sensuel chargé d'une douceur infinie »

« Tu sais, c'est un tel plaisir de te lire, qu' il me suffirait même un seul mot dans ton texto, pour me faire comprendre que tu penses à moi. Tchao mon très cher ami, que je ne laisserai jamais s'envoler »

« Je n'ai aucune intention de partir… je te l'ai déjà dit que je signe tout devant un notaire – baisers sensuels et enivrants »

« Tu me transmets chaque jour des sensations de plus en plus intenses, je te désire plus que toute autre chose maintenant, même si je pense que devant toi je serai assez empotée…mais tant pis, ce sera quelque chose de spécial…Je t'aime bien »

Elle continue: « Tu sais, peut-être que QUELQU'UN, LÀ-HAUT…nous a jeté un sort et a décidé de nous faire redevenir enfants, pour nous faire recommencer à désirer et à espérer, avec cette ingénuité qui est offerte seulement dans les premières années de vie, penses-y ! »

À la même date, le 8 mai, il lui passe un coup de fil, Cinzia lui demande la raison pour laquelle il ne l'a jamais appelée par son prénom depuis qu'ils se sont connus et lui, avec un moment d'hésitation, il décide de lui raconter qu'il a eu, dans son passé, une expérience hallucinante avec une personne qui s'appelait Cinzia, qui, au début, s'était bien présentée. Ensuite, elle est devenue une personne intraitable, qui lui a créé beaucoup de problèmes. À ce point, Cinzia, déçue par cela, lui demande de l'appeler par un autre prénom et elle propose le prénom Diana, qu'il semble accepter de bonne volonté, puisqu'il lui dit : «Ah, oui, Dino et Diana » et elle : « Alors à partir d'aujourd'hui je serai Diana pour toi, parce que c'est triste que tu ne m'appelles pas par mon nom ; mais alors, tu aurais dû partir en courant quand tu as lu, sur le tchat, mon prénom. Même si je suis idiote, fais-moi le plaisir de me donner un prénom s'il te plaît…Tchao »

Peu de temps après, ils décident qu'il l'appellerait Rubino, son **« rubis »**. C'est comme elle l'aurait voulu, comme si c'était une vraie pierre précieuse…

A la même date, il écrit : « Si tu étais un rocher, tu sais combien de mouettes aimeraient s'y poser pour faire une douce pause… ? »

Elle lui répond : « Je ne voulais pas t'écrire aujourd'hui, mais tu es tentant. J'aime tout de toi, tes yeux toujours souriants, la fossette que tu as sur le menton, ton sourire d'un jeune adolescent si doux, ton étrange allure qui m'attire beaucoup, je n'ai pas ta beauté, mais à côté de toi je le deviendrai par le reflet de la tienne, viens vite ! » « Ouahhhhhh ! »

Elle continue : «Ah j'oubliais : ta sympathie est désarmante! Je t'adore, tu es irrésistible »

Il lui écrit à 00h41, mais elle le lit seulement le lendemain et avec un grand plaisir : « Moi aussi j'ai une envie folle de te voir et de faire l'amour avec toi – baiser- Bonne nuit »

Ce qui se passe avec cet homme est merveilleux pour elle, tout ce qui l'inspire, tout ce à quoi il la fait aspirer. Elle n'aurait jamais pensé éprouver tellement de plaisir à la seule pensée d'un homme… et sans même l'avoir jamais rencontré.

9 mai. Alors que l'attente de Cinzia commence à devenir interminable, ce matin-là, elle décide d'écrire le premier petit conte pour lui, désormais son inspiration a pris son envol… et voilà la première d'une longue série de ses contes…elle la lui envoit par texto et ça l'enthousiasme beaucoup, comme toujours : « Bonjour Dino, ce matin le premier conte écrit pour toi est né, le fruit de mes rêves d'amour, intitulé:

« ARC-EN-CIEL ET LES DEUX CŒURS SOLITAIRES »

« Un jour, dans le ciel, un arc-en-ciel de couleurs, après une longue et intense pluie de larmes et sous les rayons chauds du soleil, décide d'indiquer la juste direction à deux tristes cœurs solitaires, qui étaient extraordinairement identiques…et qui vagabondaient sans but désormais parmi les nuages des émotions les plus tourmentées, afin qu'ils puissent se rencontrer, pour ensuite se refléter dans la splendeur de l'autre…
Mais il y avait un grave obstacle : il avait déjà essayé de se refléter plusieurs fois dans trop de cœurs différents. Voilà la raison pour laquelle il n' arrivait plus à distinguer les différents cœurs, qui entre autres, à cause de son charme, restaient attachés à lui par un fil, comme des ballons suspendus qui dépendaients de lui… Alors, l'arc-en-ciel, pour l'aider à s'orienter, et pour arrêter son errance perpétuelle…peint sur son cœur une nouvelle nuance de couleur paradisiaque, jamais créée jusqu'à présent…de sorte qu'il puisse enfin reconnaître la lueur la plus brillante, du reflet le plus juste pour lui. Ce fut comme ça qu'il se refléta, pour toujours, dans sa lueur aveuglante dans une symbiose parfaite… ! L'arc-en-ciel décide alors d'appeler les deux cœurs : Dino et son rubis…
»

Elle termine ensuite, en lui écrivant encore : « Baisers infinis mon cher, à bientôt ! »

À droite c'est elle, dans un cœur éblouissant de couleurs jamais vues auparavant. A gauche, il est entouré et confus parmi les mille cœurs qu'il a reçus dans sa vie…

« Ouahhhhhh, ce sera un best-seller » tellement impressionné par l'originalité et l'intensité qu' elle lui consacre.

« Oui, mais je le voudrais pour notre histoire, qu' elle soit la meilleure! Le reste ne m' importe pas, quoi qu'il arrive…tchao ». En donnant toujours plus d'attention à ce qu'elle voudrait entendre, il répond: «Oui, ce sera comme ça ma chérie »

«Espérons! Je t'adore, guéris rapidement de ce rhume, mon petit. Tchao » (il lui avait dit au téléphone qu'il était très enrhumé).

Le matin, Cinzia se réveille souvent à l'aube et elle commence à penser, en alternant ses pensées avec de longs chagrins. Elle avait besoin de chasser toutes les douleurs intenses qui transperçaient son âme comme mille lames. Elle était très craintive : elle avait peur de trop idéaliser cet homme qu'elle connaissait depuis peu, en confondant la réalité et le désir. Désormais elle le considérait comme un ange. Elle était sûre que c'était quelqu'un de bien, elle commençait même à rêver le jour où elle aurait pu le présenter à ses enfants et à sa nièce adorée. Elle rêvait qu' il aurait pu être celui qui leur aurait fait comprendre que les hommes sont capables de donner aussi beaucoup de douceur à un enfant, ce que leur vrai père n'avait pas été capable de donner, ou seulement quelquefois peut-être, quand ils étaient très petits…Elle savait que son ex-mari aurait voulu le faire, mais sa nervosité qui détruisait tout autre comportement régnait. Pauvres enfants! Elle voulait leur offrir tout simplement la sérénité et un exemple d'amour. Cinzia se sentait tellement mal quand elle pensait à tout cela, et c'est par ses larmes, qu'elle tente de chasser cette douleur. Elle aurait voulu revenir en arrière, pour être moins réactive avec la colère qu'elle manifestait elle aussi, comme réponse à celle de son mari, devant les anges les plus importants de sa vie. Elle leur demandait de la pardonner, en leur murmurant cette pensée : « Ne souffrez pas, pour la tristesse que l' on vous a fait ressentir, je ne voulais vous donner que du bonheur, un exemple d'un immense amour, pardonnez-moi de ne pas avoir su gérer la situation » Son fils Davide, avec sa faim nerveuse, cherchait à étouffer ainsi toutes ses souffrances. Elle se souvenait qu'une fois, quand il était petit, il était tellement ému alors qu'il regardait avec attention un film de Noël, Cinzia lui avait demandé : « Mon petit Davide, qu'est-ce que tu es en train de faire… ? » et lui presque ému, il lui avait répondu : « Maman, je regarde un film sur la gentillesse entre les personnes, voilà ce que je suis en train de faire… » et à ce moment-là elle avait compris qu'il aurait désiré lui aussi vivre cette immense gentillesse, surtout de la part de son père qui n' arrivait pas à lui en donner, n'en ayant même pas conscience.

Revenons maintenant à son rêve d'amour, puisque c'est lui, Dino, l'inspiration de tout ce qui est en train de naître … Ce matin, elle veut lui demander quelle note il se donnerait en ce qui concerne sa bonté, car elle le considère si gentil… Elle espère, qu'avec cette question, qu'elle ne va pas troubler son homme tellement désiré.

C'est pour cela que le 9 mai, elle lui écrit : « Bonjour au rêve de ma vie, ce matin je te poserai une mauvaise question : quelle note donnerais-tu à ta bonté et à ton âme si gentille, de un à dix ? J'espère que tu me répondras avec sincérité. Ici il fait beau et la journée est chaude. J'espère que ce soleil resplendira également sur toute ta vie. Je t'embrasse doucement, comme je n'ai jamais fait avec personne»

 Cinzia ne peut s'empêcher d'écrire d'autres mots à propos de ses enfants. Hier, le jour de la fête des mères, Davide, cet adolescent tellement sensible, qui a presque dix-neuf ans, lui a écrit un beau message alors qu' il était à l' école : « Bonne fête, tu es une maman spéciale. Je t'aime beaucoup… » Cette chose ne pouvait que l'émouvoir, parce qu'elle ne se souvenait pas que c'était le jour de la fête des mères, la surprise a été encore plus belle; puis, l'après-midi, il lui a apporté un très beau bouquet de roses de couleur rouge rubis clair : quelles sensations dans son cœur ! Ils se sont embrassés longtemps comme ça arrive souvent ces derniers temps. Et la chose qu'elle a trouvée magique, même si cela semblait un peu stupide, c' est qu'il ait choisi des roses de la même couleur que les draps qu'elle avait achetés quelques jours auparavant pour le grand moment qui pourrait arriver un jour, s'il arrive… Ce jour-là, avec cet homme-là. Dino, Dino adoré. Dorénavant, rien que le prénom est un enchantement. C'est un univers de projets et de fantaisies.

Plus tard, Lorena, son autre fille, sa petite blonde très belle lui écrit de Lampedusa : « Est-ce que c' est la fête des mères aujourd'hui « ? J'ai lu sur internet qu'elle a été renvoyé à dimanche, de toute façon, j' enverrai mes vœux aujourd'hui et même dimanche, à la petite maman la plus gentille du monde. Je t'aime tellement ! » Le message est suivi d'une image représentant des roses qu'elle lui envoit par e-mail. Cinzia pleure d' émotion en la recevant. Les enfants… capables de réchauffer immensément le cœur. Et ils lui manquent beaucoup.

Maintenant revenons à Dino, le même matin du 9 mai, il répond à la question concernant sa bonté…

Ravie de la réponse et en souriant toute seule avec ingénuité, elle écrit : « Tu me rends heureuse au-delà des limites de l'inimaginable, si l'idée que tu as de moi correspond à la façon dont je te perçois moi aussi… Tchao » Elle ajoute, plus tard : « Tes tableaux me semblent… maintenant que je te connais mieux, de plus en plus fantastiques, je crois à présent les voir avec tes yeux, je perçois une myriade d'entités cachées parmi les couleurs. Si ton public réussit à les voir pour ce qu'ils représentent vraiment, je crois que tu en vendrais encore plus…La distance temporelle entre nous qui nous sépare n'existe plus… puisque pour moi, désormais, grâce à mes pensées, le temps vole plus rapidement que la lumière, et grâce aux fortes émotions que tu continues à me transmettre »

Juste après, pour lui manifester son enthousiasme tout comme un enfant heureux : « Wowwwww, bisou ».

Aujourd'hui 10 mai, Cinzia est particulièrement triste, puisque plus le temps passe et plus elle a peur que l'homme de ses rêves ne vienne jamais la voir. Elle a choisi comme fond d'écran sur son ordinateur, son merveilleux visage souriant. Ce matin après l'avoir allumé, il lui apparaît séduisant comme toujours et elle se retrouve à caresser cette image comme s'il était vraiment devant elle. Ehm…elle soupire et elle verse des torrents de larmes pour lui, en écoutant la douce musique qu'elle avait elle-même choisie et désirée. Elle rêve et espère ne jamais devoir se réveiller de son rêve avec cet homme, elle essaie de le sentir à côté d'elle, sublimement, serré à elle et… chose étonnante, ELLE Y ARRIVE… ! Elle imagine de l'embrasser tendrement et ensuite, lentement, elle revient à sa très triste réalité faite d'une solitude amère, profonde et indescriptible. Cinzia, qui continue son régime épuisant, après de longues années où elle avait été prisonnière de sa faim nerveuse, qui a duré jusqu'au dernier jour avec son ex-mari, se réveille toujours à l'aube à cause d'une souffrance physique, due précisément à ce régime, qui malgré cela, est en train de produire ses résultats, même si sur son corps harmonieux les marques de toute cette souffrance sont encore là, puisqu'elle avait atteint dans le passé un poids trop élevé. Cependant, elle redevenait lentement comme elle était quand elle était jeune fille. Elle plaisait encore beaucoup aux hommes, comme d'ailleurs, il y a longtemps, elle avait attiré son ex-mari. Combien de souffrances en elle. Aujourd'hui, Cinzia était de nouveau charmante et beaucoup d'hommes la désiraient. Ils étaient tous impressionnés par ses beaux mots, mais elle avait décidé de continuer à vivre dans une solitude extrême. Elle attendait l'homme le plus convoité, le plus ardemment désiré. Celui qu'elle attendait depuis toujours, l'homme tellement bon et gentile qui aurait fait chavirer son grand cœur. Elle se disait : tu dois résister à toutes les tentations puisqu'après, quand le moment arrivera, tu seras la femme la plus heureuse de la terre, tu dois y croire. Quelqu'un, là-haut, a écrit cette histoire merveilleuse et unique, exprès pour toi.

Voilà pourquoi elle pensait que malgré ses 54 ans, elle réussissait encore à plaire «MON DIEU» murmurait-elle chaque jour de sa vie : « Je te remercie, pour ce que tu es en train de m'offrir encore une fois, je n'aurais jamais espéré, après tant de douleur, de réussir encore à aimer. Je te remercie pour la foi que tu as réussi à me donner, tout au long de ma vie, pour m'aider à ressentir encore ce mélange d'émotions infinies, indescriptibles, dans un moment d'immense besoin »
Après toutes ces réflexions, dans la même matinée, elle lui écrit pour le saluer: «Bonjour mon doux Dino, l'artiste de mon rêve le plus recherché...Je voudrais être pour toi la toile blanche la plus grande et la plus pure, qui ne nécessiterait pas de blanchiment, sur laquelle tu aspirerais à peindre en toute liberté les sentiments les plus uniques et délicats cachés dans les méandres les plus profonds de toi-même. Ne m'oublie jamais, s'il te plaît, ne disparais pas dans le néant… »

Il lui avait raconté quelques jours auparavant, qu'avant de peindre une toile, c'était sa technique, il devait la blanchir avec une épaisse couche de blanc, afin de couvrir ce jaune qui les caractérise. Après, toutes les couleurs sont bien plus accentuées. C'était un vrai portraitiste de l'âme humaine, le seul capable de peindre des émotions sur de simples toiles. Quelle magnificence, cette façon de concevoir l'art, cette manière d'être artiste qui attire tellement cette femme et tous les nombreux admirateurs de ses œuvres ! Outre cette fête de couleurs, combinées savamment dans certaines de ses toiles, il y avait quelque chose d'encore plus extraordinaire qui apparaissait, de délicieuses esquisses de visages, tristes, enjoués, angoissés, qu'il était capable de peindre sur la toile, projetés directement de son inconscient et dont émane l'amour, la bonté et surtout la positivité. « En tout cas tu dois savoir, ma muse inspiratrice exceptionnelle, que dans le livre que je suis en train de te dédier, je suis déjà arrivée à la cinquante-quatrième page, mais je ne sais pas quand je pourrai te le faire lire. Je suis heureuse de réussir à écrire grâce à ta connaissance de telles douces et profondes émotions… Maintenant je te laisse à ton travail frénétique , mais tu es toujours avec moi, souviens-toi ! »

Pendant son parcours sur les tchats on peut dire que Cinzia avait trouvé, devant un tel parcours douloureux mais heureux également, des personnes merveilleuses, des hommes magnifiques, qui ont un amour immense en eux et dont on doit en mentionner quelques-uns. Parmi ceux qui l'ont le plus profondément touchée et également aidée, Francesco, un très beau pranothérapeute de Turin, avec lequel encore aujourd'hui, de temps en temps, elle échange de sympathiques e-mails. Un jour, celui-ci lui a envoyé une chanson de Renato Zero qu'elle ne connaissait pas encore : « Vole bien haut » et il lui a conseillé de l'écouter dans un but thérapeutique puisqu'il avait compris certains de ses problèmes psychologiques, comme par exemple l'idée de fréquenter un homme. Ce n'est pas un hasard s'il l'appelait « l'inachevée ». Elle commençait des relations avec beaucoup d'hommes mais elle n' arrivait jamais à obtenir aucun résultat! Et ensuite Umberto est arrivé, le très tendre ami de ses journées désespérées après l'abandon de son ex-mari...Il vient du nord de l'Italie, il a une voix qui lui donne une grande sérénité et lui calme l' esprit, de manière incroyable. Il lui a tenu amoureusement compagnie au téléphone pendant des soirées entières, en la faisant sourire. Elle sentait qu'il tenait à elle. Il est vraiment adorable et très tendre, et aussi très romantique, comme elle.

Et puis aussi l'ami Peppe, un acteur de théâtre prometteur bien qu'elle n'ait pas encore eu la possibilité de l'admirer. Lui aussi est très attendri par Cinzia, parfois ils se tiennent un peu compagnie le matin sur Skype. Il est comme Cinzia, une personne très seule dans cette période de sa vie, car depuis peu sa compagne l'a quitté. Et puis il y en a eu d'autres aussi, le très bel ingénieur Francesco, duquel on a déjà parlé. Et puis il y a un autre ami très tendre qui s'appelle Marco, qui était sur un autre tchat, marié, lui, avec une voix un peu féminine, il était d'une extrême sensibilité et fondamentalement il essayait de respecter les femmes bien qu'il ne résistait pas à leur attraction, car il avait toujours vécu parmi elles, en ayant six sœurs. Il est tellement gentil que, même après quelque temps, il lui envoie des mots tendres par texto. Pour Cinzia c'est magnifique et inattendu de voir que beaucoup d'hommes sont à la recherche d'un dialogue profond. « MES AMIS JE VOUS REMERCIE, pour m'avoir tenu compagnie, je m'en souviendrai pour toujours, vu la grande importance dans cette période sombre et je vous en serai pour toujours très reconnaissante! »

Ensuite Dino l'appelle au téléphone et lui dit qu'il a commencé à regarder pour les vols, il croit qu'il arrivera à la rejoindre sûrement au mois de juin et il essaiera d' arriver chez elle le vendredi soir, ou le samedi. Cinzia soupire de joie. Il continue de lui faire des compliments mais la peur de ne pas lui plaire physiquement se présente à nouveau, même si elle lui dit que malgré le fait qu' elle ne se sent pas belle, elle ne changerait pour rien au monde, puisqu'elle est très satisfaite comme elle est.

Dino la rassure : « Enlève cette idée que tu ne me plairas pas de ta tête, je n'ai aucun doute là-dessus, je te l'ai déjà dit et répété. Tu ne dois vraiment pas y penser ! Et puis pour moi aussi ce qui compte avant tout c'est ce que l'on a à l'intérieur».

C'est une belle personne, il est vraiment spécial à ses yeux, il sait comment séduire une femme… et sa gentillesse continue à la ravir. « Maintenant je sors, tu sais ce que je fais chaque fois avant de m'éloigner de mon paradis ? Je mets une musique mystérieuse et douce qui nous accompagnera, je regarde ta photo grandeur nature que j'ai mise sur mon écran, en pensant à ce que je crois et j'espère que tu es la personne merveilleuse que j'imagine »

Dino : « Quand ils distribuaient la beauté et la sensualité, tu étais la première de la queue – accepte le cadeau de mes fleurs et un très doux baiser » et il lui envoie une image en représentation du compliment qu'il lui a fait… ce sont vraiment des fleurs, comme il les voit.

Mais pas de simples fleurs, un BOUQUET élégant, enveloppé par un ruban de couleur noire.

« Et allez ! … Ces derniers temps, à cause de ma vulnérabilité j 'éclate trop souvent en sanglots,
ne m' émeus pas encore plus mon très cher ange si doux »

Ce soir-là Cinzia est tellement heureuse, puisqu'il l'a rappelée, sur son portable, pour la deuxième
fois, et quand cela arrive, elle s'en réjouit encore plus. Satisfait, il lui raconte qu'il s'était rarement
senti aussi à l'aise en parlant avec une femme, il lui répète qu'il perçoit sa sincérité et que cela
l'aide beaucoup à parler de tous ses problèmes et encore une fois il lui dit que ses messages sont
devenus pour lui une vraie nécessité pour aller de l'avant…Pendant ce temps ils continuent à
parler au téléphone : il lui raconte ses espoirs, en ce qui concerne le désir de quelque chose qui

deviendrait enfin réel dans sa vie sentimentale. Cinzia continue de le rassurer, en essayant de lui donner tendrement toute la confiance que la vie lui a enlevé…

Le 11 mai. Elle écrit: « Bonjour mon cher Dino, je voudrais être pour toi le reflet de tout ce que tu recherches chez une femme, pour te faire ressentir des sensations et des émotions que tu n'as jamais éprouvées auparavant dans ta vie. Moi j'ai de la chance, car tu représentes déjà tout cela et si c'était écrit que je devais d'abord souffrir pour ensuite arriver à toi, je revivrais encore à l'infini toutes mes plus intenses souffrances »

Puis, il l'a rappelée. Cette fois il lui a raconté plusieurs expériences, belles et amusantes de sa vie… et différentes confidences qu'il échange avec un ami intime. Cinzia en est vraiment heureuse, puisqu'il s'adressait à elle comme s'il était en train de parler avec son meilleur confident. Quel plaisir… ! Elle sentait toujours plus, chaque jour, que tous les deux étaient probablement vraiment compatibles, **QUEL RÊVE…** Maintenant elle repense à de belles choses qu'il lui a racontées, comme par exemple le fait qu'un jour il a découvert qu'il a un pouvoir énergétique dans ses mains, en massant la jambe d'un ami qui avait subi une grave entorse, et après cette découverte, il décida, à partir de ce moment là, de pratiquer la pranothérapie dans laquelle il trouve encore aujourd'hui une grande gratification pour le plaisir de pouvoir aider les personnes qui en ont besoin. Cinzia pense: quelle pureté d'âme en cet homme…… Après ces réflexions elle lui écrit encore : «J'adore tout ce qui t'appartient… Ce matin tu m'as dit à un certain moment, que tu as l'impression de me connaître depuis toujours… cette chose m'a beaucoup touchée, puisque j'ai pensé la même chose de toi il y a quelques jours… J'espère ne jamais me réveiller de ce rêve que je désirais depuis toujours. Le rêve de ma vie»

Cinq minutes après. Dino : **« …Je voudrais être là et faire l'amour avec toi pendant des heures et des heures comme dans une mer en tempête de douceurs infinies … »**

Elle lui répond : «Ne me le dis pas… je commence moi aussi à le désirer tellement… même si là, malheureusement, je reste un peu intimidée puisque tu me plais vraiment beaucoup. À bientôt, Tu es un homme qui m'émeut énormément…»

Une heure après, il lui envoie des messages très amusants car heureusement, il a très bien commencé sa journée:« Aujourd'hui je suis content et bientôt je te serrerai dans mes bras poilus»

« Mais qui es-tu ? le loup-garou?... ahahahahha, dis-moi la vérité, tu es un petit peu excité aujourd'hui » « J'ai aussi des poils de 30 cm qui sortent des oreilles et du nez»

« Alors tu seras mon petit ours chaleureux... » « Ceci n'est rien...Si tu voyais la longue queue que j'ai... avant j'étais avec mon fils et cela me rend toujours très heureux »

« Et moi je le suis pour toi... » « A propos... mère nature a placé ma queue dans un autre endroit... bisous »

Et voilà pour elle des fleurs que Dino a photographiées dans le jardin de sa maison, et accompagnées avec ce message : « Voilà pour toi des fleurs que je soigne personnellement et un jour j'ai l'intention de te les offrir en personne... » ; puis encore lui ... et à côté de son œuvre.

Complètement désorientée à cause du magnétisme de ses expressions sympathiques … de ses œuvres singulières. Cette dernière a été créée afin de représenter une reine égyptienne et comme si cela ne suffisait pas … pour la première fois, ses fleurs !

« Et allez, ne fais pas une tête de cochon … je te remercie, tu es très beau sur cette photo, sans parler de ta statue, mais pour les fleurs, je n'ai rien à dire… je suis vraiment émue ! » En soupirant de plaisir, elle pense que cet homme est vraiment adorable sous tous les angles, **parce que c'est ainsi qu'elle veut le voir !**

Le soir du 11 mai, Cinzia est mélancolique. Cette mélancolie se transforme immédiatement en une profonde tristesse en pensant combien ce sera difficile pour elle de vivre loin de cet homme dont elle est tomber follement amoureuse …C'est comme si le fait de le désirer la condamnait dès à présent, avant même de le rencontrer, avec la logique impitoyable du désir, avec un besoin qui n'est pas lié uniquement à la solitude (qui a été significative dans sa recherche), mais qui est lié à un véritable amour, incontestable et puissant qui est né à partir de mille dialogues virtuels, en milles enlacements métaphoriques, pour remplir et leurrer la distance entre leurs corps. Entre leurs cœurs il n'y a aucune distance. C'est samedi et elle, comme d' habitude, est chez elle. Elle a un tempérament fidèle, c'est pour cela qu'elle évite de sortir, parce qu'elle sait bien que si elle acceptait des invitations de la part des hommes connus sur le tchat, tôt ou tard elle céderait, à cause de l'exaspération de sa solitude, aux flatteries. C'est pour cela qu'elle écrit le dernier message de la soirée à son homme: « Pour moi ce sera très difficile de vivre loin de toi, je déteste ma solitude, tu es devenu vraiment très important pour moi. Bonne soirée » Voilà elle l'a dit. Il lui manque déjà une présence qu'elle n'a pas encore eue. C'est comme une nostalgie de l'avenir, et aussi la peur d'un prochain besoin qui se révélera insurmontable. Pourtant c'est cela le jeu de l'amour : s'abandonner à l'idée de ne plus réussir à être seul, céder à la douceur qui nourrit et affame.

Mais heureusement, le matin, Cinzia se reprend toujours et sa tristesse laisse place à la joie. L'optimisme revient et on est arrivé au 12 mai de cette histoire d'amour d'antan. Tout d'abord elle déjeune, puis elle écrit son premier message de cette nouvelle journée en écoutant d'abord, leur musique : « Bonjour mon chou, de la part de la femme qui te désire en ce moment plus que tout au monde. Mon pauvre, tu es foutu… mais agréablement, car tu ne connais pas encore mes vrais pouvoirs attractifs… ahahhahahahah »

Vers 10h30, Dino l'appelle enfin sur le téléphone fixe, pendant qu'il roule vers Asti où se tient l'une de ses expositions de tableaux. Ils bavardent avec beaucoup de plaisir pendant plusieurs minutes. On dirait vraiment deux personnes qui se connaissent depuis toujours. Lui et ses plaisanteries qui continuent à lui donner toujours plus de confiance sur la nature de leur relation. Il lui répète qu'il la désire toujours plus et qu'il voudrait vraiment qu'elle soit là, à côté de lui. Après cette belle et douce conversation, elle lui écrit : « Si tu savais, comme je me sens bien chaque fois que je parle avec toi, tu me remplis d'une énergie infinie…je t'en serai toujours gré. Tchao, je te souhaite une très belle journée »

Le matin il lui a confié, comme il l'avait déjà fait d'autres fois au téléphone, qu'il voudrait enfin que sa carrière d'artiste reparte, car à cause de la crise, désormais il y a eu une baisse légère dans les ventes, c'est pour cela qu'il est obligé de parcourir beaucoup de kilomètres chaque jour pour sa première activité : commerçant en bois. Il voudrait maintenant se reposer un peu, et avoir plus de liberté et, comme d'autres fois, il lui répète que de cette façon, il pourrait souvent prendre un avion pour Naples, en faisant un abonnement, pour la rejoindre. En entendant ces mots, elle lui dit qu'elle se sent vraiment touchée. Elle est radieuse, et voilà pourquoi dans l'après-midi elle lui écrit : « Si on pouvait offrir un peu de repos… c' est moi qui achèterait tes nombreux tableaux … Je t'aime bien »

«Ma très douce et belle femme, un grand baiser»

Il était le miracle auquel elle pensait, même en écoutant de la musique, quand un frisson lui parcourait le dos et la tête. C'était la pensée à laquelle consacrer ses émotions que la pensée elle-même faisait jaillir. Non, ce n'étaient pas des émotions, mais des sentiments.

Le lendemain. Le 13 mai : « Bonjour Dino. Tu m'écrivais que les baisers sont des caresses pour l'âme…Nous, si tu le voudras, on fera l'amour et on s' embrassera en nous troublant de manière extraordinaire, mais j' espère, comme tu me l'avais déjà écrit, que mes baisers réussiront vraiment à te caresser l'âme, ce que je ressens de plus pur en toi… »

« J'espère de tout mon cœur que j'arriverai à matérialiser cette idée de nous deux ensemble, ce concept qui provient d'autres nobles dimensions, douces et rares… » Environ une demi-heure plus tard. Dino: « Et pas seulement des caresses pour l'âme. Tes baisers seront pour moi une délicate pluie de rosée magique »

Il essaie, plusieurs fois, de l'appeler sur son fixe et puis sur son portable mais elle est à la plage c'est pour cela qu'elle lui écrit après : « Excuse-moi, j'étais à la plage et j'espère qu' on arrivera à se parler, car j'ai besoin de ta voix, qui est devenue la meilleure mélodie pour mes oreilles, une sève vitale. Tu as vu, je suis très romantique et…c'est grâce à toi ! Tchao, mon petit garçon »

Le soir, ne supportant plus son silence téléphonique car il ne l'a plus rappelée, elle lui écrit : « Je pense beaucoup à toi… ». Un peu après, il l'appelle enfin, une belle conversation, comme toujours, élogieuse, rassurante, des mots appropriés… si bien exprimés dans une répétition agréable, même si elle se sent mal à l' aise, car, pour la deuxième fois, il lui demande avec la plus grande douceur, de mettre, quand ils se rencontreront, des bas autofixants, une chose qu'elle n'a jamais mise auparavant…avec ce genre d'habillement intime, elle ne se sent pas à l'aise, c'est pour cela qu'elle essaie de lui dire, mais il insiste un peu et juste après la fin du coup de fil elle lui écrit : « Je suis un peu empotée… j'essaierai de te contenter, mais je ne me sens pas encore assez à l' aise avec toi…baisers tchao »

Pour certaines choses elle ne se sent pas préparée, et un tel argument lui donne des soucis. C'est comme ça : même s'il a continué à la rassurer en lui disant qu'il a bien regardé toutes ses photos, elle continue toujours à se sentir insuffisamment séduisante. Le manque de confiance n'a pas d'âge et ne connaît pas les saisons.

Cependant, en repensant à l'argument, Cinzia lui écrit le soir même: « Tu sais ce qui m'a le plus touché par rapport à d'autres hommes des tchats ? Tu n'as jamais été vulgaire, tu sais bien comment draguer une femme, et alors je voudrais te demander de continuer ainsi, puisque cela me permet de me sentir bien. Pour le reste tu peux avoir confiance, j'aime la lingerie féminine et, même en ayant très honte, je mettrai la lingerie la plus belle et la plus sexy pour toi»

Juste après, elle lui écrit encore : « Cependant ne t'inquiètes pas, cela ne veut pas dire que je veuille te limiter ou avoir des tabous, j'ai seulement besoin de mieux te connaître avant. Tchao mon beau, j'ai hâte d'être dans tes bras et, je sais que je me répète mais je voudrais seulement devenir plus belle pour toi. Baisers »

Le 14 mai, Cinzia se réveille très tôt ce jour-là et elle lui écrit de bon matin en réfléchissant sur le fait qu'il n'ose pas l'appeler par son prénom : « Ce matin je me suis réveillée plus tôt. Bonjour à l'artiste de mes rêves les plus recherchés et les plus tendres. Tu sais, pour toi ce sera une première avec une femme comme moi, parmi de nombreuses autres femmes. C'est la première fois que tu fréquenteras une femme sans nom… ahahahhaahh…Tu sais, ne fais pas attention à cela, mon trésor, mais quand je dors peu, je me réveille comme une vraie folle. Même sans avoir un nom , tu resteras dans mon cœur, ineffaçable et pour toujours !

Il lui manifeste aussitôt son enthousiasme, comme un enfant : « Ouahhhhhh des tonnes de baisers… » et elle : « Ouiiiiiiiiiiiiiiii des tonnes… pour toi et sur ton corps… »

Puis elle se prépare pour sortir puisqu'une triste matinée l'attend (la banque, les quittances et différentes choses).

Mais elle lui écrit à nouveau : « Je sors ce matin mon chou, c'est le train-train habituel, musique…ressac de la mer… les yeux fermés pour penser à toi et te sentir. Mon Dieu ! Quelles sensations…si tu fais toujours cet effet aux femmes, les pauvres, moi y compris … tchao et à bientôt… »

Lui, juste après : « Toi à la mer, moi dans les bois, ici il y a beaucoup de très belles fleurs (primevères), mais aucune fleur n'est belle et douce comme ton visage – un doux baiser – bonne journée mon amour ».

Elle, juste après : « MERCI, mais si tu veux ma mer, elle sera la tienne et pour toujours, tu es l'homme le plus complet de la terre »

« Doucement je voudrais faire naufrage dans tes bras, dans ta mer, ma sirène… » « Ouahhhhhh, ne me provoque pas trop aujourd'hui, je ne voudrais pas trop te bouleverser après… »

« Envoie-moi de nouveau ton adresse , je dois t'envoyer un paquet – doux baisers ! »

Elle la lui envoie et puis elle lui écrit encore, en ayant compris qu'il lui enverra probablement le tableau peint exprès pour elle, qu'il lui avait promis il y a quelques jours : « Je te remercie mon A…. »

De temps en temps elle ne résiste pas et elle lui écrit ces points de suspension en voulant indiquer les mots – MON AMOUR – qui, selon elle, sont encore inappropriés.

Il est de plus en plus plus exalté par ses messages. Dans l'attente de lui envoyer le tableau promis comme cadeau, il lui enverra entre temps une autre image fantastique de son œuvre créée exprès pour elle, en lui expliquant qu'il s'est inspiré du même prénom qu'il avait accepté de lui donner, c'est-à-dire « rubis… », intitulée : «RUBIS pour rêver… ». Sur cette toile on peut observer beaucoup de rouge, même en relief, tout comme une pluie de ces pierres rouges brillantes… à droite, observez cette oasis lumineuse de bleu clair vers le centre… Il a mis toute son âme dans ce tableau…

Elle apprécie infiniment cet autre geste tellement émouvant, significatif et inoubliable...

Puis encore, en ce qui concerne la demande de son adresse : « S'il s'agit du tableau, je crois que pour moi ce sera comme t'avoir déjà ici. Je parie que plutôt que de l'accrocher, je le mettrai dans

Cinzia sent et espère en elle-même, que ce jeu qui a commencé un peu par hasard, grâce à un simple tchat, va devenir un profond sentiment pour tous les deux. Elle pense qu'il est tellement sincère au téléphone, tellement serein quand il se confie avec elle. Elle souffre, car elle continue de le voir toujours plus fatigué à cause de son travail et elle voudrait vraiment qu'il puisse s'arrêter un peu, après toutes ces années passés à s'occuper du ramassage et de la vente du bois, dans les forêts infestés par des nuages de moustiques et d'insectes de toute sorte et par la boue en hiver.

La vie est dure, quand on voudrait se reposer un peu sans pouvoir se le permettre…

Si ça ne dépendait que de lui, à ce point de son parcours, il abandonnerait son travail fatigant, pour se consacrer entièrement à son art qui le satisfait incroyablement, car pendant qu'il peint, il arrive, à travers la méditation, à s'abstraire totalement du reste du monde et voilà qu'il réalise des œuvres d' une extraordinaire transcendance Des oeuvres remplies de toute l'essence positive qu'il possède. De cette façon, il pourrait aussi jouir de plus de liberté et passer plus de temps à réaliser d' autres intérêts et d'autres rêves de sa vie…

Ses tableaux sont des trames très élaborées d'une rare préciosité, uniques, d'une originalité singulière. Ils donnent l'impression que, derrière eux, il y a souvent des yeux ou des visages qui te regardent… le tout, parmi des couleurs si parfaitement amalgamées entre elles, qui transmettent une vraie béatitude à celui qui les observe.

De plus en plus folle de lui, elle souhaite que leur rencontre ne dure pas seulement le temps d'un seul week-end, car sa solitude deviendrait ensuite encore plus insupportable ! Elle imagine qu'elle se sentirait ensuite, tout comme dans le célèbre conte intitulé « La belle et la bête », qui l'avait toujours fascinée et angoissée en même temps, par l' extraordinaire façon dont a été clairement mise en évidence la puissance de pouvoir souffrir àcause de l'amour, au point extrême d'arriver même à mourir pour cela. Non, elle souhaite et espère que cela n'arrivera pas. Si cela devait finir ainsi, alors ce serait mieux de ne jamais le rencontrer!

Le 15 mai, Cinzia, en regardant à nouveau les images de l'homme dont elle est éperdument tombée amoureuse, lui écrit, en s'émouvant : « Bonjour mon très délicat Dino, plus je te regarde et plus tu me sembles magique… Je ne crois pas encore qu'un jour je pourrai vraiment te voir et, enfin, si tu le voudras toujours, couvrir tout ton visage angélique de baisers les plus doux… en imprimant ainsi pour toujours au fond de moi le souvenir de tes tendres traits »

« …Tu me verras trésor, je te le promets moi aussi, je veux te voir, à bientôt » « Je te remercie, bonne journée j'espère qu' elle ne va pas être trop fatigante » « Mes baisers sont sujets à la loi de gravitation…je commencerai par tes lèvres »

« Je commencerai par tes yeux profonds et transparents et ensuite on verra, transparents pour moi, seulement s'ils représentent le vrai miroir de ton âme… »

Vers 13h00. Dino : **« Femme rubis = un rêve très doux»**

Cinzia: « Tu sais, bientôt je serai sur l'autoroute pour Rome avec ma très belle voiture rouge, la musique à plein volume et la chose la plus importante, l'homme le plus beau du monde dans la tête, même si je changerais volontiers de direction pour venir t'enlever et pour t'emmener loin de ton mauvais travail pour quelques jours, tchao »

Le soir : « Est-ce que tu es arrivée ? De très doux baisers » «Oui mon chéri, depuis quelques heures déjà, et en ce moment je suis en train de saluer un ami qu' on avait en commun avec mon mari, baisers infinis pour toi »

16 mai. Aujourd'hui, la journée de Cinzia a commencé par un malentendu qui entraîne de la bonne humeur avec des fous rires… elle s'est réveillée à 05h00 et après quelques heures elle était déjà stressée à cause de cela car quand elle ne dort pas, elle se trouve dans un état d'ivresse, comme si elle avait bu, elle commence ensuite à écrire, à envoyer à son amour désiré un beau message particulièrement chaleureux Aussitôt après, elle s'aperçoit avec un grand embarras qu'elle l'a envoyé à un autre, à un type de Passignano sur le Trasimeno qui s'occupe pour elle de l'entretien d'une villa, qu'elle avait achetée avec son ex-mari un an auparavant. Voilà le message: « Bonjour, ma douce pensée si reposante et étincelante… projection de mes rêves depuis toujours et que j'espère qu'elle pourra rester en moi pour longtemps. Je suis réveillée depuis cinq heures du matin, aujourd'hui, j'ai plusieurs personnes à voir et j'aurai plusieurs choses à faire. Je t'embrasserais volontiers en ce moment sans plus me détacher de tes lèvres spéciales et désirables … » Après, voilà ce qu'elle écrit, très embarrassée: « Je m'excuse, mais le message était adressé à mon compagnon »

Dino l'appelle en rigolant et cette fois-ci au-delà de ses compliments habituels…il lui confie que son meilleur ami est de Monte-Carlo **« PIGI »** , mais il vit périodiquement à Mombercelli également, il le décrit comme une personne respectable, un professionnel, avec plusieurs diplômes, c'est un intellectuel, il énumère toutes ses qualités en racontant aussi qu'il est polyglotte, mais surtout doté d'une grande humilité, générosité, altruisme à tous les niveaux, un vrai frère, plus qu'un frère, encore plus apprécié…surtout quand, comme pour Dino, on est fils unique ! La personne dont on a besoin, celle qui t'écoute, celle qui arrive à te remonter le moral et qui est, et sera toujours là pour toi. Lui… c'est le GRAND PIGI…! Dino l'admire. Il raconte qu'il descend du grand Murat, bras droit de Napoléon… Il est fier d'être l'un de ses amis et il raconte tout cela en trahissant presque son émotion en parlant de lui (Dino lui inspire tant de tendresse …)

Elle ne l'avait jamais vu tellement absorbé… et elle fut très impressionnée par cela. Dédié à son

PIGI : « PEINTURE ET POÉSIE »

L'image qu'il a envoyée à Cinzia, mais cette fois-ci pour PIGI… est une œuvre grandiose : elle nous offre des couleurs qui se superposent en parfaite harmonie, rien n'est laissé au hasard, le résultat

 Et il lui écrit :

Pendant ce temps, quelque chose d'inattendu se passe. Quelques jours après, Dino lui demande si elle peut accompagner Pigi à Naples pendant quelques heures, car il doit y aller pour des raisons de travail. Elle n'aura même pas le temps de se préparer qu'il sera déjà là… Quel personnage, Pigi ! Cinzia se sent un peu mal à l'aise devant une si grande culture et surtout devant une âme si délicieuse. Ils ont peu de temps pour être ensemble. Pendant le déjeuner, Pigi l'enchante avec son récit sur la Principauté de Monaco et sa Monte-Carlo, qu'iladore. Cinzia aime les contes et celle qu'il lui raconte semble en avoir toutes les caractéristiques… « Nous nous trouvons dans un endroit à moins de 15 km de la frontière italienne ; la Principauté de Monaco est une ville-état autonome, la deuxième nation la plus petite du monde. Elle s'érige au-dessus d'une zone côtière très pittoresque, limitrophe de la France sur trois côtés et, au sud, avec la Mer Méditerranée. Après une brève description de différents lieux comme Porto Ercole, le Musée Océanographique etc… il continue son récit… La Principauté de Monaco est connue comme étant un vrai paradis européen et elle permet, depuis 1870, à tous ses habitants de jouir d'un système sans impôts (quelle utopie pour une italienne comme Cinzia… !). Pendant des décennies, Monte-Carlo a vécu grâce aux revenus de ses casinos. Actuellement, les efforts constants de la Principauté , grâce aux souverains actuels et à ceux du passé….pour diversifier son économie, ont fait du tourisme sa principale source de revenus du pays. Et ils ont réussi ! Aujourd'hui, la plupart des habitants de Monte-Carlo sont des citoyens français et italiens et toutes les autres nationalités du monde. Elle a donné du travail à des milliers de personnes qui affluent de France et d'Italie. La Principauté de Monaco est gouvernée par la dynastie des Grimaldi depuis plus de 713 ans. François Grimaldi était génois. C'était un grand leader des guelfes. Grâce à son histoire passée, la religion catholique prévaut à ce jour. A Monte-Carlo, c'est toujours la fête grâce aux somptueux événements tout au long de l'année : les bals élégants et l'atmosphère glamour (comme le Bal de la Rose de la Princesse de Hanovre en mars), les concerts exclusifs en plein air de l'Orchestre Philharmonique de Monte-Carlo (pendant le mois de juillet au palais Royal). Parmi les événements sportifs : Monte-Carlo Rolex Masters (avril), le célèbre Grand Prix de Formule 1 de Monte-Carlo (mai) et le

Marathon International (novembre), sans oublier les très grandes initiatives caritatives…organisées par les **princesses Caroline et Stéphanie de Monaco** : derrière tout cela se cache un grand élan de solidarité particulier… Pigi s'adoucit de plus en plus quand il commence à parler du **prince Rainier III Grimaldi** et de l'importance qu'il a eu au cours de ce dernier siècle dans la réalisation de ce paradis, accompagnée par celle qui semblait sortie d'un rêve, lors du tournage d'un film. Quand il la voit pour la première fois, il en tombe amoureux éperdument. Ces sentiments intenses sont partagés et cette femme renonce à une chose qu'elle avait tant aimé jusqu'à lors…le cinéma. **Grace Kelly**, une actrice très convoitée, américaine d'origine irlandaise, icône de l'expressivité cinématographique et de la sensualité la plus élégante. Malgré qu'ils ne soient plus présents…ils sont restés tellement vivants dans le cœur et la mémoire des gens qu'ils représentent une présence presque magique. C'est une chose très touchante. C'est pour cela qu'aujourd'hui, la fable continue avec les **souverains actuels Albert II** et sa **bien-aimée Charlène Wittstock** qui ressemblent providentiellement à leurs prédécesseurs…

Une famille d'une grande épaisseur culturelle qui s'efforce de garder intact ce lieu magique et unique au monde, grâce aux délicieuses descendantes de la princesse Grace, Caroline et Stéphanie, et à la lignée relative. Un ensemble de classe, d'élégance, de respect de l'autre, sans aucune discrimination ou distinction, dans lequel l'on peut trouver la sécurité, la tranquillité, la sérénité, et dans l'accueil organisé par chacun, discipline et participation à la croissance constante de ce paradis unique. L'ensemble génère un amalgame incroyable et précieux d'êtres humains qui, d'une manière ou d'une autre, et avec une grande dignité, ont réussi à créer une excellence maximale ».

Cinzia, émerveillée par cette description si satisfaisante et intéressante d'un pays qu'elle ne connaissait pas dans son essence réelle…remercie Pigi en le saluant, en promettant qu'un jour elle visitera toute cette beauté. Elle sent le besoin de dédier l'un de ses dessins et l'une de ses douces poésies à cet endroit très recherché et vivant. Dans cette fable, le rêve et la réalité se sont mélangé jusqu'à ne former plus qu'une entitè…

"Monte-Carlo:La Principauté des Rêves"

"Monte-Carlo:Il Principato dei sogni"

Il y a un ange spécial	*C'è un angelo speciale*
Qui avec son bien-aimé	*Che insieme al suo compagno*
Sur ces terres veille	*Su queste terre veglia*
De là-haut et virevoltant…	*Dall'alto a volteggiar*
Quelle douce merveille	*Che dolce meraviglia*
La princesse Grace	*La principessa Grace*
D'une telle beauté	*Di tale una bellezza*
Qui ne semble vraie.	*Da non sembrare vera*

Qui unie à un grand souverain	*Che unita a un gran sovrano*
Nommé Rainier	*Dal nome di Ranieri*
Ensemble donnèrent	*Insieme conferiron*
Prestige au plus bel endroit	*Prestigio al più bel luogo*
Jamais créé sur la terre	*Mai eretto sulla terra*
De Monaco l'on parle…	*Di Monaco si parla…*
Avec sa Monte-Carlo	*Con la sua Monte-Carlo*
Que tout le monde désire	*Che tutto il mondo ambisce*
Comme lieu à conquérir…	*Qual meta a conquistar…*
Réalité traduite en rêve	*Realtà tradotta in sogno*
D'une vie sans pareil…	*Di un viver senza eguali…*
Où l'on se promène encore	*Dove passeggi ancora*
Tranquille et en liberté…	*Tranquillo e in libertà….*
Sans peur du noir !	*Senza timor del buio!*
Ici elle créa une fable	*Qui lei portò una favola*
Qui encore aujourd'hui continue…	*Che ancor tutt'oggi seguita*

Et maintenant c'est le moment d'ouvrir une parenthèse pour vous parler d'une personne très chère à Cinzia, qui appartient à un groupe de personnes spéciales. Il s'agit d'un homme, Paolo,

qu'elle a connu il y a un an environ quand elle allait avec son ex-mari en Ombrie à la recherche d'
une maison, une région où elle croyait qu'elle aurait ensuite déménagé avec toute sa famille.
C'était une personne respectable provenant d'une autre région italienne, un médecin, un
professeur universitaire de grande ouverture d'esprit qui, dans sa vie, outre exercer l'activité
principale de médecin, faisait une myriade d'activités qui lui étaient extraordinairement
appropriées en ayant toujours un grand succès.. Il a une femme qu'il décrit comme étant très
intelligente et très cultivée, un fils merveilleux qui s'appelle Francesco et qui a 28 ans, qu'il adore,
et qui a déjà commencé une carrière prometteuse d'architecte. Paolo est un homme qui a une
grande habilité d'entrepreneur, qui a la capacité de transformer en or, comme dans un ancien
conte, tout ce qu'il touche. Ce qui compte vraiment c'est qu'il est devenu, dans le temps, un ami
sincère de Cinzia, et surtout un confident patient. Il l'adressait, la conseillait quant aux mesures à
prendre pour commencer à gagner quelque chose avec cette belle villa, avec de nombreuses
dépenses à faire, auxquelles, heureusement, son ex-mari participait encore. Cinzia rencontre donc
Paolo à Perugia et à cette occasion-là, toute prise par l'envie de raconter son histoire amoureuse
avec Dino, elle lui parle aussi de ses difficultés ces dernières années, en ce qui concerne sa carrière
artistique. Il lui promet qu'il parlera à un galeriste important de la zone, ce qui se arriverait
rapidement.

A la même date. Cinzia à Dino : « J'espère que tu as lu mon mail en ce qui concerne tes affaires,
mon ami t'a présenté à ce galeriste qui maintenant veut te voir à tout prix ici … parce qu'il
considère tes peintures fantastiques ! Tchao et bonne journée » « Je l'ai lu trésor, pour moi c'est
d'accord » Plus tard, elle se trouve dans la province de Perugia : « Je contemple depuis quelques
minutes le lac Trasimeno et je souhaite qu'un jour on sera ensemble ici, toi et moi…tchao » Après
quelques instants Dino l'appelle et sans le vouloir, il l'a met dans un grand embarras, car, après lui
avoir dit, satisfaite, qu'elle se trouve bien dans sa Mercedes classe A, comme elle n'aurait jamais
cru, en soulignant que c'était la première fois qu'elle conduisait une voiture de luxe, il lui dit tout
de suite : « Pense un peu, peut-être tu es là dedans avec une belle minijupe… » Et elle lui répond
tout de suite: « Non, tu ne dois pas me dire ces choses, tu le sais bien, je t'ai déjà dit… je n'ai pas
de belles jambes … » Il lui demande aussitôt, comme un enfant très curieux « Pourquoi ? » A ce
moment-là, elle lui répond : « Pour commencer, j'ai de la cellulite » et elle lui répète qu'elle s'est
retrouvée comme ça à cause des régimes et, en entendant son embarras, il lui répète quelque
chose qu'il lui a déjà dit plusieurs fois : « Tu sais, moi aussi j'ai un peu de ventre et de petites

rides... » Comme s'il voulait lui dire que lui non plus n'est pas parfait. Quelle bonté d'âme... que cet homme continuait à lui inspirer.

Deux heures plus tard, il lui écrit soudain : « Faire l'amour avec toi... mmmmmmmmmm » Et elle lui répond encore, inquiète en ce qui concerne son aspect physique : « J'étais en train de t'écrire, je pense que c' est de la télépathie, oui avec toi mmmmmmmmmmmm...C'est le maximum pour moi. Excuse-moi, cependant, si tu continues de parler de beauté en ce qui me concerne... je ne me ferai jamais voir nue devant toi et alors oui, tu resteras avec moi pour toujours...mais seulement dans mon livre romantique... ! J'ai toujours été timide pour certaines choses et en faisant ainsi tout devient plus difficile. Et souviens-toi, pour moi au contraire, tu pourrais avoir mille défauts... mais je ne les verrais en aucun cas car je te désire plus que toute autre chose... J'espère qu'en général tu n'as pas peur et que tu ne t'impressionnes pas trop devant de tels arguments... » Ensuite, encore inquiète : « Dis-moi la vérité, je t'ai découragé un peu avec mes textos, réponds quelque chose, s'il te plaît, dès que tu peux » « Tu ne m'as pas du tout découragé avec tes textos, j'ai le plaisir de les recevoir parce qu'ils sont sincères – J'ai envie de toi – Pleins de baisers sexy »

« AH, je te remercie, j'étais un peu inquiète. Moi aussi, j'ai une envie toujours plus folle de toi, ce sera vraiment beau, je n'arrive même pas à l'imaginer... »

« Je suis satisfaite que tu aies compris ma sincérité et souviens-toi que les mensonges, les tromperies n'existent pas dans mon dictionnaire, cela est peut-être une erreur mais je suis faite comme ça » Il est très doux et rassurant : « Je t'aime comme tu es...baisers »

Le soir, elle rencontre son ami Paolo qui est maintenant curieux de connaître la vie de cet artiste dont elle lui montre les œuvres, sur l'ordinateur. Il reste très impressionné par ce qu'il voit et surtout par ses poésies, sur lesquelles il s'exprime en disant qu'elles font transparaître une grande souffrance intime.

Elle communique cela à Dino, en lui écrivant : « Tu sais, mon beau, j'ai montré tes œuvres à mon ami, il les aime beaucoup, bien sûr, il dit que ce serait tout autre chose en les voyant en personne. il a beaucoup aimé ta sculpture intitulée – FEMME AVEC LE VOILE – il a aperçu en elle le visage de Jésus Christ et il a été fasciné également par tes poésies si profondes. Il voudrait toutes les lire»

Le 18 mai, elle lui adresse son souhait matinal: « Bonjour mon tendre et humble artiste, j' ai dit à mon ami, intéressé par l' achat de ton œuvre , comme tu me l'as indiqué, la cotation Mondadori du catalogue. Il semble que l'un de ses amis est aussi très intéressé à en acheter une… » « Ok, Je te remercie mon amour »

Ce matin, Cinzia a fait une réflexion à propos de ce qu'elle désirerait , elle voudrait qu'il l'aime intensément, tout comme elle l'aime de façon absurde, au moins un peu, mais que peut-être, par une forme de prudence et de moralité à son égard, elle ne trouve pas encore le bon moment pour lui révéler cela.

Mais aujourd'hui, Cinzia est un peu démoralisée, car il lui a dit qu'il ne sait pas encore quand il pourra aller chez elle, en changeant donc la date qu'il avait déjà supposée être au début juin. Pour la première fois, cela bloque un peu Cinzia, qui ralentit soudain le rythme des messages, en perdant un peu l'espoir de cette rencontre tellement désirée, qui s'éloigne davantage. Elle évite toutefois de lui parler de sa perplexité, en craignant de tout gâcher …

Ayant perçu sa tristesse, il lui écrit vers 20h30 de la même journée : «Je suis à un dîner tellement ennuyant, je voudrais être dans tes bras, collé à tes lèvres, mon doux trésor de femme – baisers »

En deux secondes, elle se ressaisit enfin. Sa tristesse disparaît et lui répond avec ce texto : « Tu as lu dans mon cœur, je désirais tellement que tu penses à moi, j'étais un peu triste ce soir, enfermée dans cette solitude étouffante… mais maintenant je ne le serai plus, parce que tu es à côté de moi, moi aussi je voudrais être serrée dans tes bras en te donnant des baisers comme si tu étais le premier et le seul homme pour moi, en sachant que tu me désires, mon homme charmant coloré d'amour… »

Le soir. Elle n'arrive pas à s'arrêter : « Et crois-moi… tout ce que je te dédie en t'écrivant, c'est seulement une petite partie de ce que je voudrais te dire. Tu m'inspires tellement… j'espère que je pourrai le faire après notre première rencontre et dans la deuxième partie de notre livre d'antan… »

Le 19 mai : « Bonjour mon Dino tant désiré. Tu sais, si quelqu'un m'avait dit… construis un homme comme tu aimerais qu'il soit, moi, je l'aurais peint avec tes traits aux apparences légères, avec ta même tonalité de voix, douce et tendre et identique à toi, dans sa totalité. Ton cœur est plein d'un amour rare et incompris, sans limites »

Un peu plus tard. Dino : «Si je devais peindre ton image sur la toile, je peindrais ta douceur, ton charme, ta sensualité »

Elle est heureuse et pleine d'enthousiasme car finalement, il n'a pas utilisé le mot habituel « beauté », qui, selon elle, la pénalise…ou peut-être manque-t-elle de confiance? Bien sûr qu'elle est comme ça. Mais ceci n'empêche pas que des mots rassurants puissent être sacrés et inattendus, en se transformant ainsi en une force nouvelle … maintenant elle est douce et se sent vraiment pleine de charme et de sensualité. Ce n'est pas juste une sensation, elle l'est vraiment ! « Je vois que tu commences à me comprendre plus profondément, alors fais-le…peins-le sur la toile… n'attends pas et tu verras qu'une œuvre, la plus élégante jamais réalisée, va naître. Tu as noté la modestie provenant de ce rubis, ce matin ! » Une heure après. Dino : «Mon doux amour… » « Et toi, pour l'instant, tu es seulement, malheureusement, un rêve surréel et inimaginable, caché en moi depuis toujours … »

Et voilà qu'il l'appelle au téléphone, pour la deuxième fois, alors qu'elle est dans sa voiture et qu'elle en route pour Naples. Mais ici il n'y a peut-être pas de place pour les dialogues à haute voix, pour tout ce qui peut être seulement souvenir. Si l'amour vit dans les rêves des tchats, ce qui reste, ce sont les mots exacts, le document de la vie écrite, lue, reçue et renvoyée. Il lui raconte qu'il est assis devant l'une de ses expositions, en attente. Il lui confie qu'il voudrait qu'elle soit là pour partager la joie du succès qu'il était en train d'avoir pour cette exposition et ils échangent beaucoup de mots tendres. Comme d'habitude, elle est si contente car il est rare qu'il arrive à l'appeler. Désormais ils parlent entre eux comme s'ils se connaissaient depuis toujours, elle aime énormément le fait qu'il veuille se confier avec elle… et elle aime aussi beaucoup le timbre de sa voix, persuasif et attendri, dans ces moments où il lui dit qu'il aimerait être là avec elle, dans ses bras.

C'est ainsi qu' après le coup de fil, elle lui écrit : « Maintenant je n'ai plus peur de voyager toute seule, tu es avec moi…je suis en train d'écouter ' All in love is fair ' de Steve Wonder, tout est permis dans l'amour et dans la guerre, c'est moi qui l'ai traduit ; une sensualité transcendantale…j' imagine que je danse avec toi, en te serrant tellement jusqu'à te couper le souffle, en espérant cependant de ne pas te faire mal… » « Du mal ? C'est seulement un immense plaisir de sentir ta peau et ta sensualité et de savourer tes douces lèvres… mon doux amour… » Dino: « 80 kilomètres de Naples, 800 d'Asti et souviens-toi…pas de distance entre nos cœurs… et ouiii … j' ai enfin appris à écrire les numéros sur mon portable, de douces bises sur tes lèvres merveilleuses… » Elle est vraiment satisfaite, parce que cela fait des mois qu'elle n'arrivait pas du tout à comprendre comment on écrit les numéros sur son téléphone portable si compliqué. «Sur les tiennes aussi, mon amour… » Elle pense que c'est fantastique, il l'appelle souvent **« Amour »**, son bien-aimé Dino. Un mot très doux, le plus recherché et le plus mélodieux pour l'homme de ses rêves, c' est pour cela qu'elle lui écrit : « Je suis triste car tu ne prononces jamais mon prénom… mais tu utilises des surnoms différents… dont un qui m' est particulièrement agréable, et j'espère que tu continueras à le répéter, mais cette fois en connaissance de cause, tchao mon petit »

Le 20 mai, elle lui adresse comme d'habitude sa première pensée du matin, toujours plus intense:
« Bonjour Dino, mon chaud rayon de soleil qui, même à une longue distance, arrive à réchauffer tout mon corps…finalement, on va se rencontrer un jour, on se regardera avec émotion au-delà du scintillement de nos regards rayonnants… on sourira beaucoup … et dans le silence de nos regards, on recherchera le moment inoubliable de notre première étreinte, de notre premier baiser… en effleurant avant tout, délicatement, nos douces lèvres, pendant que des frissons intenses, se répandront sur nos corps et je pourrai finalement donner un sens au mot extase ! »

Il lui envoit aussitôt comme réponse deux images, la première qui touche Cinzia de façon incroyable, car pour la première fois il prend, pour elle, une photo de lui-même en gros plan, en lui transmettant ce regard qu'elle cherchait, qu'elle attendait… cette douceur, cette intensité…il ressemble presque à un homme vraiment amoureux… et comme si ce n'était pas suffisant, il lui envoie également un message: **« Pour toi Cinzia… »** . La deuxième image représente une autre de ses œuvres, créée comme un objet porte-bonheur, car il représente un grand hibou rouge sur une branche foncée, le tout dans l'espoir qu'enfin, en la rencontrant, sa vie se serait dirigerait vers un nouveau et beau destin … mais c'est la photo de son visage qui lui reste gravée pour toujours…et surtout la magie d'avoir finalement été appelée par son prénom…

« JE T'ADORE TU ES L'HOMME DE MES RÊVES… » elle pense… «MAIS REGARDE-TOI…UNE TELLE EXPRESSION POURRAIT -ELLE NE PAS ÊTRE SINCÈRE ? »

Elle se laisse encore transporter complètement par un fleuve de doux mots d'amour, cependant sans les lui envoyer, cette fois-ci… :«Après que l' on se sera rencontré… et que l'on sera devenu une seule personne, ce sera terrible pour moi de te laisser partir. Combien de douleur en moi, de nouveau … Non, mieux vaut ne pas y penser maintenant, Dino, tu vis loin d'ici, c'est une histoire classique, impossible. Mais si tu le veux et si tu le dis une seule fois seulement, je changerais toute ma vie pour toi. Je demanderais ma mutation au travail et je courrais chez toi pour t'accompagner pendant quelques années au moins. Je voudrais te gâter, t'aimer à l'infini, mais en respectant fermement la liberté qui t'appartient ». Mais elle ne l'envoie pas. Par peur de gâcher quelque chose, de peur qu'il se sente opprimé par cet attachement exagéré… c'est pour cela qu'elle préfère le profond silence, pour le faire resurgir ici seulement.

Ensuite, elle imagine encore de lui écrire : « Et ils comprendront, que grâce à leur foi…ils ont été choisis parmi peu d'élus auxquels cet immense privilège a été donné, le plaisir de connaître le vrai Amour, celui que, si tu sais le mériter, tu pourras effleurer une seule fois dans ta vie… »

Et encore : « Cet amour, qui restera ensuite gravé dans le doux livre de la mémoire, à travers ces vers triomphants d'amour écrits par la plume de mon cœur ». Maintenant, elle ne devait plus avoir honte devant lui, même si elle ne se sentait pas assez belle, comme elle aurait tellement voulu : maintenant elle savait que ses doigts fuselés l'auraient caressée, en découvrant toute sa magnifique beauté intérieure jusqu'à la voir partout, comme la femme la plus belle et la plus convoitée, parmi toutes ses femmes» «C' est la plus belle histoire qui n'ait jamais été écrite dans cette triste époque » Cinzia le répète souvent, à elle-même …et à vous aussi… ! (Peut-être pour vouloir s'en convaincre….)

Et ceci est la fin des monologues qui n'ont pas été envoyés, des dialogues absents, des phrases de peur et de désir.

Le 20 mai vers 10h00. Dino: « Je suis dans la boue mon tendre amour – bises »

Elle est heureuse de l'entendre : « Mon Amour, ne t'inquiète pas, bientôt on va transformer cette boue, ensemble, en or, comme je t'ai dit hier, souviens-toi, baisers infinis »

Il lui téléphone, mais à cause de la musique dans la voiture elle ne l'entend pas et elle en est déçue. Elle lui écrit « Si tu arrives à me rappeler… Je le voudrais tellement »

Mais il ne le fera pas et elle est très triste de ne pas l'avoir entendu. Les messages qui n'ont pas été envoyés ne suffisent pas, apparemment. Le destin nous donne aussi les coups de fil sans réponse.

Mais plus tard, il lui écrit : « Un baiser à la douce mélodie de tes lèvres »

Un très beau message pour elle, mais elle est triste, et elle lui répond avec des mots moins tendres parce qu'elle commence à perdre l'espoir de le voir : « Tu es un homme que l'on peut désirer tellement, mais que l'on peut avoir pour quelques instants seulement »

Aussitôt elle lui renvoie un autre message, car elle pense qu'elle lui a envoyé un texto trop négatif: « Ne t'en fais pas, quand le soir approche, mes fantaisies deviennent toujours plus tristes. Quand tu seras avec moi, ce ne sera plus comme ça…tchao »

Le 21 mai. Aujourd'hui, ça fait un mois que Cinzia et Dino se connaissent, elle est particulièrement triste parce qu'elle est tellement prise par ce sentiment si envahissant dont elle commence à avoir peur… et elle lui écrit : « Tu sais, c'est la première fois que j'ai mémorisé une date concernant un homme. Ce matin ça fait déjà un mois qu' on se connait… c'est très inquiétant pour moi, je suis terrorisée de ce qui est en train de se passer en moi, de toutes ces transformations. Tu ne me l'as pas demandé et je ne devrais pas le faire…Je me perds comme dans un labyrinthe en pensant à toi, en t'imaginant là tout près de moi, en te donnant des baisers, en te berçant entre mes bras et ensuite, mon cœur…que deviendra ensuite mon cœur adouci…?»

Tout de suite après, en comprenant qu'elle avait exagéré à son égard, elle lui écrit : « Pardonne-moi pour mon sentimentalisme inapproprié, je voudrais seulement que tu sois bien avec moi, tout le reste n'a aucune importance…tchao »

Puis il lui téléphone, son appel ne sera pas très long, mais on sait que ses mots habituels et très doux lui suffisent à chaque fois, juste pour entendre sa voix.

Puis vers douze heures, soudain, il lui écrit, plein d' enthousiasme parce qu'évidemment il n'avait pas encore lu son message du matin : « Ouahhhhhh, tu es un trésor » Elle, tout de suite après : « Toi, tu es un trésor… le bijou le plus précieux, le diamant le plus pur que toutes les femmes aimeraient mettre même juste une fois dans la vie… continue de scintiller sur mon cœur, j'en ai besoin… » « Doux baisers pleins d'une profonde affection et sensualité »

Elle est plus heureuse que jamais, quand il lui écrit tous ces messages toujours très tendres et elle lui répond encore : « N'aie pas peur. Aujourd'hui, et seulement aujourd'hui, je m'accorde toutes ces paroles, tellement désirés, car pour moi ce sont les mots les plus significatifs, imprononçables et rares de mon dictionnaire. Je te remercie – Mon Unique Amour…-»

En sachant bien maintenant de la rendre heureuse avec les mots auxquels elle aspirait tellement, il lui écrit encore : **« Mon doux amour… »** «Ce sont les notes auxquelles j'aspire… que j'espère que tu arriveras un jour à accorder pour moi, mais seulement avec une vraie sincérité… » «Je les jouerai pour toi sur ton piano, suavement et doucement… » Elle est émue : « Est-ce que tu sais quel sera pour moi le prochain jour le plus beau ? Quand finalement tu auras acheté ton billet d'avion et, en ce qui me concerne, un aller simple ahahahahha tchao »

L'attente de la rencontre devient déchirante. Et s'il changeait d'idée ? Est-ce qu'il y aurait quelque chose de pire que de perdre un paradis attendu ? Est-ce qu'il vaudrait mieux ne jamais l'avoir imaginé, rêvé, ne jamais l'avoir désiré avec une précision si épuisante?

Le 22 mai, elle lui écrit : «Bonjour à mon artiste sage et adoré, je regarde le ciel et tu es toujours là, libre en vol… je regarde la mer et tu es toujours là, tu la caresses et tu la réchauffes comme un reflet de soleil, je regarde ensuite au fond de moi et je tremble de froid, parce que sans toi, il y a seulement le vide, ne t'en va pas, reste avec moi… » « …Je ne pars pas, tu me plais trop… », répond l'homme qu'elle n'a jamais rencontré. « Je continuerai à l'espérer à l'infini… »

Il fait finalement une petite pause parmi cette multitude d' occupations et il lui écrit pour répondre à son dernier message : « Ce n'est pas seulement un désir, mais ce sera une splendide réalité – sensuelle et passionnelle, ton Dino » Elle lui répond : « Je te remercie, chaque petit ou grand mot que tu me dis m'aide beaucoup psychologiquement et pour tout le reste… et crois-moi, j'en ai un grand besoin, viens vite, autrement je continuerai de croire que c'est seulement le fruit de mon ardente imagination, un baiser pour toi, le seul homme qui arrive à réveiller complètement… » D'une manière amusée et un peu excessive, il lui dit : « …Toi, tu enflammes mon tout… » « Petit malin…» «Réaliste…»

Maintenant, Cinzia se sent revigorée et elle peut continuer tranquillement ses tâches quotidiennes. Elle est très heureuse comme elle ne l'a jamais été, après avoir parlé avec lui. Mais elle n'est pas encore satisfaite et, en écoutant une musique splendide: « Je te dis seulement que ce sera fantastique… merveilleux… inoubliable… on va se fondre dans un oubli profond, avec de la musique très sensuelle… en ne pensant à rien d'autre qu'au plaisir unique et magique…tchao» Une demi-heure plus tard, Dino : « …Je savoure déjà de douces et sensuelles sensations mmmm… » « Mmmmmmmmmmmmmmmmmmmmmmmmmmmmmmmmmmmm…et tu ne te trompes pas, du moins j'espère… ahahahhh» «Je ne me trompe pas mon doux amour…» «J'aime beaucoup ta confiance en toi, tu arrives même à me la transmettre… mon doux provocateur professionnel…» « Je ne suis pas pas un provocateur mais seulement le transcripteur de mes émotions…Bisou » « Ok alors continue de ressentir encore de telles émotions, parce que c'est moi, maintenant, qui t'assure et qui souscris, comme tu me disais, auprès d'un notaire, que ce sont sont les émotions les plus justes de toute ta vie et bientôt tu le comprendras… » « J'en suis sûr et fasciné, mon doux trésor »

« Je suis heureuse comme jamais… mais maintenant, c'est mieux que tu arrêtes…autrement c'est moi qui va prendre l'avion et moi, je ne veux pas être envahissante, l'homme le plus précieux du tchat … » Aussitôt il répond : «… Je t'attends… » « Je volerais immédiatement vers toi… »

« Je demanderai à la compagnie Alitalia une grande réduction pour une femme spéciale… »« Je te remercie, mais j'ai déjà eu la meilleure réduction qui ne m'ait jamais été faite auparavant, pour l'achat du jouet le plus désiré de ma vie : TOI…et j'ai compris que je m'amuserai beaucoup à ce jeu ! » Il est toujours plus enflammé à son égard : « Le jeu subtil et sensuel des douces émotions qui s'élèvent très haut sur les sommets du plus grand plaisir terrestre… »

Elle est de plus en plus éprise : «Finalement, après tellement de temps, le poète que j'adore est en s'éveille de plus en plus. Cela n'a pas été une chose facile, mais c'est spontané de ma part… »

« Écris tous nos textos et tu verras que ce sera un bestseller, mon doux amour, une attente et une douce tentation fatale… »

« S'il te plaît choisis une date pour venir chez moi, autrement tu vas changer d'idée… »

« C'est impossible, ton visage éclaire et exalte l'image de tous les sens… aucun sens n'est exclu… » « Ok, j'attendrai avec patience en souffrant en silence… tu es un homme plein de vertus, les vertus les plus convoitées depuis toujours… »

« Je te les dévoilerai doucement en effleurant ton tendre corps avec mes lèvres»

« Quand tu parles trop de ces détails, je suis inévitablement perturbée…mon rêve très doux… »

Il insiste : « … Rubis sensuel, l'image de la sexualité la plus douce et irrésistible »

Elle est embarrassée et inquiète… : «N'exagérons pas sinon je te dirai de ne plus venir, tu veux me donner des attributs dont je ne me sens pas sûre… Cependant ne t'en fais pas, je ferai le possible pour te donner du plaisir et des émotions… »

Elle désire lui dire le mot qu'elle n'a pas encore prononcé « Mon Amour », mais elle n'est pas sûre d'elle, elle préfère le cacher encore derrière ses points de suspension habituels…
23 mai. Ce matin, Cinzia est déjà réveillée depuis 4h00 et entre les douces pensées pour lui et les larmes de soulagement pour ses douleurs, elle commence à lui écrire, mais avant cela, elle a une très grande surprise, c'est un texto de la nuit précédente, écrit vers 00h22, dans lequel il lui souhaite « Bonne nuit mon Amour ». Elle est toujours heureuse de trouver ses messages… elle lui écrit : « Je me réveille toujours trop tôt, mais cette fois avec la belle surprise de ton murmure, qui

est toujours tellement agréable…Bonne journée à ma pensée sensuelle et unique. Tu sais ce que l'on risque après notre première rencontre enflammée ? On sera comme deux gouttes d'huile, un

 Il manifeste une nouvelle fois son enthousiasme pour ses mots d'amour : « Wooouuuuaaa biiiiiises »

Ce matin, Cinzia ne peut s'empêcher d'ouvrir une petite parenthèse à propos de son ex-mari… La veille, elle lui avait écrit un texto « Dès que tu peux appelle-moi » elle voulait l'informer de la situation scolaire de son fils qui, malheureusement, était en train d'empirer. Il ne la rappelle pas, mais bizarrement il lui envoie un MMS qu'elle arrivera à visualiser quelques heures seulement après sur son ordinateur, accompagné par ces mots « Qu'est-ce qu'il y a ? ». Quand Cinzia arrive à visualiser son MMS, elle commence à pleurer, elle s'émeut incroyablement, il lui a envoyé la photo de la pergola fleurie, qui se trouve dans leur villa, sur laquelle, comme dans une pluie fantastique, on peut voir une cascade d'une multitude de glycines merveilleuses. Il sait bien que Cinzia aime cette cascade de fleurs qui annonce le printemps et puisque désormais elle n'habite plus là, elle voit ce geste comme un geste très tendre, chargé d'affection. Il avait souvent eu ces attentions envers elle, à plusieurs occasions. Tout ceci la réconforte : c'est la preuve que son ex-mari, bien qu'il la traite toujours mal, en raison de toute la colère contenue en lui, due probablement à son tempérament, n'est pas sans cœur. Cela veut peut-être même dire qu'il a un grand cœur. Après cela, Cinzia décide pour une fois de s'intéresser aux rapports entre sa fille et son père et elle lui écrit une longue lettre par mail.

Naples 23.05.2013

Ma très chère petite Lorena adorée, ce matin je te raconterai un événement qui m'a beaucoup émue et qui me pousse à te demander quelque chose que tu devras écouter, parce que ça vient de mon cœur et crois-moi je pleure alors que je suis en train de l'écrire. Hier soir j'ai écrit un message à ton père, puisque je voulais l'informer de la situation scolaire de Davide qui n'est pas brillante ces derniers temps: il risque de ne pas être admis aux examens du BEPC. Bizarrement il ne m'a pas appelée, mais il m'a envoyé un MMS (une image), avec ces mots « Qu'est-ce qu'il y a ? » J'ai pu le visualiser sur l'ordinateur seulement quelques heures après et quand je l'ai vu, je me suis sentie vraiment mal : c'était une photo de notre pergola en fleurs, c'était très beau, une pluie suspendue de glycines blancs et de lilas parfumés, comme tu le sais toi aussi évidemment, ton père sait très bien combien j'aime cette pergola en fleurs, il m'a vue la photographier très souvent … et je crois que cela veut dire que tout au fond de lui, même s'il est tourmenté et toujours très nerveux à mon égard, il éprouve encore de l'affection pour moi, tout comme moi pour lui. Ce n'est pas important qu'il n'y ait plus l'amour depuis longtemps déjà, parfois, le sentiment devient plus important que l'amour, quand il t'a uni pour une longue période de ta vie à une autre personne et surtout, dans mon cas, au père de mes enfants adorés.

Et Maintenant j'arrive à la question à laquelle tu ne refusera pas de répondre si tu m'aimes vraiment. Souviens-toi Lorena, chaque geste de bonté et de pardon que tu seras capable de donner dans ta vie, tu en seras remerciée par Notre Seigneur Dieu, dans lequel je crois immensément et j'en ai des démonstrations infinies. Je sais aussi que j'ai toujours été une personne gentille malgré toutes mes erreurs et mes comportements peut-être pas toujours exemplaires, qui ont été seulement une forme de réaction. Tu devras trouver la force d'appeler ton Père sur son portable et lui dire seulement quelques mots et c'est-à-dire… QUE TU L'AIMES BEAUCOUP… malgré tout, il souffre beaucoup et cette souffrance on peut la voir sur son visage, ce n'est pas juste ma petite Lorena, tu es distante à son égard…même si ce détachement est probablement motivé… crois-moi tu te trompes… je t'ai expliqué que moi non plus je n' arrivais plus à aimer ton père, parce que je comprenais par sa façon de faire qu'il n'éprouvait plus rien envers moi et cela depuis longtemps. De cette façon il m'a libérée et il m'a rendue ma vie qui me manquait comme l'air que l'on respire, tu ne peux pas faire semblant de ne pas vouloir comprendre tout cela, même si ca été vraiment douloureux ! À mon bonheur actuel, il manque encore ce petit élément et si tu m' aimes, tu exauceras mon immense désir ! Ton Père, incroyablement, ne m'a jamais rien dit à propos de l'argent que je dépense en ce moment et sur tout le reste vous concernant .

Lorena fais-moi plaisir, fais-le pour moi, parce que je suis sûre qu'au fond de toi il y a la même bonté que je sens en moi. Je ne veux plus voir ton père souffrir ainsi, crois-moi, fais-moi confiance, cela me fait très mal au cœur et je crois que tu ne souhaites pas ça. Ton Père t'a toujours aimée, je le sais bien, ce n'est pas de sa faute s'il n'a pas réussi à manifester tout son amour pour toi. Tu as bien connu sa mère tellement aride qui a fait tout le possible pour nous démoraliser dès le premier jour et nous détruire… même si c'est trop douloureux pour lui de l'admettre. Maintenant je voudrais une réponse de ta part, le plus rapidement possible, ne me déçois pas. Sois ce que j'ai toujours vu et su de Toi, mon ange, mon don le plus beau… Bisous et je t'embrasse infiniment…bisous aussi à mon Petit ange Melissa…le cadeau le plus grand que tu dois garder dans ta vie, en le respectant, en l'aimant comme j'aurais voulu mieux le faire avec toi. Je t'adore…ma Lorena.

Ta maman et ton amie spéciale Cinzia.

Cette promesse est accompagnée de cette photo, vous pouvez observer son tableau et ...lui aussi... ils ont tous les deux la même gentillesse ! Il sait bien maintenant à quel point elle exulte d'émotion chaque fois qu'elle le revoit sur de nouvelles photos...

Elle est encore prise par ses émotions pour son ex-mari. Elle écrit à Dino: « Je te remercie toujours. Tu ne peut pas imaginer combien j'aimerais le voir ...J'ai tellement de douleur au fond de moi, il y a beaucoup de choses qui m'arrivent encore avec mon pauvre ex-mari, mes tristes enfants adorés, je voudrais renaître avec toi et te donner tout ce qui te manque encore dans la vie, en ce moment, immensément, je t'aime bien, tu es l'espoir d'une lumière intense... Excuse-moi pour mon comportement exagéré, normalement j'essaye de l'éviter, moi, je ne veux pas rendre les gens fous. Tout est déjà si difficile, baisers, porte-toi bien, c'est très important pour moi... »

Lui, très doux, alors qu'il est au travail avec ses peupleraies : « Je suis dans les bois et je voudrais être dans tes bras – de doux baisers comme le miel » « Moi aussi, je ne sais pas pour tout le reste, mais seulement tes baisers suffiront pour me faire devenir folle de plaisir, tout simplement... »

Quelques minutes après, à 10h33 : « Ce serait doux d'arriver au centre de ton cœur… porté par la mer » Elle lui répond : « Oui… parce que je serai l'amarrage le plus rassurant et le plus spécial si tu le veux…C'est tellement gratifiant de me sentir pleine de toi… dans chaque recoin de ma mémoire. Si jamais tu le deviens également pour chaque partie de mon corps, mon cœur avant tout, il n'existe pas selon moi, un mot pour exprimer une telle éventualité, pour la femme à laquelle tu désireras te donner entièrement » Il ne lui répond pas de toute la journée !

Le 24 mai, alors qu'elle écoute leur douce musique, elle lui écrit : «Bonjour mon petit artiste à l'âme pure. Tu sais avec quoi on mesure l'intensité d'un vrai amour… ? Il y a de petites flammes allumées au fond de nous qui ne faibliront jamais et qui resteront toujours allumées. Nous en avons une à l'intérieur, pour chaque amour important de notre vie unique. Depuis quelques jours, tu as réussi à en allumer une, dans la partie la plus profonde de mon cœur et je ne sais pas encore la raison, mais c' est la plus éblouissante et je ferai tout mon possible pour la garder toujours allumée, mais seulement si tu me le concèdes. Cependant une telle lueur est aveuglante, et moi je n' arrive plus à faire la distinction entre mes désirs et la réalité et je ne voudrais jamais avoir accordé la possibilité d'alimenter cette petite flamme à celui qui ne pourrait ou ne voudrait pas la garder allumée, et cela pour toujours, au fond de moi ».

Et maintenant Cinzia ne peut pas s'empêcher de mentionner un autre triste aspect de sa vie… cela concerne Melissa, sa très chère et douce petite fille, son ange, son délice, ce don du Seigneur, envoyé à sa fille Lorena et dans laquelle Cinzia a identifié une troisième fille, cette fille, qu'elle aurait encore désiré, de tout son cœur. Elle lui manque beaucoup, depuis que sa petite fille a dû partir pour Lampedusa en raison du travail de son père. Le jour précédent, sa fille Lorena, lui envoie ce message de Lampedusa: « Tu sais maman, je suis très inquiète, Melissa a de la fièvre, j'espère qu'elle va guérir rapidement, je lui ai donné, comme tu m' as dit, un antipyrétique, et tu sais, hier elle allait bien et elle a fait ses premiers dessins, mais cela me fait vraiment du mal de la voir souffrir ainsi ! »
Cinzia aimerait pouvoir la serrer dans ses bras, c'est une petite tragédie.
Et avoir cet enfant si loin de chez elle, surtout dans ces moments-là, c'est vraiment terrible. Ne pas la voir grandir jour après jour, ne pas être présente dans les moments les plus importants de sa vie. Comme elle aimerait l'avoir à côté d' elle, elle lui manque tellement ! Melissa est une fille qui a beaucoup de qualités, elle est très douce et elle a une voix très délicate, qui vous charme rien qu'à

l'écouter. Elle a trois ans. Voilà ses premiers dessins, le monde à travers ses yeux et ses petites mains.

Ce sont les enfants et la petite-fille de Cinzia, comme elle les voit...

Et alors que Cinzia pense avec peine à sa petite fille, l'homme auquel elle a dédié une grande partie de sa vie intérieure, l'appelle enfin. Les deux jours sans l'entendre lui ont paru très longs, malgré les messages. Et pourtant, pour les messages il y a une attention particulière : parler de vive voix dure un instant, on écoute et ensuite elle disparaît, alors que les messages restent, ils peuvent être collectionnés comme des papillons, catalogués, feuilletés, revécus... Et en effet, juste après le coup de fil, elle lui écrit : « Tu sais, j'avais une forte envie d'entendre ta voix tellement expressive, qui me donne une grande énergie. A bientôt ! »

Quelques heures plus tard. Dino : « Tu me transmets tellement de sensualité et de douceur et... un désir immense de faire l'amour avec toi, avec une douceur infinie... » « Et imagine que toi, tu me transmets beaucoup plus, parce que ce désir est uni à des sentiments profonds, ça devra être et je veux – je veux vraiment – (locution, qui me résulte de tes écritures... bien appréciée...) que ce soit très beau pour tous les deux... ! »

Une heure après, Cinzia est rayonnante de joie. Il lui écrit : « Je rêve de faire l'amour avec toi et de t'embrasser pendant des heures et des heures... » Elle soupire, à la lecture de son intense désir... qui donne lieu à de vives et ferventes fantaisies.

« Je t'adore, parce que toi, tout comme moi, tu as au fond de toi la même douceur et sensualité et tout ce que tu vois en moi… rêve, tu dois le faire, parce que désormais tout cela est écrit pour nous, des heures et des heures de bonheur… »

Et à la fin de la soirée Cinzia, qui n'était pas encore contente de tout ce qu'elle lui avait écrit, lui dédie encore les mots suivants, juste après être rentrée dans sa belle maison au bord de la mer, et désormais avec le rite coutumier de leur musique : « Je te confierai le moment le plus attendu de ma journée, quand le soir je rentre à la maison et quand je laisse au-dehors tous les problèmes de la vie. J'écoute notre simple et douce mélodie, j'écris, j'ai l'illusion de t'avoir à côté de moi et j'essaie de te sentir intensément, en arrivant à imaginer le doux son de ton souffle haletant, ton émotion. Je ne sais pas si quelque chose d'important naîtra entre nous, mais pour moi maintenant, c'est déjà le rêve de tous les rêves… »

Cinzia est en train de reporter sur son livre tous les messages de Dino en bleu clair uniquement et en réfléchissant sur cet aspect, elle se répète … «Comme c'est beau de teinter de bleu clair le livre de mon cœur, parce que ces messages représentent pour moi ses doux mots … » Elle soupire comme elle a toujours fait, à l' idée de… ! Depuis le mois de mai Cinzia se réveille tous les jours de plus en plus enivrée et souriante, grâce à l'idée qu'elle est en train d'aller à la rencontre du grand Amour de sa vie. Maintenant, soudain, elle n'a plus de crainte, mais seulement de la certitude à l'égard de tout cela, elle est sûre qu'elle sera avec son Dino et elle ne veut même pas se demander où, comment, quand précisément. L'important c' est de savoir que tout cela est déjà écrit… la plus belle rencontre, la rencontre la plus désirée de sa vie. Elle lui écrit le plus beau message de toute la série, qui cette fois le surprendra aussi… : « Bonjour Dino, tu es ma source inépuisable d'inspiration, qui est arrivée pour désaltérer ma soif d'amour… Je voudrais effacer avec une éponge toute la fatigue que je ressens et que je vois comme une ombre étendue sur ton visage…Je voudrais te prendre par la main, en silence, et te conduire sur le chemin de la réalisation de tous tes rêves les plus tenaces. Je ne voudrais jamais ressentir ta souffrance, parce que je me sentirais impuissante en n' arrivant pas à la soulager… Et enfin, je voudrais réussir à voler ton cœur, pour le tenir étroitement serré à moi, à côté du mien, sans jamais le laisser partir… »

Mais l'amour ne suffit pas. La vie est compliquée, la dépression n'est pas facile à éloigner, et pour les raisons du cœur il y a toujours le soulagement des chaudes larmes : Cinzia pleure vraiment de douleur, de joie, le soir et à l'aube et quand elle pense à ses enfants, à son ex-mari et à toutes leurs souffrances… et elle rêve aussi de pouvoir, quand elle rencontrera finalement son Dino, s'abandonner à de douces larmes libératoires…dans ses bras et elle pense…«Oui, ce sera très beau, peut-être plus que tout le reste… » pendant qu'il la serrera étroitement contre son corps, dans sa chaleur. Elle sera rassurée. Elle se sentira protégée. Et pendant qu'elle continue de rêver, il lui répond : « C'est très beau ce que tu m'as écrit – un tendre baiser »

Elle lui répond : « Tu sais pourquoi ? De jour en jour, mon attraction initiale pour toi… a augmenté de manière radicale, surtout parce que, sans présomption, je crois, que je commence à voir en toi. Toujours plus profondément, plus intensément. Je l'apprécie beaucoup, et cela ne peut qu'accroître mon intérêt. Tchao et à bientôt… »

Peu de temps après, dans la soirée, il l'appelle finalement. Heureusement pour Cinzia qui commençait de nouveau à souffrir de son habituelle solitude opprimante. Cette fois il comprend qu'elle est un peu abattue moralement, parce que pour la première fois, elle ne l'a pas caché, en lui écrivant : « La vérité est que tu me manques et ce sera ainsi pour toujours. Cette distance est insupportable…tchao – mon amour – prends soin de toi » Et bizarrement Cinzia ne s'est posé aucun problème pour l'appeler expressément et comme elle voulait depuis longtemps « Mon Amour ! »

Dino, aussitôt : « Mon Tendre Amour » Elle est un peu dans l'embarras de lui avoir confié sa tristesse, elle lui écrit le dernier texto de la soirée : « Ne fais pas attention, je me comporte comme une vraie femme immature, à mon âge…c'est moi qui dois m'organiser pour mes affaires et je ne peux pas te le faire peser, un très tendre baiser comme je voudrais vraiment te le donner… »

Le 26 mai. Elle s' aperçoit, depuis le soir précédent, que son enthousiasme n' est plus comme avant, à cause également d'autres événements qui sont en train de lui arriver : « Bonjour à l' unique plaisir de ma vie… tu as réussi à m'effleurer à une telle profondeur d'âme, que j'ai très peur de ce que je pourrais éprouver pour toi ensuite, après t'avoir rencontré. Je t'en prie, viens vite, je ne voudrais jamais te presser…et je ne veux pas non plus modifier la direction de mes émotions simplement sur la base de mes angoisses …je ne le supporterais pas et toi, tu ne le supporterais pas non plus mon cher Dino »

Ensuite il l'appelle. Il est peut-être un peu inquiet à cause de ce qu'elle lui a dit la veille et de son texto, il la retient plus longtemps au téléphone et elle se sent aussitôt pleine d'énergie, pour continuer à prolonger la plus exténuante mais aussi prometteuse attente de sa vie Comme beaucoup d'autres fois, il lui dit qu'il est impatient de la rencontrer, il lui fait beaucoup de compliments et il lui rappelle aussi qu'il est considéré comme étant un bon pranothérapeute et que si elle en a besoin, il serait heureux de l'aiderà résoudre ses problèmes, en lui disant qu'il se concentrerait comme il ne l'a jamais fait auparavant…afin de la guérir ! Elle est infiniment touchée…« À bientôt. Il suffit que je t'entende, pour recommencer à vivre et à chaque fois et toujours davantage, c'est le seul traitement dont j'ai besoin… ! » Et à l' intérieur d' elle-même, elle pense, elle désire, sans vraiment lui dire…qu'en réalité, l'unique traitement existant sur cette terre pour sa guérison, pourrait être seulement sa présence constante dans sa triste vie…l'unique certitude, aujourd'hui, de son cœur…

Le soir, de façon inattendue, il tente de l'appeler via webcam, elle arrivera, très heureuse, à le voir seulement pour un instant, puisque la connexion est insuffisante, puis ils retentent avec un autre réseau social, plusieurs fois… mais sans jamais y parvenir, si bien qu'ils entendront seulement leurs voix et elle lui écrira ensuite : « C'est dommage, j'aurais tellement voulu te voir, quoi qu'il en soit, bonne nuit »

Le lendemain, il l'appelle au téléphone et lui dit que finalement il lui a envoyé son cadeau, le tableau. Elle très heureuse, car ainsi elle pourra imaginer d'avoir une partie de lui avec elle. Ils discutent avec plaisir un peu de temps et ensuite il la salue. « Ouahhhhhh, je suis impatiente d'admirer ta peinture, comme ça j'aurai vraiment une petite mais, en même temps, grande partie de toi ici JE TE REMERCIE ! Tchao mon beau, maintenant je te laisse à tes occupations»

Ensuite, dans l'après-midi, ne résistant pas, comme d'habitude, à la tentation, elle lui écrit :
« Tchao belle pensée terriblement collée à moi…si je continue à ce rythme, je serai obligée d'acheter un beau diluant pour la décoller un peu… baisers, sympa»
«Mmmmmmmmmmmmmmmmmmmmmmmmmmmmmmm»

Le 28 mai, elle lui écrit: « Bonjour, ma très douce inspiration, magie toujours présente… Tu sais, j'aimerais me plonger totalement dans la même dimension mentale que toi, pour faire vibrer les sens au son des mêmes mélodies, pour admirer à travers tes yeux les mêmes horizons, pour aimer ou ne pas aimer les mêmes choses que toi, pour m'émouvoir et palpiter devant les mêmes émotions…afin que je puisse peut-être encore modifier quelque chose en moi en tant que femme, dans la tentative de me forger, pourquoi pas, un peu plus en accord avec tes d'aspirations d'amour les plus convoitées et peut-être encore cachées. BAISERS, à mon tendre homme »

«Comme tu es beau à côté de ton œuvre originale, tu es irrésistible...je voudrais te communiquer que ta peinture n'est pas encore arrivée, malheureusement... »

Le 28 mai, dans l'après-midi elle lui écrit le message suivant, à propos de ses craintes habituelles mais qu'elle ne lui enverra pas, pour ne pas gâcher quelque chose avant la fameuse rencontre qui n'a pas encore eu lieu : **« Mon très cher Dino, bonjour, aujourd'hui je serai un peu plus critique à ton égard, ne le prends pas mal, parce que tu sais parfois, je me sens un peu stupide, parce que je suis en train de te bombarder littéralement avec tous mes messages d'amour, mais à la fin, je me rends compte, que si toi, tu as réussi désormais à mettre à nu mon cœur, en me faisant sentir libre d'exprimer tout ce que je t'ai démontré, moi au contraire qu'est-ce que je sais de toi ? Qu'est-ce que tu cherches… ? Quelle importance peux-tu donner aujourd'hui à l'une de nombreuses femmes qui est en train de courir derrière toi … ? Peut-être que pour toi les femmes ne sont que ton dernier soucis, une simple raison pour t'exprimer sexuellement. Une chose est sûre, mon instinct, piloté par les expressions désarmantes de ton visage, par quelques mots rassurants, par les vibrations de ta voix, me pousse fortement vers toi, donc, si cela devait se révéler être une erreur, je ne la regretterais jamais! »**

Voilà le vrai message qu'elle lui écrit : « Bonjour mon cher Dino, aujourd'hui mon message sera plus bref, puisque tu as toujours peu de temps pour tes femmes (ne t'énerve pas !). J'ai hâte de pouvoir jouir finalement des expressions si tendres de ton visage qui, si elles ne me trompent pas, me parlent beaucoup… et pouvoir appuyer ma tête sur ton épaule, tendrement, pour voler un peu de ta chaleur, pour ensuite te regarder dans les yeux et expérimenter pour combien de temps on arriverait à nous scruter l'un dans l'autre, sans regarder ailleurs…Attention, que si je le veux, je pourrais t'hypnotiser et te jeter un sort sans fin… »

Le 29 mai. Cinzia : « Bonjour ma douceur, ce matin, j'ai une question urgente pour toi, comme tu le sais déjà, il me suffirait juste un de tes mots par jour ! Je voudrais te demander si tu es toujours aussi concis quand tu désires une femme ou si c'est dû à la frénésie de tes journées intenses, tu sais, j'ai eu une forte crainte : que les femmes pour toi en général ne soient et ne pourraientt être qu'une misérable partie marginale de ta vie » Puis elle continue en lui disant : «Cependant, je veux te tranquilliser sur le fait que même si c'était ainsi pour toi, mon immense désir de toi ne changerait pas…donc, sois sincère avec moi et surtout sans hésitation, je t'en prie, j'ai besoin de le savoir… bisous»

Après ça, elle s'installe sur son merveilleux balcon au bord de la mer et elle pense à lui et elle est envahie par des émotions sensationnelles. Elle écrit encore : « Je suis dehors, sur notre balcon paradisiaque, j'ai entrouvert les yeux, le soleil chaud caresse tous mes sens, le parfum de la mer est le parfum de la vie. C'est avec les notes délicates de notre mélodie que l'on se donnera des baisers sans plus nous quitter…Ouahhhhhh ce sera fantastique… »

Ok, je reviens à la réalité, même si c'est une autre réalité magique…pour Cinzia. Elle veut vous raconter maintenant une autre rencontre inattendue qui, dernièrement, a marqué sa vie … Il s'agit d'un **' Homme '** d'une grande profondeur humaine, de cette histoire, brève, mais intense, d' amour-amitié de jeunesse, venu de son passé et de très loin…Par un signe du destin, après une vie entière, en sentant le besoin d'une main pour la réconforter… il l'a cherchée, il l'a retrouvée… et c'est grâce à cela qu'ensuite, elle arrivera à renouveler encore plus toutes ses énergies, ce sera pour elle un vrai réconfort moral! Il est inutile de vous raconter toute l'histoire, mais il est important de vous dire que cet homme, pendant son intense parcours de vie, est devenu, avec le temps, un personnage très important, renommé dans son secteur, mais surtout un homme d'une immense générosité, il aide tout le monde… comme il peut… ! **Sans en citer son nom ici, ce qui compte, comme cela a déjà été dit… c'est un vrai ange !**

Le 28 mai, elle lui écrit : « Tu sais, je suis en train d'écrire une longue poésie pour toi, bien méritée… qui entrera dans une importante page de mon « Livre Démodé » pour t'honorer, je dirais, vu l'argument **« Amour »** dont il est imprégné, aujourd'hui, un sujet, malheureusement, tombé en désuétude. Tu seras présent dans cette page qui traite de cet amour chaleureux et très désiré par tout le monde, qui arrive à unir fraternellement un homme et une femme dans la plus rare et vraie amitié. C'était le minimum que je pouvais faire pour toi… pour tout ce que tu m'as offert.

Je te remercie, ma grande affection retrouvée.

Ton écriture est ici, avec notre dessin, nés pour toi et issus du plus profond de mon coeur **:**
« Pour toi T……… arrivé ici et de là-haut…juste pour moi ! »

« À MON CHER ANGE »

J'étais jeune fille, je rencontrais un ange

Qui ressemblait à un garçon

Naïf, candide, plein de rêves

D'une douceur qui t'enchantait

Je ne savais pas qui c'était

Et à l'instinct, je m'abandonnais

Puis je le serrais, sincère, au cœur

De la même douceur que tu donnes à un enfant

Je l'aimais par ses caresses et ses baisers…

Puis il s'évanouit ailleurs, comme dans un rêve

De lui je perdais malheureusement les traces.

Après une vie trop en montée

Je le rencontrais sur mon chemin

Qui, en me bouleversant d'émotion

Lui, qui à l'époque, manifestait son amour.

Au profond de lui-même, il avait ressenti

Mon besoin d'une nouvelle rencontre

Cette fois à côté de moi pour peu de jours

D'un amour platonique, il me recouvrait

Magie d'un ciel d'une immense foi.

Au-dessus de moi il ouvrait ses ailes

Dans une embrassade il m'enveloppait

Je me suis sentie attirée vers le haut

Pendant que je dormais, une caresse

Sans plus me laisser partir…

Pour protéger un cœur triste

Avec une lumière intense il me réchauffait

Afin que la joie… encore pour moi.

Amour que tu donnes, amour qui revient

Et maintenant on va repartir d'ici, de la réponse de **Dino** à la question de la même matinée, dans laquelle elle lui demandait s'il était toujours si concis avec ses femmes. Comme réponse il lui écrit : « Je pense mettre de la colle sur mes lèvres de façon à ne plus les détacher des tiennes, je suis hermétique parce que je suis toujours pressé, mais tu es toujours dans mon cœur ma très douce créature - est-ce que le tableau est arrivé ? Baisers » Elle lui répond : « Ok, cela doit me suffire forcément… si c'est vrai que je suis toujours avec toi et toi avec moi. Non je n'ai pas encore reçu le tableau, mais j'ai hâte de l'avoir. Ne te fatigue pas trop… Tchao à bientôt »

 Ensuite, vers 14h30, la précieuse peinture qu'il lui a offert arrive… elle est très émue au moment où elle voit, au loin, celui qui lui apporte le paquet… elle sourit de bonheur et d'émotion, en se demandant comment il sera… et en se disant… que maintenant pour elle, c'était comme si une partie de lui était déjà arrivée, elle lui écrit avec enthousiasme : « Ta peinture est arrivée depuis un quart d'heure, le temps de l'ouvrir, tu ne peux pas imaginer quelle émotion quand je la défaisais, je ne te dis pas le geste que j'ai fait ensuite, tu rirais, crois-moi, tu deviendras encore plus célèbre…! Tes toiles sont adorables, maintenant que je peux en apprécier une, cette nuit elle sera dans ma chambre en t'attendant. Mais, malgré cela, là j'ai de nouveau la même peur, celle de ne pas te plaire. Je me sens complètement perdue à ton égard » Il ne pourra pas la voir, mais Cinzia, comme une petite fille heureuse, embrasse la merveilleuse toile et la caresse aussi, comme un être vivant… Un instant après, pour la rassurer:"Tu te perdras dans mes bras, je te le promets, mon tendre trésor"

Ensuite il l'appelle pour entendre de vive voix son enthousiame pour le cadeau reçu. C'est une conversation amusante : elle le félicite de plus en plus pour le tableau remarquable qu'il lui a offert et pour toutes les émotions intenses qui la poussent éperdument vers lui. Lorsqu'il lui dit : « Je dois me dépêcher de venir chez toi… », elle lui répond : « Non, tu devras venir le plus tard possible : je suis mal à l'aise à l'idée de te rencontrer, je n'arrive même pas encore à l'imaginer… ». Il lui dit : « Non, au contraire, je viendrai bientòt ». Et elle : « J'ai honte, j'ai peur de ne pas te plaire, je mettrai un voile devant moi avec deux trous pour les yeux » « Un burqa ? »

Et il ajoute : « Ne t'inquiète pas, je te serrerai, je t'embrasserai et tu oublieras toutes tes peurs ». Et elle : « Noooonnnn…tu m'embrasseras tout de suite, comme ça, au premier rendez-vous…non…il faut attendre le bon moment ». Et lui, incrédule : « Mais, après une si longue attente… » Une scène effrayante ! Elle se sentait perdue comme une petite fille. Lui, au contraire, il la rassurait. Leurs voix se mêlaient dans un son suave et embarassant, un vrai chant amoureux. En fin de soirée, encore radieuse pour le cadeau reçu, elle ne résiste plus et elle lui écrit deux autres messages : « Je crois que c'est la première fois que je suis si heureuse de recevoir un cadeau. Dans chacun de tes tableaux, il y a une partie de toi, de ta vie, et celle-ci s'est enfin matérialisée chez moi… tu as également deviné les couleurs car j'ai toujours préféré les couleurs claires et j'ai déjà trouvé deux personnages vivants là dedans ! Dans le bas, il y a une petite silhouette qui admire quelque chose, en haut : c'est moi qui TE regarde ! »

Avant de s'endormir : « Je voudrais échanger ma pensée contre une couverture moelleuse et chaude, pour te réchauffer quand tu as froid… Chaque fois que tu auras besoin de chaleur et de réconfort. Sois toujours fort Dino, tu es mon éternelle inspiration »

Devant le premier tableau merveilleux intitulé : **« Cascade de doux péchés »** qu'il lui a réellement offert, pas seulement en photo, même la mer a pali devant de telles couleurs… Fantastique !

Après, pour le remercier du cadeau reçu, elle lui envoie un dessin de son visage qu'elle avait fait il y a longtemps. Elle y écrit une poésie qu'elle lui dédie… très simple mais écrite avec amour…

Innamorarsi…
Mi addormento con te….
Mi risveglio con te….
Sogno sempre di te….
Mio pensiero d'amore….
Mentre lacrime calde…

Mi accarezzano il volto…
Non riesco a lasciare
Il ricordo di te…
Io non posso, non voglio
Sarai sempre con me…

C. Albino

Le premier tableau que Dino a offert à Cinzia s'intitule, comme on l'a déjà dit, « CASCADE DE DOUX PECHES ». D'un air amusé, au téléphone portable, il lui a expliqué qu'il l'a appelé ainsi comme allusion aux doux péchés qu'ils commettraient probablement ensemble ! Cinzia a trouvé ce tableau fantastique. Observez-le attentivement : dans le bas, une petite silhouette est présente : elle est tournée vers le haut et elle observe. Il y a aussi de nombreuses silhouettes blanches, qui semblent être des profils humains tournés vers le haut, qui représentent des expressions de plaisir. En haut, au-dessus de l'ensemble, vers la gauche, il y a, entre les lignes rose et rouges, un profil flou, peut-être masculin, qui observe cette célébration de douces expressions d'extase qui courent les unes après les autres. Voilà comment Dino a illustré son tableau !

30 mai. Désormais, elle déambule dans la maison avec son tableau. Elle lui dit son bonjour quotidien par lequel elle manifeste encore une fois toutes les craintes qui persistent dans son âme : « Bonjour, mon cher peintre céleste. Tu sais ce que j'ai fait ce matin ? Je m'inquiétais en interrogeant pour toi, en effeuillant un à un les pétales de la marguerite de l'amour, comme une adolescente immature en mal d'amour… et je répétais –il m'aime… il ne m'aime pas. Tout à coup je me suis dit : tu sais, la chose importante qui arrivera, doux rubis… ? Ton Dino et toi, vous serez ensemble pour l'éternité… dans le ROMAN dicté par ton cœur, duquel rien ni personne ne pourra vous éloigner… !

Puis il lui téléphone. Il est toujours très doux. Malheureusement, il ne pourra pas rester longtemps au téléphone. Plus tard, elle lui pose une question à propos du message de la veille, auquel il est resté impassible, en n'y répondant pas : « Excuse-moi, quand tu pourras, je voudrais savoir, car jusqu'à maintenant tu as évité le sujet…de un à dix, l'importance qu'ont eu ou qu'ont encore pour toi les femmes dans ta vie de mouette libre en vol éternel… et je voudrais que tu sois sincère et que tu te souviennes que rien ne pourra interférer dans cela, mon tendre Dino… j'attendrai ta réponse… »

31 mai. Encore une attente exténuante pour Cinzia. Elle s'est réveillée trop tôt ce matin et, comme tant d'autres fois, elle a donné libre cours à sa douleur intérieure en pleurant à l'infini. Eblouie par le tableau de l'homme de ses rêves, encore et toujours, elle y trouve l'inspiration pour lui souhaiter un tendre bonjour : « Mon âme délicate… bonjour. Tu sais, ton tableau n'a pas encore trouvé sa place, le soir il est dans ma chambre et le jour, je le mets dans le séjour : je peux ainsi le fixer aussi longtemps que je le veux…

Je n'en comprends toutefois pas tout son sens, la toile toute entière est imprégnée d'amour. Plus je le regarde et plus j'aperçois de nouveaux détails. Extraordinaire. Mais je ne m'explique pas pourquoi son créateur n'a pas encore le désir d'arrêter son cœur auprès d'un autre, aussi tendre. Comment cela se fait-il, mon tendre Dino ? Peut-être que je l''interprète trop à ma manière ? Cette peur m'assaille. Tout ce que j'y vois m'épouvante. Parfois je pense qu'il vaudrait peut-être mieux que l'on ne se voit plus à cause de la peur énorme de ce que tu pourrais susciter en moi. Je ne pourrais pas accepter de ne pas t'avoir auprès de moi, j'en suis sûre…et je pleure…tellement… infiniment et je n'aime pas cela pour moi…doux baisers ». Maintenant, Cinzia ne s'inquiète plus de lui faire peur…car elle-même a peur, cette peur immense de souffrir. Elle est fatiguée. Peu de temps après, préoccupée pour le caractère dramatique de son sms, elle lui écrit : « Comme d'habitude, je me réveille trop tôt et après je deviens mélodramatique… Pardonne-moi, je voudrais seulement T' offrir la sérénité, uniquement de belles choses, mon tendre amour ».

Puis, Dino l'appelle sur son portable, ils parlent un peu et il lui dit qu'il est fatigué car l'après-midi il aura des ennuis au travail… et il lui répète, qu'à ce moment de sa vie, la priorité absolue est le développement ultérieur de sa carrière artistique. Il attend depuis si longtemps ce moment !
Elle : « Tu as répété ton objectif, juste et fondamental, à ce moment de ta vie, tes tableaux…tu as ma plus profonde et chaleureuse compréhension. Par contre, si ce n'est pas encore clair, mon unique et irrévocable objectif actuel c'est Toi, coûte que coûte, même si je dois un jour rester seule et attachée à ton tableau, comme nous l'avons dit par téléphone… Salut mon précieux trésor, je te désire tellement ! »

Le soir : « Moi aussi je te désire tellement, Kisssss »

« Merci mon trésor, mais dis-moi : tu es sûr de vouloir encore mes messages du matin ? Je pourrais les mettre uniquement dans mon livre, parfois je les trouve pathétiques…réponds-moi s'il te plaît, j'y tiens beaucoup »

« J'ai des problèmes au travail. Tes sms me font plaisir, un doux baiser douce sirène de Naples, je voudrais que tu sois à côté de moi et… » « Ok merci, alors je continuerai, c'est facile pour moi de les écrire… ne me dis rien, je sais que tu as beaucoup de choses à faire, je suis désolée de ne pas pouvoir t'aider. Moi aussi je voudrais que tu sois là, mon désir intense et… Bonne soirée, »

1 juin. Cinzia a médité et elle a créé un autre petit conte pour son Dino, pour le lui envoyer par sms : « Bonjour à mon rêve d'amour inaccompli, un autre petit conte pour nous... intitulé :

« UN CŒUR UNIQUE, MOITIE RUBIS ET MOITIE DIAMANT »

Une fois, un homme rude, égoïste, sans cœur, las de porter au cou un pendentif en pierre précieuse, composé d'un rubis en forme de cœur, l'arrache violemment de la chaîne et avec rage il casse le cœur en deux. Il lance une moitié dans la mer, devant chez moi. Un autre jour, passe une belle femme blonde mais une femme quelconque, autoritaire, sans âme, assoiffée de sexe, elle aussi vaniteuse, lasse du même pendentif à son cou, composé d'un cœur de diamant, l'arrache de la chaîne et le casse en deux. Elle aussi le lance dans la même mer, en face de chez moi. Et le miracle, incroyable : la moitié tombe au même endroit que l'autre. Le cœur de rubis, émerveillé par tant de lumière, se rapproche le plus possible de celui-ci. L'autre moitié veut, à ce moment-là, se rapprocher de lui, dans une extraordinaire symbiose amoureuse. Une mouette qui cherchait de la nourriture au fond de la mer, saisit tout à coup le cœur merveilleux, moitié rubis et moitié diamant. Il est fasciné par tant de beauté. Il s'envole et le donne à ses petits, dans le nid sur la roche en haut de la montagne. Et tu sais ce que représentait ce cœur précieux d'une beauté rare, unique, de deux couleurs scintillantes, le rouge intense et la lumière éblouissante... ? C'était nous deux, mon doux trésor, toi et moi, et le lit de cette mouette était notre éternel nid d'amour. Les petits étaient nos enfants précieux et nos petits-enfants adorés. « A bientôt... et excuse-moi pour la longueur de mes écrits. BAISERS »

Vers 15h00, il réapparait avec un bref message, tendre : « Caléidoscope de doux péchés »

Elle, toujours prête à lui répondre : « Et toi, tentation irrésistible…et crois-moi, la personne qui te le dit était quelqu'un d'impassible même pas en cas de tremblement de terre. Je pense toujours à toi, malheureusement ! »

« Le contraire d'un péché, dirais-je… Baisers sensuels ».

Puis il l'appelle. Il la rend heureuse, comme toujours. C'est un appel agréable car il ressent sa solitude, et il lui répète : « Ne t'inquiète pas, je t'enlèverai à ta solitude » et elle : « Oui, mais tu pourras le faire pendant quelques heures seulement », mais il lui répète : « Après on verra, l'important c'est qu'on commence à se rencontrer quelque part, ensuite, je ne te dis pas tous les week-end, ce n'est pas possible, mais peut-être qu'on pourrait se rencontrer toutes les deux semaines ». Elle est ravie de ces mots, ces mots qui tentent toujours de la rassurer. Elle le salue, confiante…

2 juin. Cinzia est de plus en plus immergée dans le tourbillon de son attraction vers Dino. Cette fois, elle lui écrit un long email :

Du rubis –« Bonjour mon inspiration divine. Tu sais, aujourd'hui je voudrais te raconter ce que veut dire pour moi le VERITABLE AMOUR»

« Amour Véritable, rencontre unique, inégalable, avec celui qui arrivera, par sa seule présence, à faire vibrer tous tes sens, tous tes rêves, toutes tes ambitions, tout ce qui t'appartient, simultanément, en une danse fantastique, éternelle. Tu te sentiras inadapté, pas suffisamment beau, intimidé comme jamais. Mais si tu arriveras à te laisser aller avec lui, confiante, aucune parole ne pourra décrire l'immense plaisir que tu effleureras, la légèreté de ton être, qui t'élèvera jusqu'au paradis de l'infini. Après cette immersion totale des sens, dans toutes les formes du plaisir terrien et spirituel, en revenant ensuite un peu à la réalité, ton premier rêve sera celui d'exaucer tous les rêves de la personne aimée. Tout d'abord, tu tenteras d'extirper toute la douleur qu'elle porte en elle…et qui te blesse. Tu essayeras d'exaucer ses moindres désirs, contenus dans l'écrin de sa vie. Tu ne voudras pas le voir tourmenté par le quotidien exténuant, les journées fatigantes, interminables. Tu désireras prendre soin de lui, comme on prend soin d'un enfant, tu feras tout ton possible pour le comprendre, sans jamais chercher de couper les ailes de sa liberté intérieure et extérieure. Le rendre heureux sera également ton bonheur ! » « Je t'adore Dino. Ce n'est pas important si c'est seulement pour un jour, un mois, une vie, pour moi c'est pour toujours. Après, rien d'autre ne comptera car j'aurai réalisé le rêve le plus doux et tant désiré… ! Mais je te demande de croire davantage en Notre Seigneur et tu verras que tu réaliseras enfin tes rêves. BAISERS INFINIS »

Elle lui parle de sa foi, car il lui avait expliqué au téléphone, qu'à cause de toutes les choses négatives qui se passent, il était tenté de remettre souvent son credo en question…

Depuis ce dernier message, elle se sent mal car il ne l'a plus appelée, il ne lui a même pas écrit un sms. Il faut être patient ! Elle imagine qu'il est très occupé par sa dernière exposition à Alba. Il lui en avait parlé au téléphone.

Dimanche 2 juin, Cinzia décide de terminer ici la première partie de son livre. Quarante-deux jours ont passé depuis que Dino et elle se sont rencontrés. Elle pense lui avoir écrit tout ce que son cœur lui a dicté et elle ne veut pas risquer de se répéter.

Comme pour vouloir la dissuader, il lui envoie un message après avoir finalement lu les siens et il lui écrit : « Merci mon tendre trésor passionné »

3 juin : « Bonjour…avec un peu de retard, mon cher, tu sais, ce matin j'ai décidé de terminer ici la première partie de mon livre dédié à toi. Je ne veux pas être répétitive. Il y a également d'autres raisons plus tristes qui remplissent mon esprit mais dont je préfère ne rien te dire. Je ne veux pas te déranger. A bientôt mon tendre ami, malheureusement ami seulement, qui est près de mon cœur triste »

Pour cette raison, mes gentils lecteurs, vous devrez attendre la deuxième et dernière partie… pour le final de cette histoire.

Episode inattendu ! Le soir du 3 juin, Dino décide de la contacter avec la web cam. Elle sort de sa tristesse et elle décide que son livre n'est pas encore fini. Ils se voient. Elle doit se déplacer car la web cam ne marche pas très bien. Il est très enthousiaste de la voir marcher. Il observe son profil et Il lui dit qu'il est très attiré par elle. Son expression béate ne laisse pas l'ombre d'un doute : il est attiré par ses formes sensuelles. Ils parlent de façon amusée même si la connexion est intermittente. Ils sont heureux. Elle continue ensuite à lui écrire des messages, par tchat et sur son portable…

4 juin. Cinzia, comme d'habitude, se réveille à l'aube et commence, heureuse, à repenser à son rêve. Elle reste immobile quelques instants, en respirant l'air parfumé de fraîcheur saline. Elle est débordante de vie et de sensations. Elle recommence à écrire, inspirée, de nouveau et plus que jamais… Elle réfléchit, réjouie : un nouveau conte est né, pour lui. Ils sont de plus en plus beaux. Elle le lui enverra par email.

Avant de la lui envoyer, elle lui écrit deux messages : « Bonjour mon cher. Malheureusement pour toi, mon roman continue et tu recevras par email un troisième long conte.

Mais attention ! Si tu voudras encore faire l'amour avec moi, je devrai d'abord vérifier sérieusement si tu as lu tous mes écrits. Sinon…rien ! On pourra simplement se regarder. Bises. Crois-moi, je ne plaisante pas ! Ce conte te fera un peu rire aussi »

Titre : **« LE PRINCE DINO ET LA FEMME SANS NOM »**

Il était une fois une femme sans nom…nous allons vous raconter pourquoi elle n'avait pas de nom et son étrange condition. Elle s'appelait Rubis. Quand elle était petite, un ogre méchant vivait chez elle. Il lui faisait très peur, il l'épouvantait toutes les nuits.

Une gentille magicienne eut pitié d'elle et lui jeta un sort. Elle effaça son nom pour que l'ogre ne puisse plus la trouver et lui faire peur pendant la nuit. Lorsqu'elle aurait réussi à réaliser une épreuve difficile, elle aurait finalement pu avoir de nouveau son nom, une vraie identité. Elle

devait réussir à transformer la première utopie de toutes les femmes en une réalité splendide :
elle devait réussir à trouver l'homme idéal et, une chose plus difficile, le faire tomber amoureux
irrémédiablement… éperdument. Celui-ci deviendrait le quatorzième bijou de sa vie. Les treize
autres lui seraient donnés par la magicienne. Grâce à ce quatorzième bijou, elle pourrait
finalement avoir son nom, pour toujours ! Le sort durerait jusqu'à ce qu'elle trouve cet homme. Et,
malheureusement, jusqu'alors, elle vivrait une vie vide de sens, complètement anonyme
sentimentalement dans une relation faite de souffrances. Les treize bijoux offerts par la
magicienne, lui seraient donnés un à la fois tout au long de sa vie, pour alimenter les autres
sentiments présents dans son cœur. Trois frères et trois sœurs : Francesco, Carlo, Manlio, Tiziana
la plus douce et la plus généreuse des six. Malheureusement celle-ci est partie prématurément,
d'une manière dramatique et dans la souffrance de tous les autres. Ensuite il y avait Angela,
Fatima qui aurait ensuite une très belle fille : Karol. Des parents fantastiques : maman Carolina et
papa Italo. Et pour finir : ses deux enfants, les deux bijoux les plus beaux offerts par la magicienne,
Lorena, une petite fille blonde sublime, et Davidino, un grand garçon hyper sensible qui avait l'air
d'un dur mais qui scellait une extrême fragilité. Et le plus beau bijou que l'on puisse désirer à l'âge
adulte : son adorable Melissa, la fille de sa fille, la petite-fille adorée. Elle était née et avait vécue
également avec la femme sans nom. Elle était très attachée à elle, comme à une deuxième mère. Il
y avait aussi son tendre papa, Alessio, le douzième bijou. A un âge avancé, le treizième bijou lui fut
donné : un cher ami de la ville de Pérouse où elle avait commencé à aller. Il s'appelait Carlo, un
homme d'une grande culture mais surtout d'une humilité immense, sa principale qualité. Il l'avait
beaucoup aidée quand le père de ses enfants l'avait quittée. Le temps s'écoulait inexorablement
et elle n'avait pas encore trouvé l'homme qui lui aurait donné l'amour et son nom ! La femme sans
nom allait de temps en temps à l'aéroport de Naples : elle se sentait étrangement bien dans cet
endroit. Un jour, alors qu'elle feuilletait les pages d'un journal dans une salle d'attente de

l'aéroport, son regard tomba sur une page qui parlait d'un prince qui avait un aspect physique merveilleux. Il était doté d'immenses richesses : il était peintre, sculpteur et poète de renommée internationale. C'était un homme bon et d'une humilité infinie. Ses yeux avaient la couleur de la mer la plus limpide. Ce prince nommé Dino, qui n'était plus un enfant, était las car il n'avait pas encore trouvé l'amour, le vrai. Il avait donc décidé de chercher la femme de sa vie, à l'aide de ce journal. Il avait organisé un concours…la femme qui aurait écrit le plus beau roman, rempli des couleurs les plus délicates de l'arc-en-ciel de l'âme, deviendrait son épouse et serait heureuse pour toujours, dans son Château d'une beauté unique en face d'une baie merveilleuse.

La femme sans nom, fascinée par l'image de cet homme fabuleux, commence à écrire un très beau roman pour lui. Elle écrivait nuit et jour. A cause de la fatigue, dans sa triste vie sans amour, elle pleurait souvent et ses larmes mouillaient les pages de ce roman d'amour émouvant inspiré par lui. Les plus belles pages provenaient de son cœur, des pages émouvantes, chargées de sentiments nobles et d'originalité. Tout au long de la rédaction, elle décide de l'accompagner à une base musicale paradisiaque sans paroles car les paroles sont les mots de ce roman. Dès qu'elle a fini son chef-d'œuvre, elle l'envoie au noble prince Dino. Plus de trois-cent écrivaines présentent la demande de participation au concours…Les participantes ont eu seulement quarante-cinq jours pour écrire leur roman. Au terme de ce délai, le prince Dino commença la lecture de ces romans. Il resta éveillé pendant dix jours et dix nuits. Il était désireux de trouver la femme de ses rêves. Il désirait tellement la rencontrer. Depuis trop longtemps désormais… Il était toujours accompagné de très belles femmes… mais malheureusement, à la fin, il s'avérait toujours qu'il s'agissait de femmes sans cœur, sans sentiments, frivoles. Tout le contraire de son être.

Ce qu'il avait toujours recherché, c'était la vraie pureté de sentiments. Peu importe si sa compagne n'était pas très belle. Il avait appris au fil du temps et après de douloureuses expériences, que la beauté qui est une fin en soi ne lui apportait rien et il ne savait pas quoi en faire… !

Après avoir lu une centaine de romans, il arrive finalement à celui de la femme sans nom. Elle n'avait pas pu le signer : elle avait dessiné, au lieu de sa signature, une pierre précieuse composée d'un petit rubis aux mille nuances. Elle voulait devenir, à ses yeux, cette pierre précieuse… Elle savait que si elle gagnait le concours, le prince serait le quatorzième bijou que la magicienne lui avait demandé de chercher, afin de pouvoir ensuite défaire son sort et lui permettre de récupérer son nom et une identité amoureuse tellement désirée…

Il en fut ainsi…le prince Dino était en extase devant la beauté de toutes ces pages qui défilaient devant ses yeux comme une source d'eau cristalline qui coule des rochers les plus élevés de la terre, et il n'eut aucune hésitation. Il ne voulait pas continuer ses lectures, il était déjà absorbé par la main qui avait écrit ces mots si touchants…il envoya l'un de ses serviteurs chercher cette écrivaine, capable de tant de grâce.

Elle vivait à mille kilomètres de sa ville. Elle fut conduite au château. Quand elle fut devant lui, il n'eut même pas besoin de la regarder : il la connaissait déjà de par son écriture, unique et tendre. Il la serra très fort contre son cœur noble et il l'embrassa longuement, infiniment…avec toute la délicatesse dont il était capable…il lui susurra, en soupirant près de son cou et en écoutant sa douce mélodie… **« Mon tendre rubis, désormais Rubis sera ton nom merveilleux…ma future épouse »** Et ils vécurent heureux ensemble, pour toujours…

Rubis quand elle était petite. Toutes les nuits, il y avait un monstre méchant qui voulait lui faire du mal. Voilà pourquoi la magicienne lui enleva son nom. Le monstre ne pouvait plus la trouver …

Là, c'est elle avec une partie des bijoux de sa vie, ses six frères et sœurs. En

partant de la gauche : Francesco, Carlo, Manlio, elle-même, Tiziana,

Angela, Fatima, Carolina sa mère fantastique et son père Italo.

Ici, le reste de ses bijoux...près d'elle et de son ex-mari, Lorena, Davidino,

Melissa et pour finir son précieux ami Carlo « il perugino ». Derrière lui,

une tour rappelle les bourgs magnifiques de la Ombrie, caractérisés par

cette typologie de construction antique.

A suivre, la matérialisation ...du « Prince » dans son vrai lieu de travail.

Le merveilleux prince Dino dans son environnement luxueux et coloré comme l'arc-en-ciel.

La femme sans nom qui écrit son exténuant roman pour participer au concours organisé par le prince Dino. Elle pleure beaucoup durant sa rédaction à cause de son implication psychologique et ses larmes mouillent les pages de son livre en désirant ardemment se faire aimer par le Prince tant désiré.

Le prince Dino qui restera éveillé pendant dix longs jours et dix longues

nuits...pour lire, à la recherche de l'amour.

Voilà le prince de l'art, DINO, dans son élégance naturelle…

Elle a finalement récupéré le nom Rubis, telle la pierre précieuse....on l'amène chez le Prince Dino

qui l'a choisie et là, ils échangent leur premier baiser romantique...

Il lit le conte et, outre l'image déjà offerte, il lui envoie un email : « **Tu es adorable, mon**

cher Rubis. La magicienne avait raison. Bise, doux rubis qui resplendit

dans toute sa splendeur et sa sensualité »

Reconnaissant, il lui envoie une image qui représente le monde artistique suggestif qui

l'entoure...et une lampe lumineuse.

L'après-midi, elle a eu une discussion avec son ex-mari et avec sa compagne. Elle se sent abattue et elle lui écrit en se confiant à lui : « Je me rends compte que tu es devenu la cible de la rengaine de ma vie désastreuse…mais tu sais…tu es l'unique illusion d'oasis de paix, au milieu d'un désert aride de problèmes sordides et sans fin… »

Le lendemain, par email : « Bonjour mon cher, mon unique échappée mentale. Tu sais où l'on sera ce matin ? Sur un voilier, ici, devant notre nid d'amour. Nous serons bercés par les vagues mais ne crains rien…tu n'auras pas le mal de mer : je te serrerai très fort entre mes bras, contre ma tendre poitrine…J'effacerai ta faiblesse, fais-moi confiance. Ce sera magnifique. Nous nous laisserons porter à la dérive par le vent, blottis l'un contre l'autre. Le nom de cette dérive est « EXTASE DE PUR BONHEUR MERITE »

Il lui avait confié au téléphone que malheureusement il avait quelquefois le mal de mer.

Le soir, elle lui écrit de nouveau: elle est un peu inquiète car, pour la première fois depuis qu'ils se connaissent, il ne lui a pas envoyé un petit mot en réponse à son message du matin et il ne l'a pas appelée non plus : « Passe une bonne journée si tu veux que je me sente bien aussi… ! BISES ».

6 JUIN. Cinzia est bouleversée et attristée : c'est la première fois qu'il ne répond pas. Elle ne sait plus que penser. Son silence continue. Aucun message rassurant, aucun appel depuis deux jours.

Elle décide de lui écrire : « Bonjour Dino, excuse-moi…je suis inquiète à cause de ton silence. Pourrais-tu m'écrire un petit mot, au moins pour me dire que tu vas bien. Je t'en serais reconnaissante et je l'apprécierais beaucoup. Bise ».

Entre temps, elle regarde l'image d'un autre beau tableau reçu précédemment : c'est une représentation de vagues suggestives, multicolores, d'une mer agitée…

Elle est tellement anxieuse à cause de son silence qu'elle préfère ne plus lui écrire et ne plus rien lui dédier pour le moment, mais elle pleure désespérément. Peut-être qu'il s'est passé quelque chose. Elle a peur et elle espère qu'elle recevra bientôt de ses nouvelles.

Sa préoccupation grandit de plus en plus. Elle commence à devenir paranoïaque, dépressive. Elle commence à penser au pire. Elle va même consulter les avis de décès du Piémont sur internet pour exclure quelque chose de grave, car ses parents sont très âgés. Ensuite, elle allume la télévision. Elle ne le faisait plus depuis des mois. Elle regarde le journal télévisé. Heureusement, il n'y a eu aucun accident dans le Piémont. Elle exclut petit à petit tout type d'accident. Elle commence alors à penser qu'il ne veut peut-être plus la rencontrer. Il a peut-être changé d'idée après avoir compris qu'elle est tombée amoureuse de lui, de façon absurde. Elle commence à être paniquée et à penser que la joie et la douleur sont toujours liées l'une à l'autre. Quelques heures auparavant, elle était la femme la plus heureuse du monde. Elle se sentait désirée, surtout après le dernier appel, avec la web cam, trois jours auparavant. Il était tellement enthousiaste. Il avait même, en la voyant, embrassé deux ou trois fois, l'écran de l'ordinateur. Cinzia était immergée dans ce tourbillon de délusion et elle craignait de l'avoir perdu, avant même de l'avoir connu. Elle met son maillot de bain et elle va se baigner en face de chez elle. Elle nage en faisant des allers-retours sur des centaines de mètres jusqu'à être épuisée, jusqu'à se sentir mal, jusqu'à ne plus avoir la force de remonter…

Elle rentre ensuite chez elle et elle décide de s'allonger un peu au soleil, sur la terrasse au deuxième étage. Elle s'allonge sous le soleil aveuglant et elle commence de nouveau à pleurer. Tout à coup, elle reçoit un message sur son portable. Elle n'en croit pas ses yeux. Son cœur bat très fort. Elle reçoit aussi un MMS. Elle se lève d'un coup car elle n'arrive pas à lire en face du soleil. Finalement, à 11h41, elle lit : « Je suis là, mon tendre amour, smakkkkkkkkkk » et elle voit la photo suivante.

Toile mixte acrylique-huile, caressée...dans les règles de l'art, par le parcours de ses doigts... !

Elle lui répond immédiatement : « Merci, ton tableau est…MERVEILLEUX. Tu ne peux pas imaginer mon manque de confiance en moi. Ne sois pas méchant avec moi, ne disparais plus comme ça… »Lui : « Je suis là, je suis là ! Tendres baisers ». Sa joie est revenue, elle lui écrit : « Ok, maintenant je peux recommencer à vivre, salut » « Tendre baiser »« Tu ne peux pas imaginer ce que je te ferais si tu étais à côté de moi en ce moment, et comme je dis toujours, mieux ne vaut pas y penser, petit méchant ! » « Ce matin, à cause de toi, j'ai écrit la page la plus angoissante et triste de mon roman. Je ne l'envoie pas mais je l'ai déjà insérée. Ne t'énerve pas mon cher, bon travail. Je te désire tellement….mais tu es toujours et seulement un HOMME! »

Après cela, il l'appelle et il lui explique qu'il n'a pas pu téléphoner car il a eu une très mauvaise journée : son père a eu des problèmes de santé. Elle lui dit que la prochaine fois, quand il ne peut pas l'appeler, il pourrait peut-être lui envoyer un simple message. Si, au contraire, il ne veut plus la rencontrer, elle lui demande de l'écrire, afin de ne pas tomber dans ce silence assourdissant, typique des hommes. Dino lui répète, comme d'autres fois, que quand il se met quelque chose en tête, et dans ce cas, celle de vouloir la rencontrer, c'est rare qu'il change d'idée. Il lui répète aussi qu'elle lui plaît beaucoup, c'est pourquoi elle doit être tranquille…

Elle est rassurée par ses mots et elle lui écrit : « Excuse-moi, je te dérange encore, mais je tiens à te dire que mon dernier message a été envoyé avant ton appel, autrement, j'aurai évité. Je me sens si bien maintenant. Salut et à bientôt » (en référence à la comparaison avec les autres hommes… !)

Une heure après, il écrit : « …Tant de bien et tant de sensualité dans tes bras, mon trésor » « Merci, mon ange le plus précieux de mon univers, et pas seulement… »

Le matin du 7 juin, il écrit : « Kissssss sublimes »

Elle commence à imaginer un nouveau conte encore plus beau et plus long. Elle lui envoie le message suivant : « Bonjour, si tu savais ! Désormais, quand je pense à toi, je pense aux contes… je

Quatrième conte pour mon Dino très aimé :

« ARC-EN-CIEL ET SA SIRENE … »

A mon inspiration éternelle… From: cinziarubino58@hotmail.it To: dinoaresca@hotmail.it

Subject:Quatrième conte.Date: Fri, 7 Jun 09:41:19

Il y a bien longtemps, et plus précisément il y a 54 ans, le 11 janvier 1959, dans le Piémont, un arc-en-ciel magnifique, qui est apparu dans le jeu de la pluie et du soleil, désireux de ne pas disparaître au bout de quelques pauvres minutes, demanda au Seigneur de pouvoir faire perdurer sa brève vie afin d'offrir toutes ses merveilleuses couleurs au monde entier. Il était très croyant et il pria beaucoup. Le Seigneur décida de le contenter. Il observa les nouvelles naissances de la journée et il décida de le faire entrer dans le corps d'un enfant merveilleux qui devait naître ce jour-là. Cet enfant était le fils d'une femme très belle, d'une grande délicatesse, les yeux célestes couleur paradis, les mains fuselées qui exprimaient une rare gentillesse et la noblesse de l'âme, comme les mains d'une princesse, le corps sinueux et une patience infinie… cet enfant était le désir le plus grand de toute sa vie. Le père de l'enfant était un homme très tendre, humble, qui avait des sentiments honnêtes et sincères. Cet enfant était très beau, il avait la peau olivâtre, ses cheveux étaient épais et noirs. Ces yeux merveilleux paraissaient avoir été peints par la main d'un grand peintre. Elle décida d'appeler son fils, en suivant son instinct, « ARC-EN-CIEL… »

L'arc-en-ciel, grâce au seigneur, put ainsi donner libre cours et réaliser ses plus grands désirs, en vivant une vraie vie en symbiose avec l'enfant choisi pour réaliser avec lui ce rêve… Les années passent…L'enfant grandit de manière harmonieuse. Tout petit déjà, il est fortement attiré par les couleurs, par la peinture. Parfois, il dupait sa mère en faisant semblant d'étudier : dès qu'elle s'éloignait un peu, il prenait des crayons de couleurs ou de la peinture et les utilisait un peu partout. Peu importe s'il n'avait pas de pinceau, il peignait également avec ses doigts fins. Parfois il se cachait dans le grenier aux grandes voûtes, et petit à petit, au fil des ans, il réussit à peindre la totalité des murs. Il aimait utiliser, et c'était l'une des caractéristiques de sa peinture, principalement les tons pastel (au grand bonheur de l'arc-en-ciel qui vivait en lui !) contenus dans l'arc-en-ciel, dont il était, à son insu, l'âme...

Quelques mois auparavant, le 16 novembre 1958 plus précisément, une petite fille magnifique était née au sein d'une famille nombreuse dans le sud de l'Italie, à Naples, la ville de la mer, plus précisément. C'était la troisième de sept enfants. Sa mère était merveilleuse. Elle se dévouait totalement aux autres, c'était une femme très croyante. Son compagnon était un homme qui avait une grande culture et une grande générosité mais qui, hélas, était un homme du sud, qui avait d'autres aspects beaucoup moins positifs...et un comportement de supériorité envers l'autre sexe. Malgré cela, elle aimait cet homme et même si elle ne se sentait pas complètement épanouie auprès de lui, car il tentait souvent de couper les ailes à ses aspirations, elle lui donnait tout, avec une docilité absolue, en le soutenant toujours et en transformant chaque geste en geste d'amour !Quand elle eut son quatrième enfant, elle décida de lui donner un nom étrange...Sirène, et elle demanda au Seigneur que cette enfant puisse avoir le don des vertus les plus désirées. Et ce fut ainsi : l'enfant resplendissait d'une beauté singulière, elle avait la peau claire, candide comme sa manière d'être. Ses grands yeux sombres dégageaient un magnétisme auquel peu de personnes pouvaient résister. Plus que tout, elle avait une immense force intérieure, qui l'accompagnerait toujours et qui lui permettrait d'affronter les plus grandes peines que son destin placerait sur son chemin. Un jour, grâce à ces qualités, elle était tellement lasse de toutes les souffrances qui l'avaient accompagnée jusqu'à ce moment-là, elle avait exprimé le désir de se transformer en sirène, en s'inspirant à son nom, pour pouvoir aller vivre sur un rocher en face de chez elle. Elle aurait finalement pu être libre et heureuse au milieu de la fraîcheur des douces eaux transparentes où elle aurait pu nager avec toute sa vigueur…

Au-dessus, les mouettes volent sans fin et, dans l'oubli de la plus grande paix des sens mais aussi, malheureusement de la plus grande solitude à laquelle elle n'aurait jamais réussie à s'habituer…

!Arc-en-ciel était devenu adulte, il avait déjà parcouru un long chemin, il avait continué sans jamais s'interrompre, de peindre des centaines de toile de toutes ses émotions sans jamais en laisser une de côté. Ses doigts, bien qu'un peu fatigués, à force de les utiliser comme de délicats pinceaux, étaient de plus en plus fins et élégants. Il connaissait désormais un grand succès car c'était un peintre très estimé. Il avait également commencé à écrire des poésies, profondes et originales, et il s'intéressait aussi à la sculpture, en se laissant guider humblement par les grands maîtres d'e l'art. Désormais, à l'âge avancé de 54 ans, c'était un artiste complet, toujours immergé dans la myriade de toutes les couleurs de son arc-en-ciel. Malheureusement, pour vivre, il était obligé d'effectuer un travail fatigant dans le commerce du bois. Il était obligé de passer beaucoup de temps dans les bois infestés de moustiques, de marcher longtemps dans la boue. Sa clientèle était grossière et il était obligé d'insister pour être payé, après avoir durement travaillé. Tout cela le fatiguait énormément et parfois il se sentait vraiment déprimé. C'est pourquoi il laissait également dans ses tableaux de la place à la couleur noire et aux couleurs sombres et mornes. Il avait souffert et il peignait ses émotions dans ses œuvres, qui prenaient un aspect un peu plus sombre et morne. Mais il s'agissait de simples moments… Il continuait le plus souvent à s'entourer des couleurs magnifiques de l'arc-en-ciel le plus lumineux qu'il ait su si concrètement représenter. C'était l'espoir, le désir qu'un jour arrive le succès tant mérité. Les deux ombres au tableau de sa vie : il n'avait pas encore reçu la juste notoriété pour son talent artistique extraordinaire et il n'avait pas encore trouvé la compagne idéale. Après tant d'expériences négatives, il s'était refermé sur lui-même et dans sa solitude. Il avait cependant reçu de la vie un très beau cadeau, 12 ans auparavant : un fils merveilleux qui le comblait d'amour. Il avait la même beauté que son père et la même âme sensible.

Un jour, Arc-en-ciel fut invité à exposer ses œuvres sur une plage du sud de l'Italie. Des personnalités importantes devaient participer à l'exposition. Celle-ci aurait lieu sur la plage en face du rocher où vivait la sirène, seule… il avait peint les tableaux les plus lumineux, les plus colorés, les plus vifs car le thème qui lui avait été demandé était la « Joie » sous toutes ses formes et toutes ses dimensions… Une autre caractéristique de ses tableaux est qu'en les observant attentivement, apparaissaient de délicieux visages souriants, tristes, radieux. Ils représentaient toutes les expressions qui s'alternent en nous et il les reproduisait fidèlement sur ses toiles. Pour la première fois, devant cette mer, il commença à avoir de nouvelles sensations, des frissons qui le parcouraient le long de son dos. Quand il commença à peindre sur le tableau le plus convaincant, le rocher qui ressortait sur le fond, il crut entendre susurrer de douces notes et il crut voir sur le rocher une silhouette féminine. Elle avait des couleurs éblouissantes et on aurait dit une sirène. Il fut instinctivement attiré par ces couleurs, cette mélodie, ce magnétisme naturel…Il ôta ses habits et s'immergea dans la fraîcheur de cette eau: son désir était de la rejoindre au plus vite. Sirène l'observait depuis plusieurs jours…quand il peignait ses tableaux avec amour, pour l'exposition. Elle était tombée amoureuse de lui….Elle pensait à lui, encore et encore…Il était très beau…elle se sentait mal à l'aise…Elle avait tellement souffert. Les souffrances l'avaient marquée dans son corps et dans son âme. Elle ne voulait pas y penser et elle décida qu'elle aurait tout fait pour conquérir l'homme de ses rêves, la matérialisation de ses désirs. Elle commença à chanter les mélodies les plus douces et les plus profondes qui lui venaient du cœur, pour l'attirer le plus possible.

Et ce fut ainsi…Il arriva finalement au rocher, un peu essoufflé…mais tellement ému. Jamais il ne s'était senti ainsi. Ils se regardaient et leurs regards étaient un scintillement aveuglant d'amour…Elle se laissa entourer de ses bras, désireuse de chaleur, ils s'embrassèrent et ils s'aimèrent comme jamais auparavant.

Ils devinrent un corps unique dans cette mer magnifique, dans une attraction gravitationnelle…Elle demanda ensuite à Quelqu'un de pouvoir retourner sur la terre ferme, mais seulement si cela était possible avec lui…Et ce fut ainsi…Il lui demanda ce qu'elle désirait le plus et depuis toujours… !

Puis arriva le jour des récompenses, le jour mémorable de l'exposition de ses œuvres pleines de couleurs vives, celles de l'arc-en-ciel.

Arc-en-ciel et **Sirène** étaient là, ensemble, unis pour toujours…L'exposition eut un succès incroyable. Il eut finalement la récompense la plus attendue par tous les peintres de cette époque qui lui permettrait d'exposer dans les plus grandes galeries internationales. Finalement ils commencèrent à vivre comme ils l'avaient toujours désiré…après avoir tellement travaillé. Ils se réunirent avec tous leurs enfants et leurs petits-enfants et ils commencèrent une vie faite de voyages, de notoriété, de bien-être et plus que tout, de ce qu'ils avaient toujours recherché :

l'AMOUR… l'amour véritable, l'amour rare et unique que peu de personnes ont le privilège de connaître, celui qui accompagne les personnes tout le long de la vie, jusqu'au dernier sourire… !

Un jour, un arc-en-ciel magnifique, recouvert de foi divine

céleste... demandait à Dieu de pouvoir vivre dans le corps d'un être

humain, afin de ne pas mourir quelques instants plus tard... !

Le Seigneur décida de le faire vivre dans le corps d'un très bel enfant

nommé Arc-en-ciel, né le 11 janvier 1959. Sur le dessin, avec ses parents

merveilleux...

Arc-en-ciel, enfant, se cachait dans le grenier, quand sa mère ne le voyait

pas. Il peignait avec ses fines mains magiques….

Sirène était née environ deux mois avant, le 16 novembre 1958. Sa mère

était merveilleuse, son père, malheureusement était machiste, autoritaire,

bien que très généreux...

Sirène, après tant de souffrances vécues, demanda d'aller vivre sur un

rocher en face de chez elle, en se transformant en une douce et triste

sirène…

Le grand Arc-en-ciel, artiste inégalable, devait exposer sur une plage juste

en face de chez elle. Il entend tout à coup, une voix très douce,

paradisiaque. Il enlève ses vêtements et il se jette dans la mer pour

rencontrer cette mélodie irrésistible…c'était elle qui essayait de l'attirer

par la musique ensorcelante de son cœur souffrant.

L'artiste arc-en-ciel tomba éperdument amoureux de la sirène et il lui demanda de vivre avec elle sur la terre ferme. Ils eurent une longue vie et beaucoup de succès et de bonheur avec leurs enfants. Mais le bien le plus précieux fut l'amour qui les unit pour toujours…

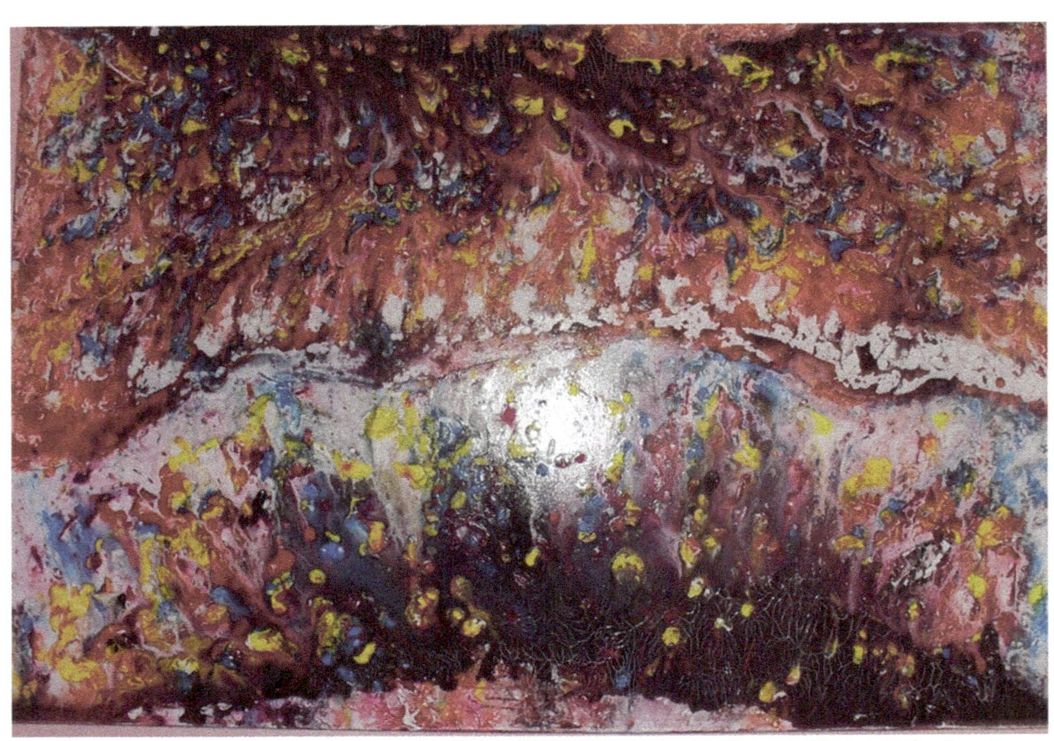

Et voilà pour elle… « D'AUTRES CIEUX…UNE AUTRE TERRE… » avec d'incroyables entités vivantes en eux (qui ne sont pas visibles malheureusement dans ces dimensions réduites…).

7 juin : « Bonne journée à mon doux et tendre bébé-bisou »

Elle se repose sur le canapé et quand elle se rend compte que c'est lui, son Dino, qui semble vouloir la gâter aujourd'hui avec ses messages, ses MMS et ses appels et étant donné qu'il lui a dit qu'il n'a pas encore lu son conte: « La dernière histoire a besoin de quelques minutes et de concentration pour la lecture. J'espère que tu ne me feras pas trop attendre, pour notre rencontre, car mes méninges, à force d'écrire, se fatiguent trop et elles voudraient finalement arriver à une pause sensuelle, agréable et méritée ! Une trêve de l'âme et du corps, quel que soit la suite de l'histoire, mon amour fabuleux » 8 juin, Bacoli. Transcription de pensées jamais envoyées. Cher Dino, ce matin, je voudrais faire un discours très sérieux. L'autre jour, dans le ciel de Bacoli resplendissait un arc-en-ciel, jamais vu auparavant L'épaisseur de sa courbe était extraordinairement large et les couleurs étaient tellement intenses ! Il resplendissait comme tous les arcs-en-ciel, pendant quelques minutes seulement… !

Pour moi, cette vision, c'était toi, et j'ai allongé la main pour essayer de la toucher mais je n'y suis pas arrivée : elle a disparu soudainement…J'ai peur que tout ce que j'ai identifié en ta personne, avec mon imagination fervente, en laissant libre cours à celle-ci jusqu'à l'infini, disparaisse soudainement, comme cet arc-en-ciel merveilleux. Je t'ai souvent dit : « Ne t'inquiète pas trop à cause de mes sms » mais malheureusement je crois que tu commences à avoir quelques réserves envers moi, à cause de mes attentes toujours plus évidentes dans mes écrits. Honnêtement, tu es tellement occupé, je pense que si tu ne décides pas d'annuler quelques rendez-vous programmés il y a longtemps, tu ne viendras jamais chez moi, et tous mes rêves s'envoleront. La question qui me vient à l'esprit : ' A-t-il vraiment envie de me connaître ? Ou peut-être se sert-il de ses occupations comme une excuse pour ne pas me rencontrer ?' Ou bien peut-être a-t-il peur de la décevoir mes attentes trop pressantes. Je sais que tu as un grand cœur et j'imagine que faire souffrir quelqu'un te provoquerait une grande peine ! Je souffrirais tellement si entre nous il n'y avait pas d'avenir. Voilà pourquoi aujourd'hui j'écris ces phrases. Je ne sais pas si je te les enverrai, car désormais je vis dans la peur de te perdre avant même de t'avoir trouvé. Baisers, mon Amour inaccessible.

Ensuite, elle lui dédie deux poésies : une sur l'amour et l'autre sur la tromperie, où elle évoque ses craintes…Cependant, elle ne lui enverra pas cette dernière. Lui aussi, il lui enverra une autre image.

La forza dell'Amore

Voglio e non voglio
Sei dentro di me....
Noi conviviamo nello stesso animo...
La nostra casa è il nostro cuore.....

Il nostro tetto... le nostre menti........

È condizione inevitabile.........

È condizione
     incancellabile......

Ti amo e per sempre...

Dolcissimo Amore... Dino e Rubino
&f
sempre......

C. Rubino

"Pour toi... "Antres célestes", quelque chose de tortueux, de difficile mais dans ce cas, avec le « céleste », de désiré, de mystérieux et de rassurant...recherché par tout le monde, un lieu où chacun aimerait se réfugier »

"AGONIE D'AMOUR PERDU"

Je me suis laissé par toi bercer

Par ton intense, chaud, très tendre mensonge

Par une totale dépendance

Et par une pure et infinie confiance

Comme une enfant par sa propre mère

Accueillie par toi dans une ardente étreinte

Forte passion et faux amour infini

Débordant de joies et d'énorme illusion

Et lentement tu m'as laissée partir

En t'éloignant toujours plus

Jusqu'à ce que mon cœur se brise et pour toujours

C'est douloureux tu sais, de croire…puis de perdre

Perdre tout ce grand amour

C'est lancinant tu sais… très fortement

Ne le fais plus… ne mens pas !

Per Te.....

"AGONIA D'AMOR PERDUTO"

Mi son lasciata da te cullare
Dal tuo intenso, caldo, dolcissimo inganno
Da una totale dipendenza
E da una pura e infinita fiducia
Come una bimba dalla propria madre
Accolta da te in un abbraccio di fuoco
Forte passione e finto amore infinito
Ricolmo di gioia ed immane illusione
E piano piano mi hai lasciata andare
Allontanandoti sempre più
Fino a che il cuor, mi si è infranto e per sempre
È doloroso sai, creder... poi perdere
Perdere tutto di quel grande amore
È lancinante sai... fortissimamente
Non farlo più... non ingannare!

C. Rubino

L'auteure décide de traduire sa poésie en anglais, en espérant que son roman sera reconnu dans le monde.

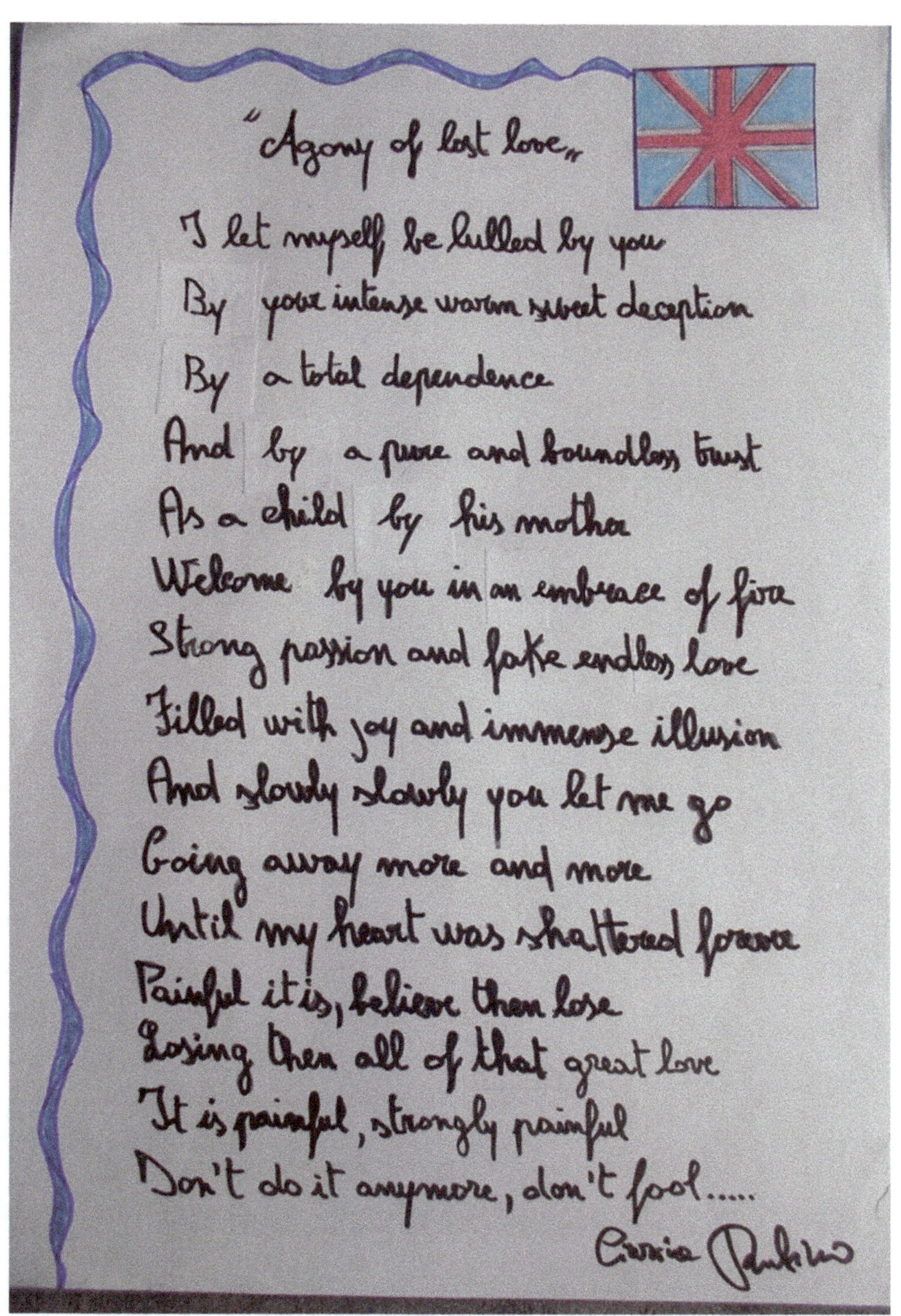
"Agony of lost love"
I let myself be lulled by you
By your intense warm sweet deception
By a total dependence
And by a pure and boundless trust
As a child by his mother
Welcome by you in an embrace of fire
Strong passion and fake endless love
Filled with joy and immense illusion
And slowly slowly you let me go
Going away more and more
Until my heart was shattered forever
Painful it is, believe than lose
Losing then all of that great love
It is painful, strongly painful
Don't do it anymore, don't fool......

Il lui envoie l'image précédente comme représentation des peurs qui la tourmentent, bien qu'il les considère immotivées. La trame de ce tableau est d'une complexité surréelle. Magnifique… Etonnamment angoissante. Il lui envoie la poésie qui est née en même temps que le tableau, publiée par Aresca, dans l'anthologie des poètes italiens de l'année 2008

« LIMITES DU NÉANT »

Outre les limites du néant

Peu de lumières dans la nuit

Souvenirs précis

Expression mentale

De vertiges incessants de l'être

Inquiétude du temps

Qui avance inexorablemen

Après, elle le salue par écrit: « Bonjour, mon illusion adorée mais qui restera floue tant que je ne t'aurai pas vu ! Tu sais, le paradis où je vis est exposé à l'est. Ici, tu peux profiter, comme je le fais en ce moment, de l'aube, de l'aurore à l'horizon… mais pas du coucher de soleil pour admirer la manière dont le soleil meurt. C'est ce je voudrais pour toi et pour moi… qu'il y ait un début et jamais de fin à notre histoire d'amour… ! TENDRES BAISERS »

Voilà la source de mon inspiration du précédent message. En se réveillant à l'aube, elle regarde

par la fenêtre et elle admire cet incroyable spectacle de la nature.

Il recommence : « Tendre femme, lèvres douces…je vais au travail-bises »

« Ok salut, tu es toujours avec moi, ne l'oublie pas »

« J'ai hâte de te rencontrer » « Mmmmmmmmmm… »

« A qui le dis-tu, je ne l'ai jamais autant désiré et avec un vrai Homme, finalement… »

Le soir, elle écrit : « Bonne soirée, harmonie entre corps et âme, pense un peu à moi et viens vite, si tu ne veux pas que je devienne folle à t'attendre et que je disparaisse je ne sais où !

»Aujourd'hui, c'est samedi et l'humeur de Cinzia oscille entre les pleurs et la méfiance. Elle n'arrive pas à voir d'issue à son état angoissé. Bien sûr, il y a eu les promesses, les promesses n'ont pas de suite, l'attente nourrit seulement elle-même, le désir devient aigu comme une douleur. Elle sait déjà quel est le danger, mais elle sait également que cette longue agonie ne peut être qu'une forme de mort, au niveau sentimental. On a peur de ce que l'on aime, on a peur de perdre ce que l'on a, mais comment perdre ce que l'on désire et que l'on effleure à peine? On peut offrir la vie à un fantôme, en mourant soi-même, en devenant des spectres inquiets enchaînés aux pièces vides du désir inassouvi? Bien sûr que l'on peut le faire, mais pourquoi l'accepter? La vie n'est-elle pas déjà assez triste? Peut-être que l'on s'habitue davantage à la misère qu'à la beauté, quand celle-ci est seulement un aiguillon qui perce le sommeil, le mirage qui trouble le jour. Cinzia décide de fixer un délai, au terme duquel elle décidera si ce sera juste qu'il mette un peu de côté ses occupations pour la rencontrer au plus tôt, car elle ne résiste plus, cette attente exténuante est insupportable. Elle voudrait enfin oublier l'empreinte de fausseté et de tromperie que son ex-mari lui a laissée, dans son âme et dans son corps. Cette cicatrice terrible pourrait être effacée à tout jamais de son esprit massacré par les longues années de souffrances, par les bras d'un autre homme. Elle a donc décidé. Au prochain appel, elle lui dira, au risque de tout détruire, qu'une fois arrivée à la page cent-soixante-dix de son livre, elle sera obligée, malgré elle, de conclure cet essai en même temps que leur histoire, à moins qu'il ne décide de fixer une date pour leur première rencontre. Sinon, cela voudrait dire que son intérêt envers elle n'est pas si important et que continuer à fatiguer son esprit et son cœur dans l'écriture de ce roman serait alors inutile, car tous ses fondements s'écrouleraient, c'est-à-dire son inspiration pour lui. Si Cinzia lui dit tout cela, elle sera terrorisée d'arriver à la page cent-soixante-dix de son roman, qu'en réalité elle ne voudrait jamais terminer… Elle décide de lui dire également, qu'après ce délai, elle commencera à fréquenter l'un des hommes de la tchat qui lui avait demandé de rester sur la liste d'attente pour la rencontrer, car elle avait dit qu'elle était occupée. Elle choisira un homme aux yeux bleus, comme lui, et peu importe s'il n'y aura pas de sentiments entre eux : après son Dino, elle sait qu'elle ne tombera plus amoureuse de personne !

9 juin. Cinzia, un peu vexée du fait qu'il n'ait pas encore réussi à lire le quatrième conte, décide tout à coup de ne pas lui envoyer de sms lui souhaitant le bonjour. Elle n'en a pas après lui, lorsque l'on est épris d'un homme, on ne peut pas s'énerver avec lui. Il s'agit seulement d'orgueil, au fond. Elle lui écrit : « Bonjour à mon trésor inaccessible, je suis désolée, mais j'écrirai les prochaines phrases du roman quand tu liras le dernier conte, j'attends encore, méchant. J'en ai déjà un autre en préparation… »

Le dimanche après-midi, il lui téléphone. C'est une belle conversation. En plaisantant, elle lui rappelle le délai qu'elle a choisi. Dino dit que pour elle, il pourrait tout mettre de côté, sauf son travail. C'est à ce moment qu'elle commence à penser à l'éventualité d'aller le rejoindre à Asti. Elle pourrait peut-être le faire à l'occasion de sa visite successive à Pérouse. Mais dans ce cas, elle ne voudrait pas être seule avec lui, car elle serait encore plus mal à l'aise dans un lieu étranger. Il lui dit gentiment que cela n'est pas un problème.

Le soir, elle lui écrit encore : « Je suis peut-être une folle rêveuse, mais c'est comme si tu faisais partie de moi depuis toujours. Amuse-toi bien, tu me manques déjà…bise »

Cinzia se sent de plus en plus éprise de lui jusqu'à l'invraisemblable et elle a déjà décidé que ce sera elle qui irait le rejoindre car elle sent que le moment est enfin arrivé !

10 juin. Elle ne sait plus que lui écrire, de peur de se répéter : « Mon cher, bientôt ça fera deux mois que l'on se connaît et mon désir s'accroît de plus en plus.Tu me tiens compagnie dans ma solitude angoissante et je me sens comme si nous nous étions promenés main dans la main au moins une fois par jour. Tu as volé toutes mes pensées. Combien de fois j'ai imaginé que tu m'embrassais délicatement. Personne d'autre que toi ne me connait aussi bien. Tu as réussi à réveiller l'amour qui somnolait en moi depuis si longtemps. Maintenant je pense que le moment de nous rencontrer est enfin arrivé. Bises, mon ange… »

10 juin. Finalement, mon cher Dino décide de lire le quatrième conte écrit pour lui. Il lui écrira ensuite : « Autobiographique et très belle. Je te remercie de l'avoir si bien interprétée. Doux baiser comme un arc-en-ciel, ma douce sirène… »

Elle lui répond tout de suite par email : « Eh, charmeur, tu as enfin pris dix minutes de ton temps pour lire mon conte. Si tu ne l'avais pas lu, je me serais vraiment énervée ! Et puis il y aurait eu de longs baisers en plus pour Toi »

11 juin. Vers 11 heures, elle lui écrit : « Bonjour, mon cher qui ne pense jamais à moi…BISES »

Il lui répond : « Je suis très occupé au travail – doux baiser »

« Ok, tu sais, tout me va, Arc-en-ciel » « Un tsunami de baisers qui te caressent le corps et l'âme »« Ahahahahah super ça ! Trop pour moi et fais attention : mon âme pourrait ne plus vouloir abandonner ton corps… toutes parties inclues… » « Mmmmmmmm… »

Et après, malheureusement, il ne l'appellera plus de toute la journée. Dommage, car l'inspiration de Cinzia diminue tellement quand il ne l'appelle pas !

« Ok, on en reparlera demain… bonjour à toutes les personnes chères et (je l'aimerais tant) à mes lecteurs passionnés »

12 juin. Aujourd'hui, Cinzia est presque heureuse. Elle a décidé de dire à son Dino, que la semaine

prochaine elle voudrait aller chez lui, mais tant qu'elle ne le lui dit pas, elle ne peut pas être sûre de sa réaction. Si elle va chez lui, elle pourrait même y rester une semaine. Elle a des frissons ! Elle pense : « Ok, j'y penserai plus tard. ESPERONS que ça ira !

Et elle lui écrit : « Bonjour, mon Dino très occupé, mon livre est arrivé à la page 151 car j'ai mis l'image des mes quatre contes. Je suis épuisée…Pour le cinquième conte… « L'homme aux petits grains d'or », je voudrais que, comme tu l'as dit au téléphone, tu l'accompagnes avec l'un de tes tableaux. Tu dois trouver le temps pour le faire, s'il te plaît, et pour me l'envoyer par MMS, comme ça je pourrai l'insérer dans mon livre. Malheureusement, en ce moment, mon inspiration à l'écriture stagne… J'ai décidé que je dois avant tout te rencontrer, appelle-moi aujourd'hui si tu peux ! »

C'est la première fois depuis qu'ils se connaissent, qu'il ne l'appelle pas pendant trois jours consécutifs, il ne lui a pas non plus envoyé ses messages habituels… Elle est très déprimée. Elle lui écrit ce triste message : « Quand tu disparais comme ça, ma solitude devient de plus en plus insupportable…salut ! » Elle va au lit. Elle est désemparée et elle espère que le lendemain ça ira mieux… !

13 juin. Cinzia se réveille vers 5h30. Elle voit sur son portable un message, elle le lit immédiatement. C'est lui ! A une heure vingt-trois, probablement après avoir lu son triste message et en voulant la rassurer : « Tu me plais énormément ». Il est inutile de dire qu'un instant après, elle resplendit de joie après cette lecture rassurante tant désirée…!

La veille, par désespoir, elle avait effectué le tirage des cartes au tarot. Elle le faisait de temps en temps, par jeu, et elle regardait ensuite la signification sur internet. Cette fois, c'est la carte la plus désirée qui sort : celle des amants. Cupidon va bientôt lancer sa flèche vers elle…

Le 13 juin, vers 11h00 : « Bonjour mon beau et étrange Dino, malheureusement, contrairement à toi, je continue de penser à toi…J'espère qu'un jour je pourrai dire que ça en valait la peine, pour

mon intense activité cérébrale à cause de Toi…BISES, mon artiste fabuleux ! »

Cinzia veut insérer ici le symbole d'un autre geste d'amour émouvant, de sa tendre Lorena, qu'elle

lui a fait à l'occasion de son anniversaire. Elle lui a écrit les superbes mots suivants, accompagnés

d'un cadeau : un précieux appareil photos. Il lui a beaucoup servi, c'est grâce à lui qu'elle a pu faire

vivre ici tous ses dessins.

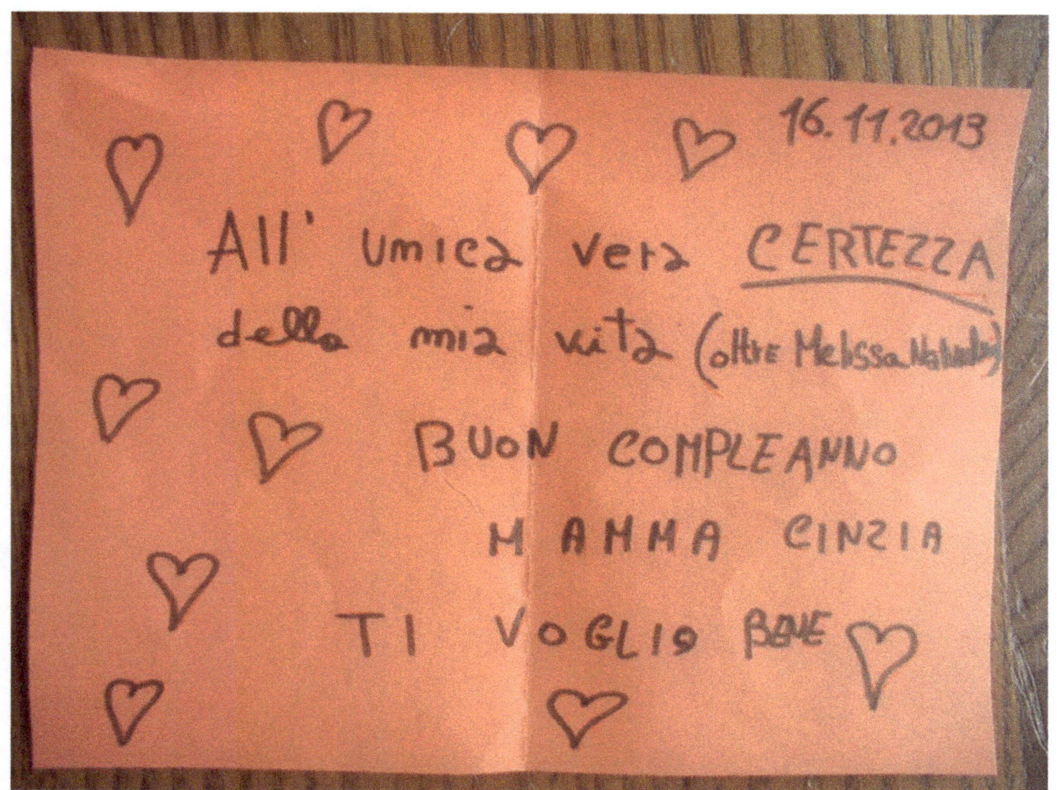

Dino, à 13h14, le 13 juin : « Je suis très occupé entre le boulot et le bénévolat…bise, je pense à toi»

Il lui enverra ensuite une photo d'une sculpture concernant la prévention contre le harcèlement

réalisée pour une association du secteur. Elle est très touchée par cette sculpture. Depuis

toujours, il s'est occupé de la bataille contre la violence sur les femmes.

« Ok, merci, l'important c'est que tu penses à moi et que je puisse admirer tes œuvres. Je suis contente comme ça… Tu peux être fier de toi de t'occuper de thèmes si importants ! »

« Ne t'inquiète pas, je n'attends pas d'autres réponses ! Je t'envoie cependant un autre petit cadeau...Tu sais ce que j'aimerais par-dessus tout ? J'aimerai que tu perçoives ma sincérité...et c'est une chose, pour quelqu'un qui n'a jamais été comprise par l'ex-partenaire, qui ferait vraiment plaisir ! A bientôt car tu sais, le moment est bientôt arrivé ! »

Etrangement, après le silence des jours précédents, il lui écrit : « Tu me plais énormément, tendre femme, je voudrais sentir la sensualité de tes lèvres...mon trésor »

« Eh...un moment pour moi...wouaaaaahhhh, super excitant...tu as de la chance de ne pas être ici ! » « Mmmmmmmmmmm......désir....... » « En effet, bizarrement, je m'habitue à cette idée, du moins à distance ! De près on ne sait pas...mais on espère... »

Cinzia est vraiment très contente car il a recommencé à l'appeler, malheureusement elle n'a pas entendu le téléphone...Elle a retrouvé son inspiration, elle pourra enfin terminer le dernier conte promis. C'est un homme très réservé qui ne montre pas facilement son intérêt envers elle.

Cinquième conte : « L'HOMME AUX PETITS GRAINS D'OR »

Il était une fois un homme beau, docile et gentil, avec une âme très sensible et un grand talent artistique. L'homme que toutes les femmes auraient désiré avoir comme père, comme ami, comme amant...comme mari. Il avait un seul grand défaut, il accordait que peu de temps aux personnes qui l'entouraient. Ce comportement pouvait aller dans les relations avec ses amis, avec sa famille ou d'autres personnes. Avec les femmes, par contre, ça ne fonctionnait pas. En effet, à cause de ce comportement, ses relations finissaient toujours mal...Et à la fin, il se sentait de plus en plus triste et seul...En réalité, ces femmes ne l'avaient jamais vraiment aimé car, même s'il passait peu de temps avec elles, ces moments étaient remplis d'amour. Malheureusement personne n'avait été capable de déchiffrer son cœur et de voir toutes les richesses qu'il possédait. Toutes les femmes superficielles qu'il avait fréquentées commençaient à ne plus avoir confiance en lui et elles tentaient de l'enchaîner à elles, en soupçonnant qu'il les trompait, chaque fois qu'il

sortait de chez lui. Elles devenaient obsessives. En fait, il était seulement un esprit libre et il ne

s'agissait pas de méchanceté s'il ne restait pas très longtemps auprès de ses amours, bien qu'il

sache qu'il n'avait pas encore trouvé la femme idéale. C'est pour cela qu'il continuait à voler

comme une abeille à la recherche de nectar, de fleur en fleur. Il était impatient et il voulait

s'enrichir continuellement par les contacts avec les personnes dont il aimait être entouré. Il était

fidèle à ses compagnes, s'il se sentait suffisamment aimé. Malheureusement, jusqu'à maintenant,

aucune d'entre elles n'avaient réussi à le garder auprès d'elle, bien que son cœur soit désireux de

tant d'amour…

Un jour, à un âge déjà avancé, quand il avait désormais cessé de croire à l'existence de l'Amour

véritable, alors qu'il se promenait tout seul dans un parc, il entend soudain une douce voix

féminine qui chante, combinée à une simple musique. Cette voix était tellement expressive et

dans le même temps tellement triste et embellie par le parfum enivrant des fleurs printanières qui

l'entourait.

L'instinct le poussa à se diriger vers le son de cette intense combinaison entre musique et voix…et

parfums. Peu après, il la voit…C'était une femme, plus une enfant…mais elle avait gardé dans son

expression la fraîcheur d'une adolescente. Il fut immédiatement attiré par cette vision. Tout lui fut

familier, comme s'il connaissait cette femme depuis toujours… Elle le regarda et elle lui sourit en

lui demandant s'il avait besoin de quelque chose…Il lui répondit : « Oui, je voudrais continuer ma

promenade dans ce parc avec toi, pouvoir parler avec toi, te connaître, tout simplement… ». Je

t'attends depuis si longtemps, pensa-t-il… Ils commencèrent leur promenade dans le parc fleuri. Ils

étaient tous les deux tellement émus qu'à la fin de leur promenade, ils oublièrent de dire leurs

noms, leurs adresses. Ils ne comprirent pas qu'ils n'auraient pas pu se retrouver !

Le lendemain, il était tellement triste. Il ne savait plus comment la retrouver. C'était la même chose pour elle, elle ne savait pas comment faire pour le revoir, elle ne le connaissait pas du tout, à part les émotions douces et intenses qu'il lui avait procurée. Pour la première fois, il imaginait de retrouver cette femme et de ne jamais plus s'en éloigner…ça ne lui était jamais arrivé de ressentir des sensations aussi intenses. d'une douceur et d'une émotion infinie. Ils n'arrivaient pas à effacer le souvenir de leur rencontre.

Une idée lui vient…Il était retourné plusieurs fois dans le parc, dans l'espoir de la retrouver, en vain. Il décida alors d'y laisser des petits grains de son cœur qui puissent la conduire à lui. Des grains colorés d'or… afin qu'elle puisse les voir plus facilement. Ces grains renfermaient toutes les magnifiques sensations qu'il avait ressenties à sa présence, le soir après leur rencontre…

Elle aussi était retournée plusieurs fois dans le parc, dans l'espoir de le rencontrer. Elle était tellement triste à l'idée de ce tendre souvenir, qui s'évanouissait jour après jour de sa mémoire.

Un soir, elle retourna au parc. Elle vit un grain d'or. Elle ressentit d'étranges sensations…Elle le recueillit. Il lui parut irrésistible…Elle en vit un autre, un peu plus loin…puis encore un autre, elle les ramassait petit à petit et à chaque fois c'était une nouvelle émotion mais qui lui semblait avoir déjà vécu. Il lui semblait, à chaque grain recueilli, de se rapprocher de l'homme qu'elle avait connu, de l'homme de ses rêves ! Elle recueillit au moins dix grains… A la fin, le soir était venu, le ciel était parsemé d'étoiles, elle était extasiée par toutes ces intenses émotions. Elle vit soudain…il était là, comme un rêve devenu réalité, il l'attendait sur un banc, sous un limonier parfumé. Il était très beau, il resplendissait de joie. Il émanait une grande élégance et une gentillesse d'âme….Elle n'était pas aussi belle que lui mais dans ses expressions il y avait un ensemble de merveilles conservées en elle… Elle s'assit à côté de lui, ils n'eurent pas besoin de parler…les mots ne servaient à rien…Ils s'étaient tant désirés tout en étant distants…Ils se regardèrent intensément…tendrement…ils caressèrent leurs visages et ils s'embrassèrent doucement et intensément. A partir de moment-là, par miracle, il ne désirât plus s'éloigner. Il avait compris

finalement qu'il avait trouvé la seule femme qu'il cherchait depuis toujours. C'était la même chose

pour elle…Ils vécurent ainsi, pour toujours, heureux comme jamais auparavant… **« Ah,**

pardonnez-moi…j'oubliais : leurs noms étaient Dino et Rubis, la première

chose qu'ils se sont dit lors de leur deuxième longue rencontre ! ».

Voici les Dino et son "ESSENCE MYSTIQUE" inimitable et transcendantale!

Deux protagonistes de ce conte qui dansent entre les étoiles et les

limoniers.

Le tableau le plus éloquent et le plus beau selon Dino Aresca, qu'il a voulu annexer pour

représenter ce conte…Il s'intitule « ESSENCE MYSTIQUE » et il renferme un mélange de

spiritualité, de foi, de magie…de couleurs. La trame extraordinaire et inimitable de ce tableau a

quelque chose de vraiment surnaturel… quelque chose d'exclusif pour sa complexité excentrique.

Il a voulu le présenter avec ce conte car il pense qu'il y a quelque chose de vraiment surnaturel

dans cet Amour singulier qui est né entre eux depuis le 21 avril…

29.08.13

Le soir du 13 juin, il l'appelle et elle lui dit qu'elle ira chez lui, au plus tôt, car elle désire

ardemment approfondir cette connaissance et que lui, il ne sait pas quand il pourrait venir la

rencontrer. Il lui répète, comme beaucoup d'autres fois, qu'il ne peut pas se soustraire devant le

travail, il lui demande ensuite la date de son arrivée. Elle lui dit que puisqu'il aime les surprises…

(Ce qui est faux !), elle l'appellera directement à son arrivée. Toujours mal à l'aise, elle ajoute

quelques phrases sans sens précis. Elle lui demande de nouveau pourquoi il n'a pas répondu à la

question sur son intérêt envers les femmes. Il lui répond que tant qu'il ne voit pas cette femme, il

ne peut pas le dire. La peur de ne pas lui plaire augmente… Mais il ajoute que si un intérêt devait

naître… la note qu'il mettrait serait élevée ! L'appel est plus confus, chaotique, enfiévré, anxieux

que d'habitude. Quelque chose évolue. Les mots importants bouillonnent comme des vagues sur

la mer de la conversation agitée. La marée est haute, du moins dans le cœur de Cinzia. Elle lui

écrira ensuite le dernier message de la soirée, regrettant son comportement un peu agressif :

« Excuse-moi, j'espère que je n'ai pas été trop agressive au sujet d'Asti, mais je voudrais tellement

te connaître, mon instinct est désormais irrépressible… je voudrais commencer ou

malheureusement finir quelque chose avec toi…je suis comme ça…maintenant ou jamais…Bises,

mon doux rêve »

14 juin. Elle écrit : « Bonjour. Hier je crois que j'ai écrit un peu de bêtises mais j'étais très mal à

l'aise, pour la décision que j'ai prise concernant mon séjour chez toi…Mais c'est vrai, je viendrai la

semaine prochaine, prépare-toi. Je ne te dis pas le jour car peut-être que j'arriverai mais que je ne

viendrai pas tout de suite. Tu sais, peut-être que je suis un peu plus folle que toi ! Bises ! »

Et encore : « Chez nous on dit qu'à force de trop parler d'un argument, il risque d'être emporté

par le vent et ça, je ne le veux pas…Evidemment je préférerais que tu sois ici mais ceux qui se

contentent sont satisfaits. Du moins, espérons ! A bientôt, mon cher ami… »

Il essaie de lui téléphoner. Quand elle s'en aperçoit, elle lui écrit : « Salut Dino, excuse-moi, j'étais à la plage… »

Deux heures plus tard, Dino, à cause de l'émotion à propos de leur prochaine rencontre : « Je suis tellement excité à l'idée de notre rencontre. Je vais devenir fou ! Tu me plais beaucoup, j'espère de te rencontrer très bientôt, smakkkkkk »

« Ok mais essayons de freiner un peu notre enthousiasme réciproque…avant de nous rencontrer… ! J'essaierai de rester tranquille ! J'en profite pour t'envoyer un baiser mmmmmmm… dis-moi la zone d'Asti la plus commode pour toi… »

Le même jour, elle lui écrit : « Tu sais comment je me sens, moi ? C'est comme si je devais sauter dans la mer d'un rocher à mille mètres de hauteur, sans savoir s'il y a des rochers en-dessous…quelle sensation. C'est juste pour garder mon niveau mélodramatique élevé ! Donc, sois gentil, s'il te plaît…bisous… ! " « Gros gros baisers…!!! » « N'exagère pas…un juste milieu serait mieux ! »

Il la rappelle, un peu fatigué car il est en route depuis le matin et il est un peu déprimé car il aura beaucoup de choses à faire pour son travail, jusqu'à mercredi. Il se plaint au sujet d'autres contraintes quotidiennes. Après son appel, elle lui écrit, un peu triste : « J'ai repensé à tes mots…je ne veux pas te créer de problèmes à cause de mon arrivée…réponds-moi, s'il te plaît ». Il la rappelle et la rassure, aucun problème, il a hâte de pouvoir finalement l'embrasser et il lui explique qu'il sera libre seulement de jeudi à dimanche. Elle lui dit qu'elle partira le jour avant et que, de toute manière, même sans lui, ce serait des vacances. Ils continuent à discuter agréablement. Il roule vers une petite ville qu'il ne connaît pas : il doit rencontrer des personnes pour ses expositions. A la fin, ils se saluent. Elle est heureuse car à la fin de ses appels, il l'appelle toujours : « Mon amour… »

Son dernier message, en date du 14 juin : «Pour moi c'est le moment le plus attendu de toute ma vie…Je n'ai jamais autant désiré quelque chose…bonne nuit »

15 juin. Depuis plusieurs jours, Cinzia voulait écrire quelque chose sur son livre mais elle oublie de le faire. Elle voulait écrire une phrase que sa mère adorée lui avait dite et qui l'avait beaucoup émue. Un jour, elle était au téléphone avec un ami et elle lui parlait de la relation qui était en train de naître avec Dino et, ironie du sort, cet ami était piémontais et de la même région que la compagne de son ex-mari. Sa mère, en entendant cela dit, en riant beaucoup : « Le Piémont enlève…Le Piémont restitue » Dans le passé, sa mère avait déjà prononcé des phrases sur elle qui s'étaient avérées magiquement, comme par miracle. Elle espérait que dans le cas de Dino, cela se réalise… Cinzia, à la seule pensée de la rencontre avec Dino, est tellement heureuse… elle pleure même à cause de l'émotion. Maintenant elle lui écrit ce beau message : « Bonjour mon Amour (licence poétique…pour l'instant !). Quelle sensation…Si le paradis existe, maintenant je sais ce que c'est…je me sens déjà sur son chemin et je te remercie pour m'y avoir guidée ! Bisous…pour l'instant »

« Un doux baiser mon trésor, je suis dans les bois ! Moi aussi j'ai tellement envie de te rencontrer mon amour »

« Ne te fatigue pas trop… » Le soir, il lui téléphone. L'appel est très bref car la ligne est dérangée.« Quand je serai là-bas, chez toi, je ferai un tour de magie…j'arrêterai le temps pour ne pas devoir te quitter…SALUT »

 Il lui envoie la photo d'une chaise au design exclusif, qu'il a créé pour une personnalité importante, dont le nom, pour des raisons évidentes, ne peut pas être cité ici. Observez l'élégance, les couleurs et la finesse de cette chaise.

16 juin. Cinzia est désormais folle de joie…le moment tant attendu, accompagné de toutes les émotions et les souffrances, s'approche de plus en plus. Elle y pense tout le temps, elle le respire avec le parfum de la mer…et elle lui écrit : « Bonjour douce mouette libre et rebelle, nous nous rencontrerons bientôt… Quand on se rencontrera, descends un peu sur terre et tu verras comme c'est agréable de poser tes pattes sur la terre et sur l'herbe ! »

Quelques jours avant son départ, alors qu'elle nage dans la mer, elle se fait piquer par une méduse sur plusieurs parties du corps. Tout son corps brûle. Elle se souvient alors d'une autre fois, en Sicile, avec son ex-mari, en voyage de noces, elle fut piquée par une méduse sur la moitié du corps. Elle était sur le point de partir pour rejoindre un homme…et cette relation d'événements l'a fait beaucoup penser sur d'éventuelles évolutions avec son Dino (Quand on désire tellement une chose, l'imagination est débordante !)

17 juin. Tôt le matin, il lui écrit : « Baisers sensuels, je t'attends… » « Moi aussi, et tu ne peux pas imaginer dans quelle mesure… ! » « Mmmmmmm… »

« Je crois que bientôt arrivera le moment le moment le plus embarrassant de ma vie…c'est-à-dire quand on se verra… J'espère que je ne vais pas décider de changer de cap au dernier moment…Tu as de la chance d'être habitué à ce genre d'activités…sans vouloir t'offenser bien sûr » Salut mon très tendre ! » « J'ai hâte de te prendre dans mes bras et de t'embrasser mon trésor»

18 juin. Une fois partie pour l'Ombrie : « Bonjour Dino, je suis déjà en route. Bises… ». Plus tard, il lui téléphone et elle lui pose quelques questions concernant son passé dans les hôtels avec ses ex. Ensuite elle lui écrit : «Excuse-moi si je suis curieuse, mais tu as une vie tellement différente de la mienne, que le fait de t'écouter me ramène un peu à la réalité, car je crois qu'en ce moment je suis un peu absente… Quand j'arriverai, j'éviterai d'aborder ces sujets. Ton passé appartient

Ensuite elle lui répète : « Désormais j'en suis certaine…pour moi, cette rencontre sera inoubliable et excitante…A bientôt mon petit » « Wouaaaa, envoie-moi l'adresse où tu vas dormir, aujourd'hui je suis dans les parages et je vais voir où ça se trouve-Bises » « Ok adresse : quartier…… localité S…………. (Asti). Hôtel « La…………. » Ne sois pas trop beau quand je regarderai pour la première fois tes yeux magnifiques…autrement je vais m'évanouir….tant pis pour toi ! »

« Je me reflèterai dans tes doux yeux mon trésor »

« Désolée, mais c'est moi qui le ferai dans les tiens, ils sont plus adaptés et attention, je pourrais avoir un pouvoir hypnotique et peut-être que je te jetterai un sort… »

Elle est enfin arrivée à Pérouse : « Je suis déjà sur mon lit, à Pérouse. Evidemment, avec toi à mon côté, ce serait autre chose…Patientons ! ». Cinzia reste jusqu'au lendemain à Pérouse, elle repart ensuite pour Asti. Jeudi devrait être le grand jour de leur rencontre inoubliable. La Rencontre, celle qui devra être annotée sur le calendrier, celle attendue avant même de le savoir. Celle pour laquelle on résiste et on attend, pour laquelle on rêve et on vit, celle qui vous coupe le souffle et qui vous fait passer des nuits blanches. Mais celle également qui donne l'air et la douceur indescriptible de l'unique repos possible. Se voir, pouvoir écouter, pouvoir se toucher, s'embrasser peut-être. Non, pas peut-être : certainement. Etre là, vivants, en chair et en os, quatre yeux et deux bouches, pouvoir tendre la main vers une chimère…. Il n'existe aucune attente si douce et si pleine de tremblements et de craintes. Mon dieu, elle tremble vraiment à l'idée de cette rencontre ! Elle restera à Asti de mercredi jusqu'au lundi suivant et ensuite on verra…

Le matin du 19 juin, il lui explique où se trouve l'hôtel : « En arrivant à S………………, 200 mètres à droite, immeuble jaune-bises » **Elle lui écrit, les doigts en sueur et le sourire aux lèvres : « Merci, tu es trop gentil, fantastique Dino…gros bisous »**

Changement de programme. Mercredi soir, alors qu'elle se trouve déjà à Asti, il l'appelle de nouveau et lui communique qu'étant donné qu'il a réussi à se libérer au travail, il pourra la rencontrer le soir même. Cinzia est encore plus émue. Elle sait que désormais, il ne manque plus que quelques heures à leur première rencontre…

Lui aussi, comme elle, compte les heures : « Dans cinq heures je serai dans tes tendres bras et je suis heureux. J'attends impatiemment de goûter tes douces lèvres, mon tendre amour »

« Si tu es heureux, alors moi aussi je le suis…tu es l'homme de mes rêves… ! »

« Mmmmmmmmmmmm » « Eh, n'écris pas trop de mmmmm… ! »

« Waaaouuuuu…splendide» Puis il l'appelle et, émus tous les deux, ils se saluent de nouveau…

Tellement émue par l'émotion et par le long voyage, elle se perd pendant trente minutes avant de réussir à trouver l'hôtel.

Elle lui écrit : « Mon cher, après avoir visité les bois des alentours, je suis finalement arrivée à destination… »

Le soir, il lui répond : « Attends-moi j'arriiiiiiiiiiiiiiiiiiiiiiiiiiiiiiiiiiiiiiiiiiiiiiive (à 21 heures) bise »

« Oui, si je ne pars pas avant ton arrivée…Je te dis pas : chambre microscopique ! »

« Je te chercherai dans le monde entier…à bientôt, ma créature fascinante…Biiiiise ! »

« Salut, petit comique ! A tout à l'heure »

A 20 heures 45 : « Dans 15 minutes je suis là-biiiiiiises » « Ok »

Il arrive finalement et il lui écrit : « Je suis devant l'hôtel, je t'attends, biiiises ! »

40 degrés ce jour-là à Asti, dehors et dans leurs corps…Elle est très émue. Son cœur bat à cent à l'heure… Elle descend et elle va à son encontre. Elle l'aperçoit sur le trottoir d'en face. Grand, les traits fins, chemise bleue déboutonnée… comme elle l'avait imaginé…Elle s'approche de lui, rapidement. Ces yeux transparents, expressifs, qui ressortent sous un nuage de cheveux noirs et souples et sur un teint tonique, bruni délicatement au soleil. Elle n'arrive pas à y croire. Elle a vécu tant de fois cette scène en rêve. Quelle merveille… En un coup d'œil elle comprend

pourquoi il est tellement courtisé… D'un côté, l'émotion est énorme, probablement l'une des plus profondes de sa vie. D'un autre côté, cet étrange sentiment d'irréalité mitige cette sensation en donnant l'impression d'une imagination particulièrement vive. Elle le voit. C'est lui. Il la regarde. Instants infinis… ! Puis, tout s'enchaîne rapidement, naturellement, presque quotidiennement malgré l'exceptionnalité. Il la serre dans ses bras (ce sont réellement ses bras, c'est vraiment lui !) et il essaie de l'embrasser immédiatement… (ce sont vraiment ses lèvres, ses lèvres, ses lèvres… !). Mais elle l'arrête, fidèle à l'esthétique du rêve, fidèle aux programmes du cœur, dévouée au conte. Elle l'arrête bien qu'elle le désire (ses lèvres) et elle lui dit qu'il ne doit pas l'embrasser sur la bouche car ils devaient le faire en écoutant leur base musicale, où elle chante sa douce mélodie…Pendant un instant, elle regarde leurs ombres, presque juxtaposées. Elle voudrait les fixer là, pour toujours… L'embarras a une certaine douceur. La peur prélude à une découverte, comme lorsque l'on est jeunes et que l'on parcourt une route de campagne qui mène à des antres mystérieux. Une vie entière faite d'attentes, de soirs, de promesses de la brise, de mélodies secrètes, de dialogues imaginaires. Tout est là, dans une simple rencontre. Comme s'il n'y avait rien d'autre à faire. Il lui dit de monter dans sa voiture et il demande, impatient : « Et alors, cette musique… ? » Elle prend ses écouteurs et son portable dans son sac. Très embarrassée, elle met un écouteur dans son oreille, et l'autre dans la sienne. Elle lui dit que la musique qu'ils vont écouter est la musique que Sirène, dans le conte, avait chanté pour l'attirer. Penché vers elle, il commence à l'embrasser, mais il s'arrête, souriant. Elle le regarde, étonnée. Il lui dit qu'il a perdu l'écouteur. Attendrie comme jamais et amusée de voir qu'il a écouté sérieusement ce qu'elle lui avait demandé, elle remet l'écouteur dans son oreille et finalement… ils échangent leur premier baiser, interminable… mais le vrai

baiser est un autre…

Puis il lui demande d'entrer à l'hôtel. Se rend-il compte qu'elle se sent très mal à l'aise quand elle sort de l'antichambre, habillée comme il le lui a demandé ? Elle essaie d'être spontanée, désinvolte, dans la tentative de donner le maximum d'elle-même à l'homme de ses rêves qui s'est finalement matérialisé…là devant elle. A ce moment-là, il est inutile de raconter les heures qu'ils passeront à s'embrasser passionnément…Il suffit de se rappeler qu'elle n'oubliera jamais ses mots prononcèes pendant qu'il baisse dèlicatement la bretelle de son soutien-gorge, dans le but de la dèshabiller lentement: **« Tu sais, entre nous, ce ne sera pas seulement une histoire de sexe…on fera l'amour, car entre nous il y a des sentiments… »** **Et après…le paradis…** Après minuit (comme dans les contes) Dino s'en va car il ne peut pas laisser ses parents tout seuls et aussi car il doit se lever à 6h00 le lendemain pour travailler durement. Après son départ, elle lui écrit encore : **« Bonne nuit MON AMOUR ».** Finalement, c'est la première fois qu'elle se sent libre de l'appeler comme ça. **Et lui** : « Tendres smakkk, soirée merveilleuse.... »

20 juin. «Bonjour mon tendre Amour, hier je voulais que tu te sentes bien...Ça a été un peu trop pour moi car je ne savais pas encore ce qui se cachait dans ton cœur...mais ce soir, je voudrais davantage, te regarder dans les yeux...pour voir ce qui s'y cache tu me manques déjà à bientôt»

L'après-midi : « Salut, ne m'oublie pas ce soir, mon tendre petit ».

Ce soir-là, il passe la chercher vers 20h10 et il l'amène visiter sa maison, le cadre très coloré où il habite. Elle est littéralement extasiée de pouvoir admirer la splendeur de cet univers si particulier, imprégné des couleurs de l'arc-en-ciel, comme son Dino. Elle a tant désiré entrer et découvrir son monde merveilleux. Il lui offre trois magnifiques tableaux...de différentes dimensions. Ils s'intitulent : « **DOUCE PASSION** » « **SENTIMENTS CELESTES** » et le troisième, celui qu'il a peint seulement pour elle « **BEAUTE** ». Tellement confuse par ces cadeaux désirés, elle imagine déjà de les exposer, avec le précédent, pour remplir sa maison paradisiaque du sud...

Comme elle avait promis d'être avec lui…dans toute sa sensualité…

Le deuxième cadeau pour Cinzia s'intitule « DOUCE PASSION », encore plus merveilleux... De plus amples détails seront illustrés pour vous faire comprendre la nature exceptionnelle des œuvres de Dino !

Ici, on aperçoit une ébauche de visage, et en haut à gauche, un profil délicat en rouge… Cette alternance de profils et d'autres parties de visages est l'une des caractéristiques extraordinaires de ses œuvres.

En haut, sur le même tableau, l'ébauche du visage triste. Ces images apparaissent soudainement, devant les yeux qui réussissent à scruter minutieusement ces œuvres singulières et étonnantes.

Il faut les chercher, les désirer et ils apparaîtront sur ces toiles magiques ! Ce tableau intitulé «

BEAUTE » a été peint exprès pour elle, avant même de la rencontrer. Il lui a ensuite avoué, qu'au

moment de le lui envoyer, il avait changé d'avis, et il lui avait envoyé un autre tableau, plus beau

selon lui. On observe en haut à gauche, le profil d'un visage en rouge, allongé, qui regarde vers le

haut, rêveur : **extrêmement suggestif... !** Il lui a expliqué que c'est justement son visage... Il

lui a offert ce cadeau à l'occasion de leur première rencontre.

Et puis arrive le cinquième tableau, par surprise, intitulé « **JE REVIENS CHEZ TOI** » comme souhait futur…comme promesse d'une prochaine rencontre…il est drôle lui, mais elle apprécie beaucoup…une tempête de couleurs qui se chevauchent comme des éclairs dans un ciel d'émotions. En-dessous, un clavier qui se trouvait dans l'hôtel et c'est justement sur ce clavier qu'il joue pour elle, comme promis…eh oui, car lui aussi sait jouer de la musique…et il la compose surtout ! Le soir, elle lui écrit en pensant à leur prochaine séparation : « Bonne nuit Mon Amour…sans toi, je mourrais lentement… »

21 juin. Elle est complètement éprise par son Amour et elle lui écrit : « Bonjour, mon Amour inégalable, j'ai maintenant la confirmation que tout ce que j'ai écrit jusqu'à maintenant, est réalité… Je sais enfin ce que veut dire Aimer et le bien que ça apporte à l'âme, pouvoir se laisser aller complètement. Mais j'ai très mal au cœur, en pensant à tes problèmes. En attendant, je suis tellement heureuse…je voudrais arrêter le temps avec toi, mon ange. Je t'aime infiniment… »

Elle dessine, elle écrit dans sa chambre d'hôtel, dans l'attente...deuxième

soir...catapultée du rêve à une réalité bouillonnante et colorée... !

Et puis : **« Baiser tendre et sensuel, mon doux rubis, j'ai envie de toi mon amour ».** Ses messages délicieux. Répétitifs mais…pour une femme amoureuse…comme s'ils étaient toujours une mélodie nouvelle, recherchée…comme si c'était une pluie d'étoiles filantes, une chose que l'on ne voudrait jamais cesser de lire, de relire et de revivre en s oi…

Dans son cadre spectaculaire où il passe des heures et des heures, pensées

et imaginées… à peindre…infatigablement, avec le bout de ses doigts fins.

Elle voudrait pouvoir l'observer pendant cette grande frénésie de

transposition d'émotions colorées…

Pendant qu'il écrit titre et dédicace sur le dos des cadeaux pour elle :

« DOUCE PASSION ». Imaginez Cinzia…elle aurait aimé que sur l'un

de ses cadeaux il commence à écrire le mot « amour »…mais…patientons !

 Il ne faut jamais désespérer dans la vie, elle continuera d'espérer et ce,

jusqu'à leur dernière rencontre…

Avant la deuxième soirée avec lui…Elle ferait tout pour le faire tomber amoureux…elle le lui envoie en attendant leur rencontre avec une photo.

« Un peu enfantine…cette brève rime…faites-moi confiance, mes amis, il s'agit d'un vrai sortilège !!! »

Il lui répond avec un petit arbre délicieux et original, pensé pour elle… intitulé « L'arbre de l'amour », suivi d'un message particulier…

« Je pense à toi, femme sympathique et très belle. Dans l'immensité de
l'univers une étoile brille plus que les autres et elle a un nom…le tien »

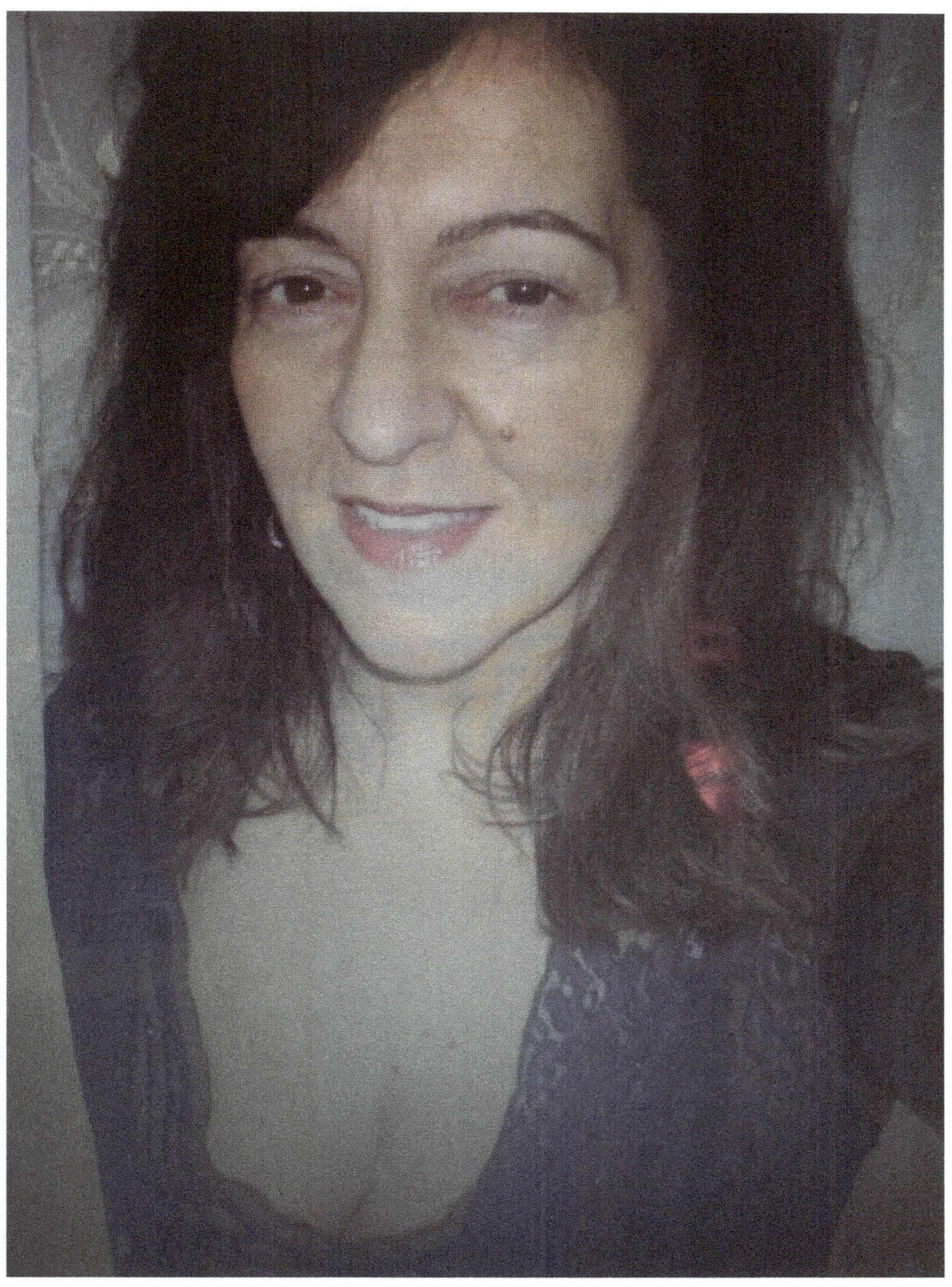

Elle est très heureuse mais elle ne sait rien encore à propos des deux jours suivants, deux jours de

 solitude…Ils passent trois longues soirées d'amour infini. Le troisième soir, il dort même avec

elle… Elle n'avait jamais vécu autant d'affectuosité… Ils dorment serrés l'un contre l'autre,

tendrement. Le matin, elle se réveille, inspirée et émue : «Cette nuit, tes mains me cherchaient

pendant mon sommeil, tu l'as posée plusieurs fois sur mon cœur et j'ai mis ma main dessus.

Maintenant, elle sera toujours là, voilà pour toi… »

« QUAND JE DORS AVEC TOI »

Et que tu me cherches dans la nuit, mais ton sommeil est déjà profond

Quelque chose d'inconscient te pousse vers moi

Ce n'est pas la mesure d'un sentiment, qui est encore incertain

Tu as besoin d'un contact qui te donne encore l'amour

Je me réveille attendrie et heureuse comme jamais

 Dino: « Quel plaisir de t'avoir près de moi…Ta poésie est superbe, merci mon amour, des fleurs de mon jardin pour toi, un peu cachés, timides. C'est nous deux, indispensables l'un à l'autre dans une nuit infinie »

Malheureusement, après toute cette poésie, il lui dit que les deux jours suivants ils ne pourront

pas se voir car il sera occupé en famille et au travail. Elle est très déçue de cette nouvelle

inattendue. Elle se sent triste et elle commence à s'inquiéter. Elle passe les deux jours suivants à

pleurer, angoissée. Elle se promène seule dans le centre-ville d'Asti. Il l'appelle au moins deux fois

par jour en essayant de la réconforter de cette manière…L'esprit de Cinzia est traversé par un

fleuve d'émotions opposées. Elle est déprimée, elle ne sait plus que penser de cet homme, elle a

parcouru environ 1000 kilomètres pour le rencontrer. Et tout à coup, après des heures de passion

et de douceur infinie, il la laisse seule pendant le week-end, qu'elle attendait depuis des mois. Elle

pensait que ça aurait été les plus beaux jours de sa vie. Déçue, elle lui dit brusquement qu'ils

seront simplement amis. Elle commence même à lui écrire une lettre d'ADIEU, qu'elle lui envoie

par email, mais il n'arrivera pas ou ne voudra pas la lire, comme il avait déjà fait précédemment

avec certains de ses écrits…Elle sait entre autre, qu'il n'aime pas lire !

Dino veut se faire pardonner, il lui envoie l'image d'un autre tableau. Elle

trouve qu'il correspond justement à ses états d'âme, avec toutes ces lignes

indéfinies.

« L'ADIEU AU PLUS BEL ARC-EN-CIEL DE MA VIE »

Asti, 22 juin

Mon tendre Amour à sens unique. En ce moment, je bouillonne de toutes les émotions que je ressens envers toi…Et je ressens une douleur immense parsemée de pleurs à cause de ta perte. La seule chose que je puisse faire aujourd'hui, est de t'écrire pour me soulager…Tu ne peux pas imaginer mon bonheur avec toi, blottie dans tes bras en faisant l'amour. Tu n'es pas obligé de me croire, j'en ai presque honte…étant donné mon âge. Pour moi, ça a été de la pure magie…et avec l'homme qui serait tombé amoureux de moi. C'est du moins ce que j'espérais, du plus profond de mon cœur… Je suis très amoureuse de toi. Eh oui, de façon absurde et naïve. Je suis tombée amoureuse de toi depuis que as prononcé toutes ces phrases magnifiques le premier jour de notre contact sur facebook et au téléphone… Tu t'en souviens, toi qui oublie facilement ? La première, quand je t'ai parlé de ma pathologie et toi, avec un léger embarras et une douceur infinie, tu m'as dit : « Qu'est-ce que tu en sais…peut-être que je réussirais à te guérir un jour avec mes baisers? ». Et la deuxième, lors de notre premier appel, quand tu m'as dit : « Tu sais ce qui m'est arrivé aujourd'hui pendant que je peignais ? Je voyais clairement ton visage, comme s'il était là près de moi…Désormais quelqu'un pense à toi ! ».

Aucun homme m'avait plu, n'avait été capable de tant de tendresse… Et l'espoir grandissait en moi. L'espoir d'avoir finalement trouvé quelque chose de spécial, de différent…Ces deux phrases et ton visage si particulier, tes yeux si charmants… le timbre exceptionnel de ta voix …et tout le reste, tout ce qui t'appartient, ont tout de suite séduit mon cœur.

Et ce n'est pas parce que j'étais dans un état de vulnérabilité à cause de tout ce que j'ai dû supporter pendant ces derniers mois. Je n'étais pas vulnérable car mes rèflexions et mes ressources intérieures étaient suffisantes. Simplement, je pensais trouver en toi ce que j'avais toujours désiré d'un homme et que je n'avais jamais trouvé… Je savais déjà, qu'après, cela aurait été tragique, c'était ce que je craignais. Je suis lasse de souffrir. Je t'ai raconté que pour moi ça a toujours été difficile de tomber amoureuse de quelqu'un. C'est hélas la triste et absurde vérité. Imagine que les seules fois où je pensais être tombée amoureuse de quelqu'un, quand j'étais adolescente, j'étais tellement stupide et maladroite, que je n'ai eu aucun contact physique avec eux ! Ensuite, j'ai eu la malchance de ma vie, celle de rencontrer mon ex-mari. Je ne préfère rien ajouter le concernant. Ok, sache que j'avais décidé de vivre cette rencontre avec toi, et même si ça devait être l'unique rencontre, ça valait la peine de la vivre ! Tu te souviens ? Voilà pourquoi tu m'as dit à plusieurs reprises: « mieux vaut vivre une journée mémorable que…etc.etc ; ça a été merveilleux…Je t'en remercie vraiment, je ne m'étais jamais sentie aussi bien… Au point d'avoir des souvenirs offusqués, pour le plaisir transcendantal éprouvé avec toi. Toutefois, je ne te le cache pas, j'étais convaincue que tu avais quelque sentiment envers moi. Sans cette illusion, je n'aurais jamais ressentie ce que j'ai ressenti avec toi. Le premier soir a été bizarre parce que je ne te connaissais pas encore. Ne t'inquiète pas, je le referais cent mille fois encore…J'ai enfin été

heureuse avec un homme et maintenant ce sera pratiquement impossible de t'oublier… ! Tu sais,
je te remercie de m'avoir appris à voler très haut…libre, légère, sans inhibition, ensemble…je me
suis sentie belle, même si je ne le suis pas… Je te remercie pour m'avoir appris à percevoir le sexe
non pas comme une chose sale ou comme un soulagement physique, comme je l'ai presque
toujours interprété. Tu es dans mon cœur et tu le seras pour toujours…souviens-toi en !

Tu ne peux pas imaginer combien j'aurais aimé passer d'autres heures avec toi. Même sans faire
l'amour…en te regardant dans les yeux et en parlant tranquillement, ça me manque et tu ne sais
pas combien !

Maintenant ça suffit avec mes exagérations. Je pourrais écrire des chapitres entiers à ce propos mais je sais que ça n'aurait pas de sens et que ça ne servirait à rien ! Combien j'ai déjà pleuré pour toi aussi… Maintenant c'est un moment difficile que je vais devoir affronter. J'ai toujours eu beaucoup de mal à mentir…surtout à moi-même !

J'ai décidé que le livre aura une fin superbe, ce que cherchent tous les lecteurs passionnés. Je devrais donc, pour l'écrire, mentir à moi-même et je t'assure que ce ne sera pas chose simple, mais ce ne sera pas trop difficile non plus, car je devrai seulement mettre par écrit mes attentes stupides et naïves te concernant… !

Après ce bref rêve d'amour vécu ensemble, il restera l'amitié envers toi, qui sera supérieure à tous les autres sentiments… Je tiendrai toujours à toi et je continuerai de la même manière à vouloir les meilleures choses pour toi, ton succès, qui te libérera finalement de ton travail exténuant. Et si je peux t'aider de quelque manière que ce soit, je le ferai. Tu sais, si tu avais lu ce que j'écrivais jour après jour, peut-être que tu aurais eu peur et que tu ne m'aurais pas dit de venir ici, chez toi, car tu aurais déjà compris combien je t'aimais… comme l'a fait avant toi, l'ingénieur qui me plaisait beaucoup. Cela m'irrite beaucoup, je me sens stupide et malheureusement j'ai maintenant la confirmation de ce que me disaient méchamment plusieurs hommes envieux de mes conversations par tchat : **« Tu verras, il te baisera et après, au revoir, merci ».** Excuse-moi pour ma façon de parler mais en ce moment, je te le répète, écrire est la seule chose qui puisse me soulager. De toute façon je ne pense pas et je ne penserai jamais mal de toi. Tu ne m'avais rien promis, bien que souvent tu étais très rassurant avec tes mots. Je préfère continuer à penser que tu es un homme bon avec un grand cœur…Je n'ai pas l'ombre d'un doute là-dessus, Mon tendre Amour. C'est normal que tu continues à prendre, comme tu me l'as dit, ce que la nature te donne si facilement, même des pauvres rêveuses acharnées, bercées d'illusion, comme moi…

Tu sais, pour le bien de tous, je resterai ici à Asti jusqu'à lundi, comme programmé, car tu sais que je déteste mentir. Au contraire, j'ai toujours eu la capacité de faire semblant d'aller bien, ça a toujours été ma spécialité…Faire la gamine toute contente, toute joyeuse alors qu'elle meurt de douleur. Je ne sais pas si tu auras le temps et l'envie de me lire, peut-être que ça ne t'intéresse pas… ! Je t'écris pour la dernière fois «Je t'Aime », comme je n'ai jamais aimé auparavant… Et je continuerai de le faire, mais dans le silence assourdissant de mon cœur, tu seras toujours en moi. Ne t'inquiète pas, je me relève toujours…J'ai un grand orgueil et une grande dignité, je sais me retirer devant l'évidence, je me résigne et j'arrive à aller de l'avant… Peut-être que c'est le moment d'arrêter avec les plaisirs de la chair qui ont été peu fréquents dans ma vie, car le sexe, même si merveilleux ne me dit et ne m'apporte rien !

Pour toi j'aurais respecté ton désir de liberté, ma tendre mouette…Va t'en, vole, vole très haut et continue tant que tu en auras la possibilité, toi qui est capable de le faire, de jouir de tout ce qui est beau dans cette vie ingrate !

Va-t'en Arc-en-ciel. La sirène, que tu as voulu aimer seulement pour le sexe, s'en retourne dans sa solitude sur le rocher en face de chez elle…et elle y restera pour toujours, jusqu'à la mort… Voilà, j'ai terminé. Excuse-moi si je t'ai rendu triste, désormais j'ai brûlé toutes les cartes que j'avais à disposition. Je suis prête et je dois tourner cette page sentimentale, brève mais intense et inoubliable…

Ah…j'oubliais, merci pour tes tableaux splendides, je les adore, même si maintenant ce serait peut-être délétère de les conserver alors que je dois et que je veux t'oublier ! Et pardonne-moi si je te le dis mais, après avoir vécu trois soirées intenses et inoubliables, **tu m'as fait passer le pire week-end de toute ma vie.**

ADIEU… Ton tendre Rubis…pour toujours… ».

« Voilà comment je me sens maintenant, exactement comme l'une de tes statues... ! »

22 juin. Elle écrit : « Tu sais ce que j'aimerais faire maintenant ? Pleurer dans tes bras et me faire caresser par toi, pour me réconforter… Dormir ensemble a été très beau même si j'étais presque tout le temps réveillée. Je veillais sur toi… Quand tu dors, ton visage est beaucoup plus triste et fatigué comme s'il attendait tant d'amour…la femme à laquelle tu permettras de te le donner sera chanceuse…car finalement tu seras tombé amoureux… »

Elle se souvient de l'une de ses phrases qui ne lui avait pas plus, car il aurait dû la dire avant d'être avec elle. Il l'avait dite le deuxième soir, alors qu'ils parlaient au lit et qu'elle lui avait confié d'être très amoureuse: « Je t'aime bien, tu as une sensualité et une passion rares, mais moi je suis en retrait de certaines choses… » en concluant ainsi…

Le 23 juin, elle écrit : « Je pense et je repense…tu m'as laissée seule et je n'approuve pas ce comportement… »

24 juin. Le jour de départ de Cinzia pour Pérouse : « Excuse-moi pour mon sentimentalisme stupide. Comme je te l'ai déjà dit, quand je me serai éloignée du lit de mes souvenirs, inoubliables et tristes, tout ce que j'aurai envie de te dire restera seulement à moi ou sur mon ordinateur, froid et aride. Salut mon tendre et habile amant… tu avais raison… **sexuellement je dirais…**

« NEC PLUS ULTRA… ! »

Il l'appelle le lendemain matin pour parler de son départ. Il la rappelle ensuite vers 12h30. Elle est enthousiaste et elle lui écrit : « Ta voix est le plus bel instrument que je n'ai jamais entendu…le paradis terrestre…JE T'AIME, tu ne peux pas imaginer combien…ce n'est pas définissable… A partir de demain, stop, j'éviterai de t'écrire, en faisant un immense sacrifice…quand tu auras envie de me lire, tu pourras le faire avec ce que tu n'as pas lu. Je t'adore… Je te…je ne sais plus comment le dire… »

Malgré sa lettre d'Adieu, elle commence à changer d'idée, après ses appels très touchants…Rien à faire…il recommence à la charmer avec ses mots rassurants et elle se sent de nouveau esclave de tout cela !

Pleine d'espoir, elle recommence avec ses beaux messages : « Plus je m'éloigne et plus je me sens mal, viens vite à Naples et souviens-toi : je dois t'apprendre comment embrasser tendrement une femme ! Tu seras mon élève préféré et cette fois je freinerai ta fougue ! ». Oui, elle était déçue te sa façon t'embrasser, elle aurait désiré des baisers tendres, comme il lui avait toujours promis…avant de la rencontrer.

Elle avait en effet blagué sur cet argument en lui disant : « Tu embrasses comme un excité chronique… ! »

Il l'appelle après ce dernier sms et ils parlent allègrement…Il lui fait comprendre qu'il voudrait la revoir, qu'il voudrait finalement la rejoindre à Naples, où elle veut, peindre ses émotions sur cette mer…les mêmes phrases, les mêmes flatteries, rien de nouveau…mais pour elle c'est une nécessité vitale, c'est une vraie drogue, de la qualité la plus pure…et efficace !

Grâce à ses appels fréquents et en oubliant déjà les deux jours dramatiques seule à l'hôtel, elle décide de lui envoyer les photos qu'elle a prises ces jours-là…

25 juin. Rien à faire. Comme d'autres fois, elle n'arrive pas à ne pas lui écrire : « Je n'arrive pas à arrêter de t'écrire. Après les émotions intenses vécues avec toi, je te désire, tout est tellement beau avec toi…tu me déboussoles et tu me détruis en même temps. Tu te souviens, tu me disais : tu verras…je t'arracherai à ta solitude…. Combien je l'ai désiré…En y repensant, tu m'as fait tellement de promesses au téléphone…tu parcourais déjà mon corps désireux…et mon âme surtout…Amour habile et hypnotisant…Bonjour d'un rubis triste et pâle sans toi »

« Je continue avec mes monologues qui ne sont pas lus… ! Toujours plus loin, mais hélas à chaque instant, plus près de mon cœur. Je te demanderais de t'allonger quelque part je te ferais tant de câlins, tant de douces caresses…Ne renonce pas à ton doux rubis…le temps presse…ne l'oublie pas… !

Le soir, vers 21h00, il lui téléphone, mais elle est bouleversée car elle a eu un litige, peu avant, avec son ex-mari. Elle est désormais convaincue que la compagne de son ex ment devant ses enfants, pour les mettre contre elle.

En revenant à Dino, malheureusement, avant de la connaître il était télégraphique, surtout dans ses messages, maintenant qu'il l'a rencontrée, il ne se daigne même plus de répondre à ses messages. Cela la rend encore plus triste…

26 juin : « Bonjour mon Amour, même si pour toi je suis juste passion et sensualité, je te demande d'alimenter cette flamme tant que possible…j'ai tellement besoin de toi en ce moment. Je ne me sentirais aussi bien avec personne d'autre…Je voudrais que tu sois ici au lieu de patauger au milieu de la boue et des moustiques…j'espère que tu seras content de me lire… »

Le soir, vers 21h00, il lui téléphone. Il lui répète qu'il voudrait passer au moins deux jours chez elle, pour se détendre également…Elle lui dit qu'elle a vraiment hâte qu'il vienne et elle lui répète ce qu'elle a déjà écrit par sms, concernant la volonté de lui apprendre la douceur des baisers… En attendant, ils se rencontreront de nouveau chez lui, car elle veut accompagner son ami de Pérouse, Paolo, qui est très intéressé par ses tableaux…

27 juin : « Je voudrais te transformer en piano…afin de pouvoir appuyer sur les bonnes touches pour arriver directement à ton cœur ingrat, tant désiré… Je continuerai de t'aimer pour toujours…Même si pour toi je ne signifie pas grand-chose… mon doux et peut-être aussi un peu méchant Dino. Bonjour. Ne te fatigue pas trop, ça me rend triste… »

Voilà le moment entre crainte et prise de conscience.

Et maintenant, nouvelle interruption pour reparler de l'ex de Cinzia et de ses enfants. Il ne se rend pas compte que leur séparation, à cause de ses comportements nerveux avec Cinzia devant ses enfants, les fait souffrir. Hier, Davide et Lorena et malheureusement également l'adorable Melissa, ont dû assister à un coup de fil terrifiant à son ex-mari, accompagné de pleurs incessants car en suivant les conseils de sa compagne il a décidé de punir sa fille et de ne plus effectuer la vente de son immeuble, fixé pour le 3 juillet suivant. Cinzia, après des heures de pleurs au téléphone, a réussi à lui faire changer d'idée et à lui faire promettre d'effectuer le changement de propriétaire. Davide, qui souffre énormément en assistant à la douleur de sa mère, s'approche d'elle et lui dit tendrement : « Maman, je t'offre une bague, toi qui est tellement croyante. Sur cette bague, la prière Notre Père est inscrite en langue espagnole, peut-être qu'elle te portera bonheur… ». Elle connaît parfaitement son fils et elle sait combien il est obstiné à ne pas vouloir croire en Notre Seigneur. Elle a essayé de le convaincre à plusieurs reprises en lui expliquant que, selon elle, l'une des démonstrations les plus significatives est représentée par l'existence **de l'amour infini qui les unit l'un à l'autre !** Devant ce geste, et à ce moment-là, son cœur est tellement ému de joie, comme en ce moment, en écrivant…

Cinzia est tellement triste quand elle perçoit l'immense douleur de ses tendres enfants adorés et de sa nièce …

A la même date, le 27 juin, Cinzia est de nouveau triste : il ne l'a même pas appelée. « Ok, patientons avant d'y penser…mieux vaut dormir… »

28 juin. Elle se réveille et elle lit son sms de la veille, qui est arrivé à minuit : « Bonne nuit, mon doux trésor ». C'est inutile de préciser les émotions déjà ressenties, l'immense joie, comme si elle vivait sur une balançoire d'émotions et de peur qui s'alternent constamment, de manière obsessive… Le lendemain matin, il lui écrit : « Même si je suis loin de toi et j'ai mille problèmes, je pense à toi, je ne peux pas oublier ta peau, tes lèvres sensuelles et ton corps qui m'a donné un plaisir infini et unique. J'espère que je résoudrai rapidement mes problèmes et que je pourrai te rencontrer, mon tendre amour… »

Elle lui écrit, contente mais sceptique : « Merci pour tes sms prometteurs, même si je ne te crois pas…mais je les lis cependant comme un geste d'amour gentil de ta part…tu t'es souvenu que je suis triste quand tu disparais ! Tu avais raison quand tu disais, en te référant à la suite : « Et après tu verras…tu verras ce que tu écriras encore… » Tu es chanceux, tu sais ce que tu provoques, si tu le veux, chez une femme. Bonne journée, mon Amour étourdissant, prends soin de toi…Combien j'aimerais être là avec toi…pour te câliner… »

Surprise très appréciée…il lui répond : « J'ai peint jusque tard mon doux trésor- biiiiises »

Comme d'habitude, elle n'arrive pas à se retenir : «Va savoir combien d'autres merveilles tu as su réaliser. J'aimerais t'épier pendant que tu peins…en cachette…A bientôt, j'ai hâte de t'apprendre à embrasser ! C'est ton unique petit défaut quand tu fais l'amour… ! »

En repensant aux moments inoubliables passés ensemble, elle se souvient tout à coup d'une phrase qu'il lui a dite, le deuxième soir après leur rencontre. Ils étaient dans la voiture et ils se dirigeaient vers chez lui. Il voulait lui montrer son univers coloré. Il était particulièrement tendu, presque exténué de sa journée. Il avait eu des problèmes au travail, à cause de certains de ses clients, qui, au moment de devoir payer le bois acheté, ne voulaient pas le faire. C'était évident qu'il était stressé. Elle avait le cœur serré de le voir ainsi. Mais tout à coup, il lui dit, en lui serrant la main : « C'est vraiment dégueulasse, crois-moi. J'en peux plus…mais après je te regarde et je me rends compte qu'il y a encore de belles choses qui existent dans la vie »

Elle lui répond, se sentant importante…dans l'illusion qu'il ne s'agisse pas d'une de ses phrases habituelles qu'il dit à toutes les femmes : « il faut avoir de la patience, c'est la vie, il faut que tu aies confiance, les choses iront mieux, petit à petit, sois tranquille »

A l'occasion du 28 juin, Cinzia doit ouvrir un nouveau chapitre à propos de sa sœur Tiziana, décédée en janvier dernier. Aujourd'hui c'est la date de son anniversaire, Tiziana était fantastique et elle avait une voix de chanteuse lyrique d'une telle expressivité ! On avait des frissons de plaisir en l'écoutant. Cinzia se sent terriblement coupable envers elle : le dernier mois où elle était encore en vie, elle n'est pas allée souvent la voir. Elle essayait de sauver son mariage. Voilà pourquoi, elle lui murmure : « Tiziana, je voudrais te souhaiter des VŒUX INFINIS, en espérant que tu puisses m'entendre de là-haut. Je t'aime beaucoup et j'espère que tu m'as pardonnée. C'est vrai que je ne suis pas souvent venue te voir. J'espère qu'un jour l'on pourra se serrer et s'embrasser de nouveau, comme je n'avais pas le courage de le faire les dernières années…Je te demande pardon, si j'ai fait des erreurs… JE T'AIME TELLEMENT ET JE N'ARRETERAI JAMAIS DE LE FAIRE ma petite sœur chérie, tu sais, j'ai de très beaux souvenirs de notre enfance et aussi de l'âge adulte. Et le voyage que l'on a fait il y a quelques années en Allemagne, à l'occasion de la visite médicale ! Tu as été fantastique, tu m'as aidée à revoir une personne à laquelle je tenais énormément…Le célèbre Volker. Qu'est-ce qu'on a rit ensemble ! Tu te souviens de l'homosexuel avec lequel on s'est tellement amusées à la fin des vacances ? Et quand tu marchais avec le sac derrière toi ? Adieu ma chère Tiziana, je suis contente de savoir que tu ne souffres plus…J'aimerais tellement entendre encore sonner mon portable et t'entendre me dire la liste des courses que je devais faire pour vous, aux Colli Aminei. Tu seras toujours avec moi, ma sœur adorée…dans la partie la plus profonde de mon cœur »

Cinzia va lui rendre visite au cimetière. Elle reste là, elle prie. Elle commence à lui parler et elle lui parle aussi de Dino et elle lui demande : « Ce serait vraiment bien si tu réussissais à me donner des conseils sur notre histoire et sur son futur ! ». Après elle salue Tiziana, et elle s'en va. Elle sort de la chapelle et quelques secondes après, il l'appelle. Elle trouve cela étrange qu'il l'appelle juste à ce moment-là. Il est toujours très tendre…

Elle lui demande s'il peut continuer à lui envoyer des messages d'amour ou si cela est ridicule vu qu'il n'a pas de sentiment amoureux… Il lui répond que de toute manière, ça lui fait plaisir, mais il voudrait la voir plus souvent et à ce propos, elle lui dit : « Alors, profites-en, souviens-toi de la proposition que je t'ai faite (concernant la possibilité de se transférer dans le Piémont pour son travail), je me contenterais même d'être seulement ta maîtresse. On pourrait se rencontrer de temps en temps… » Dino, en évitant silencieusement cet argument, lui dit : « Je suis arrivé au bois…Je dois te quitter… ».Il ne lui reste rien d'autre à faire que lui souhaiter bon travail…et elle lui écrit immédiatement : « Excuse-moi si j'insiste, mais je suis mon instinct, avant de le mettre tristement de côté ! Je dois décider assez rapidement pour mon travail…ce n'est pas facile d'établir une demande de mutation car je dois en donner la motivation et peut-être que ça ne mènera à rien s'il n'y a pas de disponibilité de poste. Je sais me contenter de peu, tout en donnant énormément. Mais uniquement si j'aime… ! N'aie pas peur de mes sentiments, ils sont comme tes idées artistiques, si tu ne les réalises pas tout de suite…je peux leur imposer de disparaître pour toujours…Je suis habituée, crois-moi ! La liste d'attente des hommes qui voudraient me rencontrer s'allonge de plus en plus…Doux baisers, Mon Amour »

Hier, après être allée au cimetière, Cinzia est ensuite allée chez son frère Manlio. Elle lui a raconté son bref séjour chez Dino. Mais il ne l'écoute presque pas car c'est l'anniversaire de Tiziana et il pense seulement à elle. Sa maladie l'avait rapproché d'elle outre mesure. Soudain, Manlio demande à Cinzia : « Tu as entendu Tiziana, deux jours avant qu'elle meurt, dire qu'elle se sentait comme si elle était dans une autre dimension ? ». Cinzia lui répond: «Non, je ne l'ai pas entendu».

Il continue en disant qu'après il lui avait demandé : «Et comment tu te sens dans cette autre dimension… ? » Tiziana lui avait répondu : « *Bien, je me sens bien…* ». Cinzia voit une profonde satisfaction dans le regard de Manlio : depuis ce jour, elle se sentait enfin mieux… les souffrances atroces qui l'avaient accompagnée ces dernières années, l'avaient enfin abandonnée. Manlio est un grand homme, en apparence il est dur, nerveux, mais il a un cœur plein de bonté et depuis ce qui est arrivé à sa tendre sœur Tiziana, il est devenu plus gentil… dans sa façon d'être.

Après cet événement, Cinzia décide de transcrire ici la lettre qu'elle avait écrite en l'honneur de sa sœur Tiziana, à l'occasion du dernier salut à l'église. Pendant la rédaction de cette lettre, elle avait eu l'impression que c'était sa sœur adorée qui lui dictait les phrases. Cette lettre est écrite avec le cœur, en mémoire de sa sœur disparue. Ecrite sur un social network. C'est les temps modernes. Ce livre est rempli par les larmes de toute la souffrance de Cinzia.

"Aujourd'hui nous sommes tous ici réunis pour saluer pour la dernière fois notre merveilleuse Tiziana. C'était une personne extraordinaire aux mille qualités. C'était une chanteuse lyrique. Sa voix si expressive avait la capacité de vous caresser l'âme et de vous faire rêver.

Quand elle souffrait, elle essayait de le cacher pour ne pas faire souffrir son entourage. Elle a tellement souffert dans sa brève vie, à cause de sa terrible maladie qui l'a mise devant des épreuves très difficiles. Elle a beaucoup souffert. Elle n'a pas pu réaliser beaucoup de ses rêves désirés. Malgré cela…elle a eu aussi de belles choses de la vie. Elle a eu des points de repère qui l'ont accompagnée jusqu'à la fin de ses jours et je me sens en devoir de les raconter, et je suis sûre, que de là-haut, elle exultera de joie. Ses amis ont été très importants. La chaleur humaine, la sympathie, la joie, la disponibilité, la générosité qu'elle a reçu de l'ensemble de ses amis, ont été très importants. J'en citerai quelques-uns…J'espère que les autres ne m'en voudront pas. Antonio, Paolo Palamà, Danilo et Antonio, Pamela, Bianca, Lauretta, Laura et Federica de Milan, Enrica…Enrico et Dante, tous les copains d'école qu'elle a retrouvé par la suite, entre autre : Antonella…Mariana, etc., Michele, Anselmo, Giosi, et je répète : pardonnez-moi, la liste est longue et je ne vous connais pas tous personnellement. Mais je sais qu'il y en a d'autres et qu'ils ont toujours été présents, de manière extraordinaire…

Il y a ensuite sa famille. Deux parents extraordinaires, une mère qui s'est occupée d'elle jusqu'à la fin, alors qu'elle avait des problèmes physiques liés à son âge. Elle s'est dévouée totalement à elle et elle lui a tout donné avec un amour extraordinaire. Tous ses petits-enfants, qu'elle a aimés plus qu'elle-même : Mario, Italo1 et italo2, Shalom, Ishai.

Une pensée particulière pour Italo le policier qui a été son premier petit-fils, auquel elle tient particulièrement. Tous ses frères, qui l'ont accompagnée constamment durant toutes les longues années de sa maladie. Quand elle souffrait, ils souffraient avec elle. Quand elle allait mieux, ils étaient soulagés et heureux. Et ainsi, jusqu'à la fin. Unis, jusqu'au bout…Un remerciement particulier de Tiziana à ses deux frères Manlio et Angela. Les paroles ne sont pas suffisantes pour raconter tout ce qu'ils ont fait pour l'aider à alléger ses souffrances jusqu'au dernier jour. Manlio, Tiziana m'a dit qu'elle te remercie énormément pour tout, tu as été beaucoup plus qu'un simple frère, tu es l'homme que toutes les femmes voudraient avoir à leur côté, un homme qui aime du plus profond de son cœur, inconditionnellement, qui te protège tout le temps, un frère…un père…Et surtout, un homme qui ne t'a jamais trahi et qui ne t'abandonnera jamais…qui restera auprès de toi jusqu'à son dernier soupir. C'est justement cet homme que Notre seigneur a voulu remercier et lui a donné le privilège de pouvoir lui serrer la main, en dernier, comme elle l'avait demandé et comme elle le désirait pour cet instant ultime…Elle a réussi à rencontrer son regard…

Cet instant a été merveilleux et infini : Tiziana est partie, doucement. Elle a quitté la terre, pour toujours…

Pour finir, je dois vous parler d'une personne qui a été très importante pour Tiziana, qui l'a accompagnée pendant les dernières années de sa vie. C'est Caio, un très bel enfant mulâtre qu'elle a aimé et qu'elle a guidé dans sa croissance jusqu'à aujourd'hui, avec la bienveillance de sa mère naturelle Danda… Cet enfant a eu une importance fondamentale pour elle, il s'est substitué à l'enfant qu'elle avait tant désiré…Cette personne lui a donné un amour immense, incroyable. Ils s'appelaient tous les jours au téléphone. Ils parlaient, ils faisaient ses devoirs, ils jouaient ensemble.

Cet enfant très mature l'a embrassée et aimée de toutes les façons…Il la serrait toujours dans ses bras, il l'embrassait tout le temps, jusqu'à la dernière fois qu'ils se sont vus… Tiziana m'a demandé de dire à Caio qu'elle l'accompagnera tout au long de sa vie. Elle sera toujours présente dans sa vie et elle le guidera de là-haut, à côté de Notre Seigneur… Chaque fois qu'il aura besoin, il lui suffira de regarder le ciel et elle lui fera comprendre ce qui est juste ou pas…à chaque moment de sa vie…

Tous les autres membres de la famille Rubino seront toujours là pour lui, comme l'a demandé Tiziana…ils veilleront toujours sur lui…pour l'accompagner dans tous les moments heureux de sa vie, et pas seulement.

Caio…Tiziana est enfin heureuse. Elle en avait tellement rêvé et désiré, elle peut finalement marcher, se promener, danser et chanter dans les nuages avec les anges aux ailes dorées, sur des pelouses infinis pleines de fleurs et de belles choses… Tu ne dois pas souffrir pour cette perte, Elle sera toujours en Toi et en nous Tous…"

Voilà comment Cinzia veut se souvenir de sa tendre petite sœur… comme ça, quand elle était petite et qu'elle ne savait pas encore combien la vie aurait été triste et douloureuse… Ici, c'était à Licola, leur lieu de villégiature préféré, où ils séjournaient pendant quatre mois par an, du mois de juin, à la fin de l'école, jusqu'à la fin du mois de septembre. C'était fantastique. Cinzia avait quatorze ans quand ils y sont allés pour la dernière fois. C'étaient les années les plus belles. L'insouciance totale…

« Adieu ma chère…un jour on se retrouvera de nouveau, heureux, tous ensemble »

Il est important de vous dire que cet ange merveilleux n'est pas parti en silence. Elle nous a laisse un cadeau original et émouvant. Un DVD fantastique, où elle chante de façon extraordinaire, malgré qu'elle soit très affaiblie par la maladie. Elle voulait devenir célèbre mais personne n'a réussi, tant qu'elle était en vie, à comprendre la splendeur émouvante de sa voix unique mélangée à son immense générosité et sa bonté. Je vous prie de l'écouter, vous passerez des moments uniques d'émotions touchantes… !

Car Tiziana chantait avant tout avec le cœur…Faites en sorte qu'elle puisse finalement réaliser son rêve de succès, d'être entendue dans le monde entier. Je suis sûre que de là-haut elle exultera de la joie…Grâce à vous, à part continuer de marcher sur les nuages, elle continuera de chanter…pour toujours…

« Je ne peux pas m'empêcher d'ajouter d'autres photos, pour vous montrer ces images merveilleuses, comme on le fait concernant de grands artistes.

Je t'adore chère petite sœur. Je t'écoute et je serre ta photo contre mon cœur. Et je pleure » Tiziana et l'autre moitié de son cœur…Caio

Ci-dessous, le programme contenu dans le DVD, avec la liste des morceaux

classiques chantés par Tiziana, surnommée par Cinzia " L'ANGE DE LA LYRIQUE "

L'angelo della lirica: Tiziana Rubino ,con accompagnamento pianistico di Cinzia Rubino

1 Partir c'est mourir en peu di Edmond Haraucourt

2 Anema e core di Salve D'Esposito e Tito Manlio

3 Core 'ngrato di Alessandro Sisca detto Cordiferro

4 'E spingule francese di Salvatore Di Giacomo ed EnricoDe Leva

5 Lacreme napulitane di Libero Bovio e Francesco Buongiovanni

6 Santa Lucia Luntana di E. A. Mario

7 Malafemmena di Totò

8 Piscatore 'e Pusilleco di Ernesto Murolo ed Ernesto Tagliaferri

9 Reginella di Libero Bovio e Gaetano Lama

10 O Paese D' 'o Sole di Libero Bovio e Vincenzo D'Annibale

11 'O surdato 'nnammurato di Aniello Califano ed Enrico Cannio

12 Torna a Surriento di Ernesto e Giambattista De Curtis

13 I' te vurria vasà di Vincenzo Russo ed Eduardo di Capua

14 Voce 'e notte di Edoardo Nicolardi ed Ernesto De Curtis

15 Dicitencello vuje di Rodolfo Falvo ed Enzo Fusco

Pendant l'un des rares moments de bonheur de sa vie…elle adorait cette photo, elle l'avait mise comme photo de profil d'un social network. La lumière qui l'illumine est, pour Cinzia, un signe divin…c'était une femme qui avait une âme tellement généreuse…

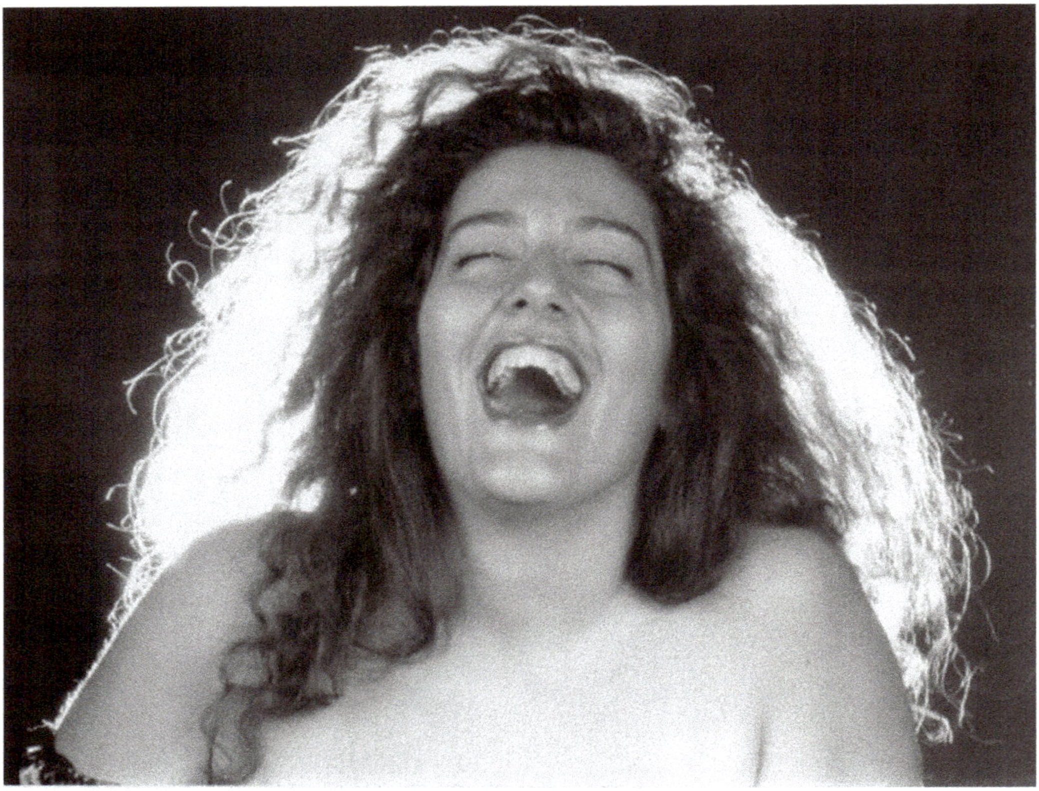

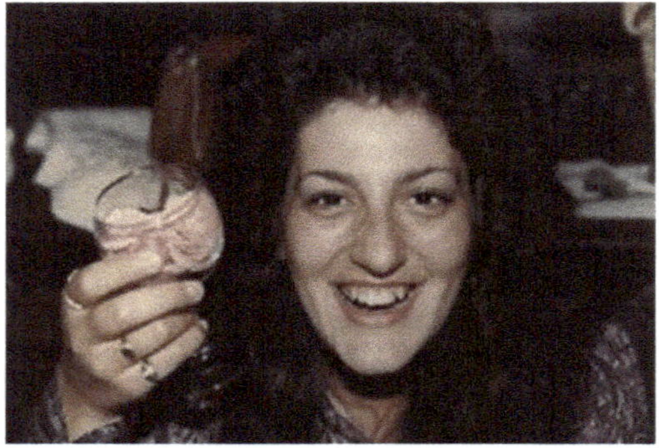

C'était une fille vraiment très sympa… «Tu étais si belle, ma chère Tiziana »

Moments de bonheur…

Je pense que tout commentaire est inutile ici…elle était tellement

théâtrale, elle savait se préparer… « Tu es très belle et très

ùamusante…comme toujours… »

A' Rome, dans son refuge…

De nouveau en tenue théâtrale...Elle était très occupée par sa carrière artistique mais elle s'occupait de beaucoup d'autres choses... et elle recevait des éloges enthousiasmants.

Regardez-la…elle était heureuse avec son cher Paolo adoré

Voilà, je te salue comme ça, ma chère Tiziana…Tu es magnifique et radieuse ici, ADIEU pour toujours ma chère sœur adorée.

L'image suivante est un tableau de Dino qu'il dédie à Tiziana, en son

 honneur. Merveilleux...comme Elle.

Et maintenant, je reviens à mon Dino adoré. C'est désormais le délice et la croix de Cinzia.

Le 28 juin. Elle est particulièrement triste, elle lui écrit : « Excuse-moi, aujourd'hui je voudrais tellement que tu sois là, à côté de moi…C'est pour cette raison que je continue de t'écrire. Tu me manques et je me sens tellement stupide et enfantine… »

Il ne lui répond pas. Et cette énième journée se termine comme ça…

29 juin. Cinzia commence de nouveau à perdre vraiment espoir concernant Dino et elle commence à se dire qu'elle devrait s'éloigner un peu. En relisant un peu ce qu'elle a écrit, elle commence à se rendre compte qu'elle n'aurait pas pu écrire davantage. Si elle n'a pas réussi à le faire réagir, après lui avoir tant écrit, après l'avoir rencontré, après avoir été ensemble, après lui avoir montré ses sentiments…peut-être que le moment de s'arrêter est arrivé. C'est vrai qu'il continue de l'appeler et qu'il répète ses tendres phrases….mais de façon plus froide, plus distante par rapport à avant leur rencontre…Désormais il est assouvi…Quelle angoisse, Cinzia est un peu fatiguée, elle avait tant espéré, tant cru à cet homme…elle avait pensé qu'elle avait rencontré le vrai amour de sa vie.

Aujourd'hui, elle ne lui écrit pas, elle reste en attente de ses réactions, s'il y en aura… ! Finalement il l'appelle à quatre heures et quand elle lui demande s'il se rend compte qu'il ne lui a même pas envoyé un message de toute la journée, il lui dit qu'il était tellement occupé qu'il ne s'en est pas aperçu… Elle l'informe que dans son livre, elle a préféré tout écrire comme dans la réalité, inclure tous les détails étranges comme par exemple le fait qu'il ait disparut après seulement trois jours. Elle lui dit également qu'elle continuera à écrire la vérité et la fin correspondra aussi à la vérité. Il lui répond comme d'autres fois, en souriant : « On l'écrira…on l'écrira ensemble la fin, ne t'inquiète pas… ! »

Elle dédramatise ensuite la situation en lui disant les petits mots doux habituels et lui de même.

Cinzia peut recommencer à sourire, pendant une nouvelle journée de solitude. Après, n'arrivant pas à résister, elle lui écrit le doux message habituel : «mon Amour, je voudrais être avec toi dans ta voiture et pouvoir te serrer contre moi, caresser tes mains merveilleuses…et les embrasser. J'espère que tu vendras beaucoup de tes œuvres. Je les aime presque autant que toi…tu es ma source de joie et de désir… »

Il lui répond enfin : « Wouuuaaaaaa mmmmmmmm… »

« De temps en temps, j'ai une réponse ! Tu ne peux pas imaginer combien ça me rend heureuse…A bientôt mon ange… »

« A bientôt mon doux amour sensuel… » « MERCI, trop de plaisirs aujourd'hui. Après je commence à pleurer et je ne m'arrête plus…Plein de bonnes choses. Salut »

30 juin. Elle préfère attendre son appel, car seulement après avoir entendu sa voix, elle retrouve inévitablement son inspiration.

Dino l'appelle vers cinq heures de l'après-midi. Il est rapide et il est énervé car il a dû abandonné brusquement son exposition à Milan pour aller chez son père à Asti, qui ne se sentait pas bien. Il devait passer la journée enfermé à la maison et ça l'énervait énormément. Elle, au contraire, est enthousiaste, et elle lui demande : "Quand tu viendras à Naples ?" Mais il lui répond, d'un ton triste : « Je préfère ne plus rien dire… »

« Tu as vraiment l'air triste. Je suis désolée pour toi. Plein de tendres bisous. Haut le moral ! ».

Après, insatisfaite : « Je voudrais être avec toi et essayer de te remonter le moral et d'effacer toute ta tristesse. Quand je devine que tu es triste, moi aussi je suis triste… »

Sur le social network qu'il fréquente, elle voit ensuite qu'y est pendant des heures d'affilée en mettant des post sur le mal fonctionnement de la politique italienne, sur une séries d'injustices qui se succèdent chaque jour dans notre pauvre pays. Elle perçoit son mécontentement, la rage immense, qui provient probablement aussi de ses insatisfactions personnelles… Ils se trouvent à mille kilomètres de distance… Elle va dormir et elle admire, comme toujours, les tableaux qu'il lui a offert. Elle les a tous mis dans sa chambre. Elle se laisse enivrer par leur délicatesse en imaginant de vivre chez lui.

La pauvre Cinzia est consciente d'avoir perdu la tête pour cet homme si passionné, affectueux et parfait au lit mais également très concis et détaché à l'extérieur. Un mystère pour elle…une vraie énigme très difficile à déchiffrer ! Cinzia souffre énormément à cause de tout cela bien que, de temps en temps, quelques belles phrases lui réchauffent le cœur…

Juillet. Il essaie d'appeler Cinzia vers 9h30 mais malheureusement elle ne peut pas lui répondre car elle est au travail. Elle lui écrit : « Bonjour mon Amour merveilleux et concis ! J'étais au travail et je ne pouvais pas te répondre. J'espère que tu pourras et que tu voudras me rappeler. Tu me manques toujours…mais tu es si loin…J'espère que tu vas mieux qu'hier…Salut »

Deux heures plus tard : « Mon tendre trésor fascinant »

L'ami de Cinzia, Paolo, de Pérouse, l'a appelée pour lui communiquer la date pour aller à Asti, pour acheter certains tableaux de Dino et elle lui demande s'il sera libre du 11 au 14 juillet. « Salut mon ange, je dois te communiquer la date, disponibilité, ami de Pérouse, pour venir chez toi. Il attend confirmation. Appelle-moi dès que possible ». Cinzia saute déjà de joie : elle pourrait le revoir d'ici à dix jours. Elle écoute leur musique…Elle ferme les yeux, en se souvenant des écouteurs et de son portable, dans sa voiture…Elle se souvient des brefs moments d'amour vécus ensemble, leur premier baiser et la deuxième fois qu'ils étaient ensemble. La première, elle était tellement fatiguée qu'elle s'est laissée transporter par sa fougue…Il lui a carrément sauté dessus dans la chambre d'hôtel. Elle aurait préféré plus de douceur…le premier soir. Mais elle avait passé six heures à conduire, elle était fatiguée, et ce qu'elle désirait par-dessus-tout, c'était qu'il soit content. Elle n'a pas su s'y opposer. Elle avait attendu ce moment depuis si longtemps…

Vers 21 heures, Dino l'appelle. Ils discutent amicalement, ils parlent de ses provocations subtiles concernant le thème de l'« Amour ». Il lui dit que sa vie ne lui permet pas d'avoir d'histoires avec des femmes, parce qu'à la fin, elles se lassent toutes car il n'a pas de temps pour elles. Selon elle, il est encore amoureux d'une femme de son passé ou, si ce n'est pas le cas, il n'a pas encore trouvé quelqu'un qui soit vraiment tombé amoureux de lui et vice-versa… Elle lui dit que c'est dommage qu'il n'ait pas lu la deuxième partie de ses messages, car ils sont plus intenses et plus profonds.

Peut-être qu'il décidera de les lire mais ce sera trop tard, car elle aura peut-être déjà décidé de renoncer à lui…irrémédiablement… et pour toujours… !

Puis il lui écrit : « Quoiqu'il en soit, moi je t'Adore et j'imagine que je ne te perdrai pas. Je continuerai de rêver, tant que tu me le permettras… mon tendre Dino, unique lueur dans ma vie très compliquée. Salut ! »

2 juillet. Le matin. La lumière d'été pénètre par la fenêtre. Elle pense qu'il a été extraordinaire en lui disant tous ces mots tendres. Il a ainsi réussi à la faire tomber sous son escarcelle, à la recherche d'une nouvelle conquête féminine. En tant que grand conquérant, il avait bien perçu ses potentialités sensuelles et ce nouvel élément ne devait pas manquer à sa collection de femmes ! Il s'est probablement rendu compte, par la suite, qu'elle ne ressemblait pas aux autres femmes… Son immense amour inné et son âme pur l'avaient attendri et peut-être qu'il commençait à avoir un peu de scrupules envers elle. Maintenant elle lui donnait du fil à retordre : le grand moment s'approchait, car elle lui avait explicitement demandé de déménager à Asti, après avoir obtenu sa mutation, pour un an. Il était contraint de donner une réponse….Le temps passait, et il donnait la faute à ses intenses occupations au travail et à d'autres problèmes de famille. Mais la lumière du matin en sait plus qu'une femme amoureuse et illumine le sol et la poussière de l'air d'une manière résignée, sans pitié, mais aussi d'une manière vitale. Il est difficile de s'abandonner aux rêves et aux cauchemars de la nuit lorsque les choses sont ce qu'elles sont, banales et éclatantes, comme un simple plancher un matin de juillet. L'été réveille et engourdit, berce et réchauffe, mais affaiblit en même temps. Cinzia s'assoit, à l'aube, et repense à tout cela. C'est vrai, Dino a ses problèmes, ils sont réels, mais cela ne justifie pas sa peur entêtée de tomber encore amoureux, après toutes les déceptions vécues. Il a vraiment beaucoup apprécié Cinzia, il n'aurait pas pu faire semblant. Un homme ne peut pas feindre un orgasme, contrairement aux femmes. Cinzia sourit amèrement à cette pensée….Elle n'a pas fait semblant, lui non plus. Est-ce possible de feindre l'amour ?

Courage, disons la vérité… La Cinzia qui écrit et la Cinzia qui vit. Le personnage et l'auteure de l'histoire. Courage, se disent-elles : on peut faire semblant ? On peut mentir ? Les social network sont là pour ça : pour se donner une autre identité. Peut-être pas fausses, mais virtuelles, possibles, alternatives. Qu'est-ce qui passe entre le vrai et l'authentique ? Quelle vie y-a-t-il entre le faux et le simulé ? Cette lumière de juillet en est la réponse. Elle illumine l'histoire obscure des

contes et des baisers écrits et décrits et de la chaire goûtée et ensuite perdue dans les flots d'un

destin qui engloutit, telle la mer…cette mer, de par la fenêtre, dont les vagues embrassent le

rivage comme des amours sans contrepartie mais fougueux. Oui, Dino était épris sexuellement et

passionnément par Cinzia, de manière exagérée, mais de là à être amoureux… il y avait au milieu

un océan infini de limites, qu'il renfermait en lui-même. Et dans son (alter) ego. Ces limites qui

existent dans nos esprits, au-dessus desquels, même en le voulant, on ne réussit pas à aller à

cause d'une série infinie d'idées préconçues. On a cité l'alter ego ? Mais au nombre de combien

sont-ils au juste ? Dino le peintre, Dino le travailleur laborieux perdu dans les bois, Dino le

gentilhomme, Dino le séducteur…

C'est tout ce qui commençait à émerger tristement dans son esprit, mais en tous les cas, son

 amour infini pour lui n'aurait jamais changé, cet amour né durant sa carrière sentimentale

malchanceuse et médiocre.

Elle écrit…elle écrit mais, dans son cœur, elle espère encore pouvoir se tromper sur ces thèses, en

entrevoyant ainsi une lueur d'espoir. Dino est toutefois une personne extraordinaire, avec sa voix

suave, son art de faire perdre complètement la tête dans certains moments d'intimité. Cinzia se

rend compte, en repensant aux trois soirées passées ensemble, qu'elle a des souvenirs superbes

mais confus également (comme l'écume sur les vagues dans la lumière de ce matin clair) : elle

s'est perdue dans un tourbillon réel, indescriptible, d'extase et de spiritualité, comme s'il l'avait

amenée dans une autre dimension… Dimension dominée par l'oubli le plus profond d'un Plaisir

sans limites, de laquelle elle ne voulait plus sortir…

Mais la vie est vaste, la vie est comme la mer, parfois calme, parfois tempétueuse. Cinzia pose sa

main sur son cœur, et sa pensée ne va plus vers Dino mais vers son fils…. Puis la journée passe, le

temps s'écoule entre les doigts comme le sable d'une plage, comme l'eau que l'on ne peut pas

arrêter.

Le corps est une clepsydre. Les heures sont l'enfer et le paradis, mais l'éternité est faite d'un

changement continu, de fin qui cède à la fin, où rien ne dure, tout meurt, se transforme, écho de

Cinzia pense aussi à son ex-mari. Souvent. Parfois avec nostalgie, parfois avec une affection inexplicable, et parfois avec une sorte de répulsion. Combien de douleurs. Combien l'éternité passée a été brève ! Les promesses sont rapides, comme les larmes sur le visage d'un enfant, comme le sourire sur le visage d'une mariée. Que reste-t-il de tout cela ? Les enfants, une sorte de futur vivant. Une postérité, un sens au passé, une direction pour maintenant.

Malheureusement, le fils de Cinzia a des moments difficiles à cause des rapports compliqués avec son père. Ce soir-là, il l'appelle en pleurant, désespéré, en disant qu'il n'arrive plus à étudier. Elle lui demande s'il est arrivé un accident, vu le ton de sa voix. Non, son désespoir est dû à la situation avec son père : celui-ci lui a dit qu'il ne voulait plus le voir… ! Cette situation ne peut plus continuer ainsi. Il lui raconte ce qui s'est passé : quatre de ses amis sont venus chez lui à Licola. Ils ont décidé de se baigner dans la piscine et il est allé chercher des serviettes pour eux. La compagne de son père, apparemment gentille, les apporte à la piscine. Elle a ensuite dit à son compagnon qu'il manquait deux serviettes quand elle est allée les reprendre, en insinuant que ses amis les avaient volées. Son père est sorti et il s'est mis à hurler contre lui. Ses amis étaient déjà partis. Davide s'est senti agressé et perdu. Cette femme méchante avait la capacité de tout transformer en cauchemar. Après avoir raccroché, Cinzia essaie de joindre son ex-mari ou sa compagne mais ils ne répondent pas au téléphone, pendant au moins une heure. Cinzia souffre énormément. Après une longue série de messages, Cinzia rencontre son ex pour parler et pour lui demander si Davide s'est calmé et s'ils ont fait la paix. Il l'agresse et il se met à hurler en lui disant, à plusieurs reprises, qu'elle doit disparaître de sa vie. Ce sont les seules choses qu'il sait dire…Devant sa compagne, évidemment ! Il ne répond pas à la question qui tient à cœur à Cinzia.

Ensuite Davide la rappelle et, par amour pour sa mère, il essaie de la tranquilliser en lui disant :

« Ne t'inquiète pas, maman, tout va bien maintenant avec papa »

Revenons à Dino, et à ce qu'elle lui écrit : « Chère illusion d'Amour, sur laquelle j'ai voulu tant miser… tu es et tu resteras quelqu'un d'extraordinaire. Je vois bien que tu es mal à l'aise avec moi.

L'après-midi, il lui répond :

3 juillet. Il l'appelle. C'est un long appel ; elle lui dit, entre autre : . Mais il lui répond : . Elle dit qu'elle ne souvient pas bien des trois jours passés ensemble, ils ont passé trop vite. Il dit que ce n'est pas vrai, pour lui, ils ont été merveilleux : il aime sa sensualité. Elle lui répond, comme d'autres fois :

4 juillet. Flattée et au septième ciel pour ses mots…

Il n'arrive pas à l'appeler, mais vers 00h37, il lui envoie un très beau message : . Elle le lit le lendemain et elle est super contente. Elle savait qu'il y aurait eu un message pour elle, c'est pourquoi elle n'avait pas souffert de son silence…Désormais, elle commence à s'habituer à cela aussi…

5 juillet :

paupières ? C'est ce que tu représentes pour moi, l'éclat magique, torride, d'une intensité invraisemblable que tu sens toujours en toi, même les yeux fermés…Dino merveilleux… Bonne journée mon Amour… »

6 juillet. Elle est de plus en plus aveuglée par la joie de le rencontrer très bientôt : « Bonjour, mon étrange enchanteur, notre deuxième rencontre sera encore plus intense, si cela est possible, car maintenant tu n'es plus un étranger à mes yeux…Et je ferai semblant que toi aussi tu es follement amoureux de moi, mon rêve sur tes nuages de velours, où mon corps et mon âme fluctuent… A bientôt, mon homme perdu dans ses trop longues expériences féminines…et qui ne classe les femmes que dans son lit… ! Ne te fâche pas ! JE T'AIME »

Entre temps, Davide a finalement passé les oraux de l'examen du baccalauréat, ça a été un succès. Il a été reçu, Cinzia e remercié Notre Seigneur, infiniment, elle avait tellement prié pour que son fils adoré puisse terminer ce parcours et jouir d'un peu de repos physique et mental, après l'année infernale qu'il a dû subir avec l'abandon soudain de son père, et à l'école où il a vécu des moments très difficiles à cause de ces problèmes familiaux…Elle lui susurre :

« Tu as réussi, BRAVO ! Allez Davide, profite maintenant de ces vacances bien méritées. Tu sais, mon petit, l'amour que je nourris pour toi est infini et c'est la même chose pour les autres, Lorena et Melissa… »

Dino appelle Cinzia vers 9h30 du matin. Elle est étonné vu qu'ils se sont parlé la veille, elle lui dit : « Comment ça se fait, tu es tombé sur la tête ce matin… ? » « Non, je suis tout seul et je peux enfin parler ». Elle demande s'il a lu son message: « Oui, je l'ai lu », « Alors tu as peut-être bu ce matin… ! Tu l'as déjà lu ! ». Il lui explique qu'il est allé se coucher tôt et qu'il s'est réveillé bien reposé. Elle lui demande, vu qu'il s'occupe de la mesure du bois, s'il était bon en mathématiques quand il était petit. Il était bon en français, en technologie et en chimie, même si c'était compliqué. Qu'est-ce qu'elle aime parler avec lui… ! Elle soupire. A chaque fois qu'il termine son appel avec les mots « Salut mon Amour… », ces mots sont comme de la musique pour ses oreilles, même si c'est toujours la même. C'est un crescendo de notes, de sensations… d'émotions…toujours plus intenses, jusqu'à l'invraisemblable…

8 juillet. Encore des larmes pour son fils, si sensible. A chaque fois qu'elle pense à son petit David, son cœur devient triste, elle se souvient inévitablement des mois précédant sa séparation…Ca avait été très difficile de persuader, de convaincre Davide à propos de leur déménagement à Pérouse. A la fin, ils avaient presque dû l'imposer, en lui disant plus d'une fois : « Rappelle-toi que, de gré ou de force, tu devras nous suivre ». L'ex-mari de Cinzia voulait déménager depuis plusieurs années déjà. Après de longs mois de recherche en Ombrie, ils avaient finalement décidé d'acheter, en faisant un prêt, une villa magnifique à Passignano sur le Trasimeno.
Après de longues heures passées à essayer de convaincre le petit
Davide, il avait finalement accepté cette décision, en commençant même à être enthousiaste…
Tous les projets étaient enfin prêts pour décider de déménager dans cette merveilleuse région.
Voilà pourquoi elle pleure ce matin. Elle imagine ce que son fils a pu ressentir, lorsque tous ces projets, décidés et effectués par son père notamment, se sont totalement écroulés… Une tragédie…Quelques jours après ces événements tristes, il avait envoyé un sms à son père : « Papa, tu m'as détruit… ». Cinzia, durant sa vie très compliquée, n'avait jamais prononcé ce mot. « Mon pauvre, tu as dû tellement souffrir de cette désillusion… ». Quelques jours après ce message, il écrit sur fb : « Jusqu'à hier, j'avais des certitudes…aujourd'hui je n'en ai plus…!» Et je ne crois pas qu'il faille ajouter autre chose concernant la souffrance du tendre Davide. C'est son immense amour, qui continue de se faire du mal en mangeant énormément, dans l'illusion de compenser cet abandon qui lui a été si cruellement infligé…

Revenons au doux Dino : une autre petite tragédie de la vie de Cinzia. Elle l'aime énormément mais cet amour n'est pas partagé de la même manière. Cela l'a fait et la fera souffrir. Ce matin, elle lui écrit le message suivant, attristée : « Mon tendre amour, aujourd'hui c'est dimanche et je suis triste, car je pense qu'avec un homme comme toi, un simple désir se transforme en utopie… Passer une journée entière avec toi…se balader en désirant que tu me serres la main, comme un geste d'amour simple…discuter sereinement, en plaisantant. Embrasser nos tendres lèvres…au bout du compte : rien. Je souffre de ce désir qui n'appartient qu'à moi… Excuse-moi et bonne journée…ça me passera… »

Il l'appelle et, après avoir lu son triste message, comme d'autres fois, il commence à parler en disant : «Et alors… ? ». Elle commence à parler de ses problèmes familiaux quotidiens, en se détournant de l'argument du message. Ensuite ils se mettent d'accord sur la réservation de l'hôtel. Il s'occupera de tout le reste.

Un peu après, elle lui écrit : « Après une longue recherche, j'ai trouvé Isola d'Asti, à mi-chemin entre Asti et Alba, à dix kilomètres de Mombercelli, si je ne me trompe pas »

« C'est tout près, c'est très bien – bises »

Il lui envoie, comme ultérieur cadeau, cette image : « Cercles concentriques

qui t'invitent à t'immerger dans des abysses profonds, qui t'attirent

comme un aimant, jusqu'au centre irrésistible, radieux comme un rêve

sans fin, bien qu'inquiétants à cause de l'abondance de la couleur noire…

Un précipice insolite vers l'inconnu…Ton Dino »

« Merci…ton tableau et sa description sont merveilleux…J'ai trouvé une chambre d'hôte qui s'appelle ' LE QUERCE ' située à Via Valletanaro 11, Isola d'Asti, chambre simple 40.00 euros et chambre double 60.00. Salut mon amour » « OK, bises » Plus tard, un peu préoccupée pour un détail qui pourrait la mettre mal à l'aise, elle écrit : «Si on passera quelques soirées ensemble à l'hôtel…s'il te plaît, demande deux chambres, le plus loin possible… ! Je pense que tu as compris…réponds-moi ! » (Elle se sentirait mal à l'aise d'être dans la chambre à côté de celle de son ami… !) **« J'ai très bien compris et j'ai très envie de faire l'amour avec toi – baisers ardents et sensuels »**

« Moi je voudrais surtout ton cœur…tout le reste est relatif pour moi…je pense que c'est inutile de le cacher. Car c'est tellement évident, que tu me fais mourir d'extase…tu es mon tourment d'amour ». Eh oui, désormais c'est devenu un tourment. Le tourment de l'incertitude…

8 juillet. Bizarrement c'est lui qui écrit en premier, vers dix heures trente :« Bonne journée – bise » « Bonne journée, mon tendre Dino…Dimanche prochain, on partira l'après-midi. Mon ami ne veut pas partir trop tôt. Tu es d'accord ? Moi aussi aujourd'hui je suis très occupée. A bientôt…Tu sais, je crois que cette fois, je suis encore plus émue de te revoir…bises » « Moi aussi je le suis – baisers ardents, mon trésor » « Non : tendres baisers, cette fois… »

« Dis-moi le nom et l'adresse de la chambre d'hôte. Je passerai ce soir pour parler et verser l'acompte – doux baisers »

Cinzia se sent plus émue que lors de leur première rencontre, car elle sait combien elle aime être avec lui….elle en tremble rien qu'à y penser.

Aujourd'hui, elle a parlé plusieurs avec son ami Paolo, qui s'occupe de diverses choses dans sa villa de Passignano.

Malheureusement, le soir, elle est de nouveau triste, en pensant à la réalité.

Après des mois d'enthousiasme exagéré, elle commence à penser qu'elle n'a jamais autant fait pour un homme, sans avoir de résultats certains, sans savoir ce qu'il ressent vraiment dans son cœur et son esprit. Le moment de leur prochaine rencontre se rapproche et elle en a peur….Elle a vraiment peur…S'il continue de se comporter de cette façon détachée et peu intéressée à elle, elle finira par se résigner à l'idée d'être seulement …une attraction sexuelle. Eh oui…ce roman insolite semble être arrivé à sa fin…Cinzia est vraiment fatiguée et elle sent le désir de le terminer…

Soudain, Dino la rappelle et, comme à chaque fois qu'il se rend compte qu'elle est triste, il lui dit : « Et alors ? ». il reste plus longtemps au téléphone, il l'écoute en la laissant se confier, comme un compagnon amoureux…Elle plaisante un peu, concernant le fait que toutes les femmes lui plaisent…surtout quand elles sont allongées sur un lit…Et la liste est longue pour lui… Il li répond qu'elle seule lui plaît parmi d'autres : elle est belle, sensuelle, spéciale…Il est tendre, il la conforte en lui disant de ne pas se morfondre : ils vont bientôt se revoir…Mais elle est triste en pensant déjà à l'après-rencontre, à l'éloignement mais il lui dit : « Na pense pas à ça…Pour l'instant pense à notre rencontre….Et à combien ce sera excitant ». Elle lui demande si ça a un sens de continuer à penser à lui, de lui écrire…Il la réconforte encore…

Elle lui dit, en outre, qu'elle est fatiguée d'écrire son livre. Elle est arrivée à la page 228 et elle est exténuée…Elle a passé des jours entiers sur ce livre, elle voudrait enfin le finir. Mais elle voudrait qu'il soit beau. Mais, en fin de compte, quand est-ce que les histoires finissent vraiment ? Hemingway disait que toutes les histoires, longuement racontées, aboutissent à la mort. Et les contes se terminent avec : « Et ils vécurent heureux pour toujours ». Quelle est cette éternité qui dure pour toujours ? C'est peut-être la joie d'un instant. Peut-être faut-il savoir retenir les instants magiques…mais leur première nuit semble déjà tellement loin. Et si proche est la prochaine ! Comment ne pas espérer en quelque chose de plus ? Comment ne pas permettre à soi-même de demander davantage ? Tout ou rien : ça paraît facile mais la vie est souvent faite de peu de choses, de presque rien. Cinzia est distraite. A propos du livre, Dino lui dit : «Ne t'inquiète pas…on y arrivera, on l'écrira ensemble…la fin est belle… ! ». Elle le salue en disant que tant qu'elle en aura la possibilité, elle lui dira : « Je t'aime…tellement, mon amour… » « Je suis très content de l'entendre…salut, mon amour. On va au lit, maintenant ». Ok, Cinzia peut maintenant aller dormir sereine et contente comme jamais… « BONNE NUIT ET FAITES DE BEAUX REVES… »

9 juillet. Cinzia se réveille avec la sensation agréable de la veille qui la pousse à écrire le message suivant : « Hier soir, tu m'as permise d'entrer quelque peu dans ton cœur…je suis très émue…tu me plais beaucoup, tout me plaît, même peut-être ce qui n'est pas bon ! Grâce à toi, j'ai enfin compris ce que veut dire le mot – AIMER…un HOMME- crois-moi, si tu m'aimais comme je t'aime…chacun d'entre nous saurait tirer ce qu'il y a de mieux de l'autre… Bonne journée, mon tendre Dino… »

A 10h33, il écrit : « Baisers au miel » « Toi, tu es un miel de grande qualité… »

Elle imagine déjà d'être chez lui : « Serre-moi la taille, Dino…serre-moi fort…souris…CA ME REND HEUREUSE…Fais-moi vivre d'immenses plaisirs…Le plaisir qui est le seul maître de mes sens…et retiens-moi…ne me laisse pas m'en aller…tu es le seul et unique amour dont j'ai besoin… ».

Il lui envoie cette belle image : deux filets, eux deux qui se mêlent avec les ailes d'un papillon délicat, pour s'envoler ensemble et parcourir le même chemin…Voilà comment il décrit son cadeau. Voilà sa façon ' abstraite ' de faire…une manière très personnelle de s'exprimer, mais jamais dépourvue de contenu, C'est sa façon de courtiser : de rares messages très tendres, des mots rassurants et répétitifs au téléphone, un ton savant…et ces œuvres presque hypnotiques…!

Elle parle avec son ami Paolo qui décide de prendre contact avec un ancien ami qui vit à Asti, une personne respectable originaire de Milan, directeur général d'une caisse d'épargne, avec lequel il a décidé de se rencontrer pour déjeuner ensemble… Cinzia est très contente, elle n'aura pas le temps de s'ennuyer en attendant le soir, en attendant de retrouver Dino.

Et maintenant, petite parenthèse pour la douce Lorena qui est rentrée pour quelques jours, de Lampedusa. Hier, elles étaient ensemble en voiture. Elle lui a fait écouter le dvd des chansons de sa chère sœur Tiziana… Quelle tendresse infinie lui inspire sa fille. Cinzia la regarde : sa fille était émue. Même Melissa qui a trois ans, est devenue sérieuse à l'écoute de ces chansons. Personne ne resterait impassible en entendant le timbre de cette voix. Même la personne la plus dure et la plus implacable…

A propos de la chère Tiziana, on ne peut pas oublier non plus Dante, un de ses amis et ami de toute la famille Rubino, un homme très gentil, une des seules personnes qui arrivaient à la faire sourire même quand elle se sentait très mal. Ils avaient tous de très bons souvenirs de ses éclats de rire irrépressibles. Il avait la capacité de faire rire une personne souffrante. C'était un phénomène si particulier… ! « Nous te remercions, cher Dante, tu es l'un des anges préférés qui ont volé au-dessus d'elle, pendant les dernières années de sa vie… »

Le soir du 9 juillet, Dino l'appelle et ils parlent agréablement …Il montre un grand enthousiasme à l'idée de la revoir. Il lui répète qu'il et très attiré par elle, il la fait rêver avec ses mots séduisants habituels…Elle lui écrit : « Un homme particulier comme Toi…doit attendre le maximum…d'une femme comme moi….qui t'aime plus que tout….Bonne soirée, tu es mon unique source de joie…de laquelle je voudrais me désaltérer à l'infini… »

10 juillet : « Bonjour mon Amour, hier j'étais un peu confuse à cause de ma terrible journée. Tu pourrais me dire vers quelle heure tu pourrais venir jeudi ? Et pour les deux autres jours aussi ? Je ne voudrais pas que tu sois libre et que moi je sois ailleurs avec mon ami… ! »

« A 21h00, je mangerai avec mes parents et après je viendrai chez vous »

« Ok merci. J'ai vraiment hâte » « Mmmmmmm »

Il l'appelle pendant le trajet vers Pérouse. Appel très plaisant avec un soupçon d'adulation piquante…ce qu'elle aime entendre. De nouveau inspirée, elle lui écrit : « Tu es l'incantation de ma cour acharnée envers toi…comme dans tous les contes, elle va bientôt finir…Mais, pour l'instant, je vais continuer…et je te rappelle, comme dans mon premier conte…- Nous deux ensemble, on forme un seul cœur, moitié rubis et moitié diamant – Traduction : Penses-y ! Je T'Aime…je te désire…je t'Adore et je te….passons…Baisers infinis… »

11 juillet, le grand jour…la deuxième rencontre aura enfin lieu et cette fois…ce sera la rencontre décisive, hélas… « Croisons les doigts… » pense Cinzia, et elle lui écrit : « Bonjour, tu es ma vision tellement désirée de la soirée prochaine… -Mon amour, dis à mon ami le prix de l'évaluation Mondadori et ensuite tu décideras d'un éventuel rabais…JE T'AIME, moi…différemment de toi…méchant ! Ne te fatigue pas trop. On partira vers 11h00. Bises… »

« Merci mon tendre trésor, bise, à bientôôôôôôôôôôôôt »

Cinzia et Paolo partent tard le matin. Le ciel est serein, la route libre. Les talus en friche et les terres abandonnées le long de la route semblent un rêve. Après environ cinquante kilomètres du voyage si bien commencé, Paolo reçoit un appel qui change tout : on l'informe que sa sœur a été hospitalisée d'urgence après s'être baignée. Elle se trouve sur l'île de Panarea et apparemment elle serait même dans le coma. Paolo est contraint de se faire accompagner à Passignano, où il avait laissé sa voiture. Cinzia repart toute seule, le ciel est toujours le même, mais il y a justement quelque chose de cruel dans cela. La nature ne s'inquiète de rien. Tout simplement. Il peut pleuvoir lors d'un mariage et une lumière éblouissante peut illuminer un enterrement. On peut vivre et mourir sous un ciel indifférent à nos amours et à nos larmes. Cependant, le soleil nous pousse toujours à espérer. Cinzia pense à tout cela pendant qu'elle conduit, dans ce silence qui devient de plus en plus profond. A la fin de la route, il y a Dino qui l'attend.

Elle lui a écrit, en expliquant ce qui s'est passé : « Mon Amour. Mon ami a reçu un appel de sa famille. Sa sœur a été hospitalisée en réanimation à Rome. Maintenant je l'accompagne à

Pérouse. Je voudrais quand même venir chez toi » Elle lui demande de l'appeler…Ils parlent et ils s'expliquent. Elle lui dit que, comme elle avait organisée d'aller là-bas, elle a préféré repartir immédiatement à Asti. Elle lui demande donc d'annuler l'une des chambres d'hôte réservée.

Peu après, il répond : « C'est ok, j'ai annulé une chambre…Je t'attends… »

Vers 18h00 : « Après ma visite touristique habituelle et non désirée, je suis arrivée à destination. J'attends la propriétaire… J'aime beaucoup cet endroit, c'est très beau… »

« Ok, bises. Je mange chez moi et j'arrive à 21h00 »

Elle remarque que chaque fois qu'ils doivent se rencontrer, il est ému et il écrit des messages avec des voyelles répétées…en effet, peu après : « Biiiiiiises »

« A toi aussi »

Vers 21h00 : « J'arrive dans une demi-heure biiiiiiiiiiiiiiiiiiiises » « Ok mon petit »

Il lui envoie un nouveau MMS avant son arrivée. Voilà une photo de Cinzia la rêveuse, alors qu'elle se prépare avant sa rencontre avec son grand amour…

11 juillet. Cette image représente une de ses œuvres importantes intitulée

« **SCENE DANTESQUE n.1** ». Ce tableau constitue, avec trois autres

représentations, une série dédiée au grand Dante.

Ce tableau est une invitation à s'y plonger en se promenant dans ses

couleurs, à la recherche de quelque chose d'inconnu…de

mystérieux… d'imprévisible.

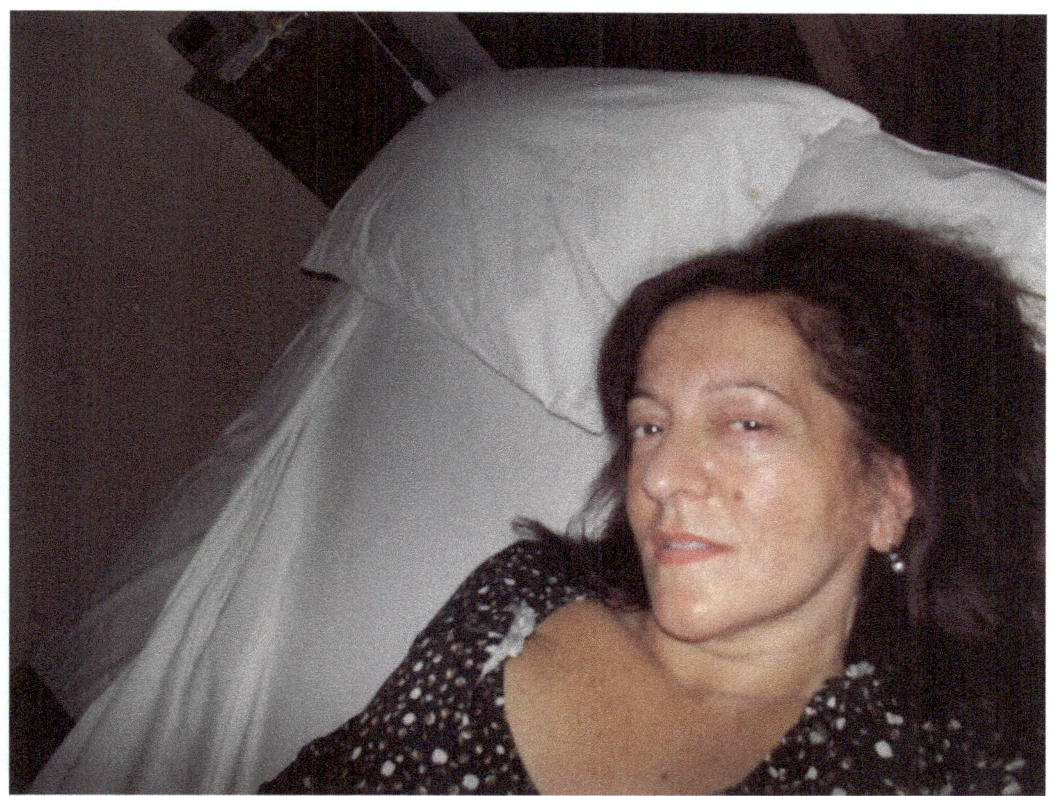

Elle rêve les yeux ouverts et elle s'allonge déjà sur le lit qui les accueillera, inévitablement...

Et voilà que le moment magique arrive : il la rejoint au premier étage, il frappe à la porte. Très

émue, elle ouvre la porte et il la serre tout de suite dans ses bras, passionnément, en l'embrassant

tout de suite. Elle l'arrête et elle l'invite à s'asseoir en lui disant : « Détends-toi ». Il la serre dans

ses bras, sur le canapé...Il est très beau, plus que la première fois, car il n'est plus un inconnu

maintenant...Ils se rapprochent l'un de l'autre, tendrement. Dino commence à raconter sa

journée stressante. Il ne résiste pas longtemps sur ce canapé, c'est clair qu'il est attiré par autre

chose....Ils s'installent sur le lit, elle lui donne un premier baiser à l'insigne d'une douceur

nouvelle. Pour freiner de nouveau sa fougue, elle l'invite à tirer la langue...et là, elle qui aime

plaisanter, elle l'observe et elle voit que le bout de sa langue est plutôt arrondie. Elle lui dit :

« Incroyable, ta langue n'a plus de pointe, elle est arrondie. Elle est arrondie parce que tu l'as trop

utilisée pour embrasser trop de femmes » Il est très amusé par la particularité de cette observation et il lui dit que si elle veut, elle pourra la mettre dans son livre….

Tout est fantastique…pour elle, comme si chaque fois c'était la première fois…Il lui dit ensuite qu'il l'aime vraiment bien, qu'il se sent bien avec elle et qu'il a compris que c'est une très belle personne. Il n'ajoute rien d'autre… elle est heureuse d'être à côté de lui mais elle devient triste, car elle est folle de lui…et elle s'attendait à quelques mots d'amour supplémentaires… C'est pour cela que le lendemain matin, elle lui écrit : « Bonjour, mon Amour manqué…qui veut être oublié…mais JE T'AIME encore…mon tendre méchant »

Elle passe une autre journée à attendre…

« Tu sais, la propriétaire est vraiment quelqu'un de bien…on est devenues amies. Elle m'a offert des légumes frits délicieux…il ne manque que toi…mon Amour insaisissable…Cet endroit est magique, il m'inspire énormément…dommage que je n'ai pas le courage d'affronter la fin de mon livre tourmenté…salut »

Puis elle ajoute encore : « Tu sais petit cochon, tu es contenté…j'ai parlé de ta langue dans mon livre, de sa pointe arrondie, si moche… » « Mmmmmmm… » « Laisse tomber…ce n'est pas le moment, faux romantique… ! »

Puis, encore une surprise…elle lui envoie un autre dessin. Dino est enchanté. Elle savait qu'il avait beaucoup aimé l'observation sur sa langue arrondie, c'est pour cela qu'elle l'a dessinée ici… Comme réponse, il lui envoie une autre belle image d'un de ses tableaux, intitulé « Explosion de douces pensées »

Elle ne résiste pas et elle prend son crayon pour écrire une nouvelle poésie très flatteuse…

« A UNE MERVEILLEUSE LANGUE ARRONDIE … »

Tu es un ensemble de merveilles

Qui se gravent dans l'esprit

Tu es comme un éclair qui blesse soudain

Et qui traverse les artères, en atteignant chaque cœur

L'irrésistible, l'inégalable…

Le plus tendre amant de la terre

Qui, en chaque femme, réveille uniquement l'amour.

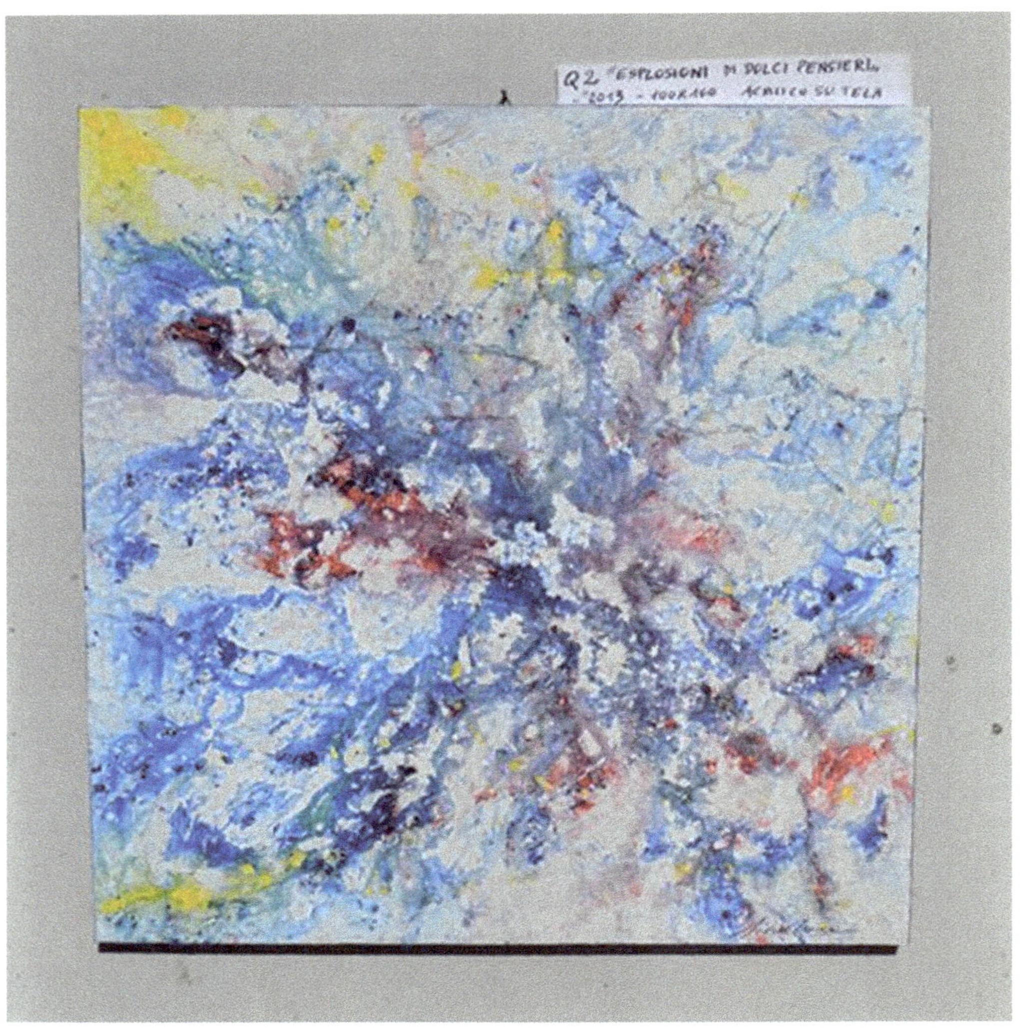

Il raconte qu'aujourd'hui, il n'aime que l'abstrait ! Car c'est le seul genre qui lui permet de s'exprimer dans une méditation totale…qui lui offre une détente totale au niveau mental et spirituel…

La chambre d'hôte « Le Querce » à Isola d'Asti, que Cinzia avait trouvé près de sa ville, pour ne pas lui faire faire trop de route le soir après ses journées fatigantes, est vraiment magique…Des chambres chaudes et accueillantes, meublées en style art pauvre, très original. Immergée dans la nature avec des arbres merveilleux : des chênes et des pins ; des plantes très soignées, la tranquillité, des champs et des arbres partout…le chant des grillons et des oiseaux. Elle en est extasiée… **Un vrai PARADIS.** La propriétaire **Laura** est une personne

Dès qu'elle est arrivée en voiture, elle a décidé d'immortaliser tous les

beaux instants passés dans cet endroit, avant sa rencontre inoubliable…

Un parc suggestif très soigné par le couple des propriétaires.

Finalement, après 21h00 : **« J'arrive – biiiiiiiiiiise »**

Et voilà que Cinzia et Dino se rencontrent pour la deuxième fois. Douceur réciproque, amour infini entre eux et sensations qui continuent de la faire vivre dans une dimension paradisiaque...Ces deux dernières rencontres ont été encore plus intenses car, et cela a déjà été mentionné, désormais il n'est plus un étranger... Avant de dormir une nouvelle fois ensemble, elle lui fait un long massage délicat pour se détendre, en écoutant leur musique. Il était très tendu après sa journée épuisante. A cause de l'intense émotion, elle n'arrive pas à se détendre et à se reposer tranquillement, mais elle est vraiment heureuse, outre mesure : elle peut encore jouir de sa présence pendant quelques heures. Pendant la nuit, elle regarde souvent son visage et à chaque fois, elle voit le visage d'un ange, tombé du ciel pour la rendre heureuse, plus que jamais... Malgré qu'elle ne soit pas toute jeune, elle n'avait jamais éprouvé ce qu'elle éprouvait avec lui...incroyable...elle ne peut pas le raconter avec de simples mots...

Vue splendide de la chambre sur les arbres centenaires, comme ils le

voyaient pendant qu'ils se serraient l'un contre l'autre. Une lumière

suggestive filtrait entre les branches épaisses et l'ensemble avait quelque

chose d'étrangement spirituel...

Le lecteur USB que Cinzia emporte toujours avec elle, depuis qu'elle a commencé à fréquenter Dino, parce que tout... de l'imaginaire à la réalité... devait être musique...

Leur chambre… encore floue… car elle la vit comme dans un rêve

continu… vraiment trop beau pour être la pure réalité !

Le patio est un véritable havre de paix dans ce silence seulement

apparent... car il est peuplé par les sons mélodieux de la nature.

Autre aile du patio, merveilleuse… C'est ici que la douce Laura sert le petit-

déjeuner le matin. Là où une personne met de la passion et de l'amour

pour faire quelque chose, il suffit de regarderle résultat pour le voir…

Il lui offre le cinquième tableau, magnifique, peint avec des couleurs acryliques. Il avait oublié qu'il

lui en avait promis un à l'huile, car ça lui fait plaisir de savoir que pour peindre sur ce type de

tableaux, il peint exclusivement avec ses mains magnifiques… Il lui offre aussi un petit carnet avec

la couverture peinte par lui, signée…En voyant tous ces cadeaux, elle resplendit de joie… Ce

dernier tableau s'intitule : **« DIVINITE »…va savoir pourquoi…** ces couleurs fluctuantes

et légères vous mène dans un ciel magnifique d'espérances imbriquées harmonieusement et ce

sont justement les espérances…de Cinzia et peut-être aussi…de Dino ???

Ils parlent, ils parlent. Ils parlent beaucoup et même trop. Dans un temps qui est hors du temps qui est l'éternité présente de celui qui espère et qui attend. Elle comprend, dans un silence qui n'appartient qu'à elle, ce que les mots ne disent pas, ce que la voix scelle, que la nuit voudrait couvrir dans la douceur de ses plumes noires, suffoquer dans des susurres d'alcôve pour des regrets et des nostalgies futures….Seule, Cinzia est seule avec elle-même et elle voit tout, clairement : avec lui, il n'y aura que des rencontres occasionnelles, des promesses et des attentes, toujours plus abstraites, et une habitude toujours plus pratique de rapports sexuels Presque clandestins, tout en étant tous les deux libres…La souffrance est certainement visible car le lendemain matin, après quelques moments de tendresse, il la salue en lui promettant qu'ils se reverront le soir et il lui dit qu'il pourra même rester dormir une autre nuit.

Plus tard, comme il le lui a demandé, elle lui rappelle de prendre une petite boîte peinte par lui pour son ami de Pérouse. Normalement, il en prépare pour les fêtes de Noel, pour mettre toute sorte de cadeaux. Et c'est la délicieuse petite **Melissa** qui va exceptionnellement vous la présenter "Eh oui, c'est moi : j'ai demandé à Cinzia de pouvoir me présenter ici, pour elle et

Dino!"

La boîte peut également contenir des bouteilles de vin.

Elle va faire une très belle promenade avec la propriétaire de la chambre d'hôte, Madame Laura… Elles sont devenues amies. Laura est un très bon guide, elle commence à lui raconter l'histoire des lieux qu'elles visitent. Elles parcourent tout d'abord plusieurs kilomètres à pied, puis elle prend sa voiture et elles continuent leur visite touristique. Elle lui montre le quartier d'Isola d'Asti appelée Villa, où elle a un studio très romantique. Cinzia l'aime beaucoup et elle commence à rêver avec Laura : elle aurait aimé y habiter avec Dino, s'il était vraiment amoureux, comme elle voudrait tellement… Laura lui montre ensuite d'autres endroits comme Costigliola, un autre quartier, un très beau village avec un château qui se dresse sur la verticale, comme s'il était dessiné sur le fond du ciel. C'est un tableau vraiment spectaculaire !

Pendant leur très belle visite, elles voient deux mariages. Cinzia n'imaginait pas que le Piémont était si riche de nature et de bourgs merveilleux…Ces paysages lui rappellent beaucoup la belle Ombrie.

Puis elles se saluent. Cinzia va se reposer. La nuit précédente, près de Dino, elle n'a pas réussi à se reposer à cause de la tension et de l'émotion intense…

Elle appelle ensuite son ami Paolo qui est toujours à Rome. Sa sœur est entre la vie et la mort. Elle a de nouveau été opérée bien qu'après la première intervention elle a retrouvé sa lucidité… A Rome, ils refusaient de l'opérer de nouveau, à cause de la grave hémorragie. Heureusement, Paolo a beaucoup d'amis un peu partout. Il a réussi à faire venir un chirurgien important qui opérera sa sœur, sans hésitation… Quand on se trouve au chevet de quelqu'un qui risque de mourir, on ne peut rien faire d'autre que d'organiser les choses. La vraie lutte est ailleurs, entre la volonté et le destin, entre le lit et le ciel, entre la seringue et le crucifix, entre le bistouri et la mort. Avoir un grand chirurgien et une opération rapide, c'est déjà beaucoup. L'opération se passe bien ; quand Cinzia le rappelle, la tension reste haute en attendant les résultats ce cette intervention risquée. Paolo lui parle de sa sœur malchanceuse et de la beauté qu'elle renferme. Championne de volley-ball, elle a toujours continué à faire du sport. Mais il lui parle surtout de sa très grande générosité. Il y a plusieurs années, il voulait lui donner un des biens reçus de son père. Bien qu'elle ne roule pas sur l'or, elle avait accepté seulement quatre chaises anciennes car elle était très attachée sentimentalement à ces chaises. Il était émerveillé de son désintérêt…Cinzia lui dit qu'elle aussi priera pour sa chère sœur…afin qu'elle guérisse au plus vite, après cette deuxième opération dramatique.

13 juillet. A la lumière de ses sensations, suite à son silence avec Dino, elle lui écrit : « Mon Amour, tu as bouleversé ma triste existence, à un prix infini. Je nourris un grand amour envers toi mais, hélas cet amour est égal à la quantité infinie de douleurs à cause de cet amour non partagé… qui s'ajoute à tous les autres déjà présents dans mon cœur… Je t'envie tellement : tu réussis toujours à aller de l'avant, sans implications sentimentales… apprends-moi comment on fait, mon grand Maître… Ne te fâche pas…à cause de ma sincérité… »

Il passe outre cet argument et il lui envoie une de ses poésies. Il sait qu'elle l'aime beaucoup…Il lui montre aussi l'image du tableau, qui représente justement les nuages délicats parmi les couleurs de velours…citées ici :

« COULEURS DE VELOURS »

Les nuages passent

Bercés par le vent

Des couleurs de velours

Au cri des mouettes

Embrassent le ciel

Entre les rayons de soleil

Et le parfum de la pluie

Transparaît la lumière

Et elle se pose sur les grains de sable

Qui attendent le souffle du vent

Il lui dit que cette poésie fait également partie de l'Anthologie des poètes contemporains, pour laquelle il a reçu le deuxième prix du concours littéraire Italo Calvino de l'année 2009 et il ajoute que le tableau ci-dessous a été peint pour accompagner cette poésie.

Tableau merveilleux, magique. C'est un élément important et très demandé de sa collection,

encore invendu, selon sa volonté. Dans l'attente de leur dernière rencontre, elle est, cette fois,

inspirée, outre par les derniers événements, par ces deux cadeaux reçus, la poésie et l'image : elle

lui écrit un autre petit conte, en se promenant sur ces nuages… ! Pour l'instant, elle ne la lui

envoie pas car, cette fois, la fin est très triste à cause de ses sensations qui ne promettent

rien…C'est pour cette raison qu'elle réalise ce dessin où il porte les ailes….du tendre et délicat :

« ANGE DU PLAISIR…… »

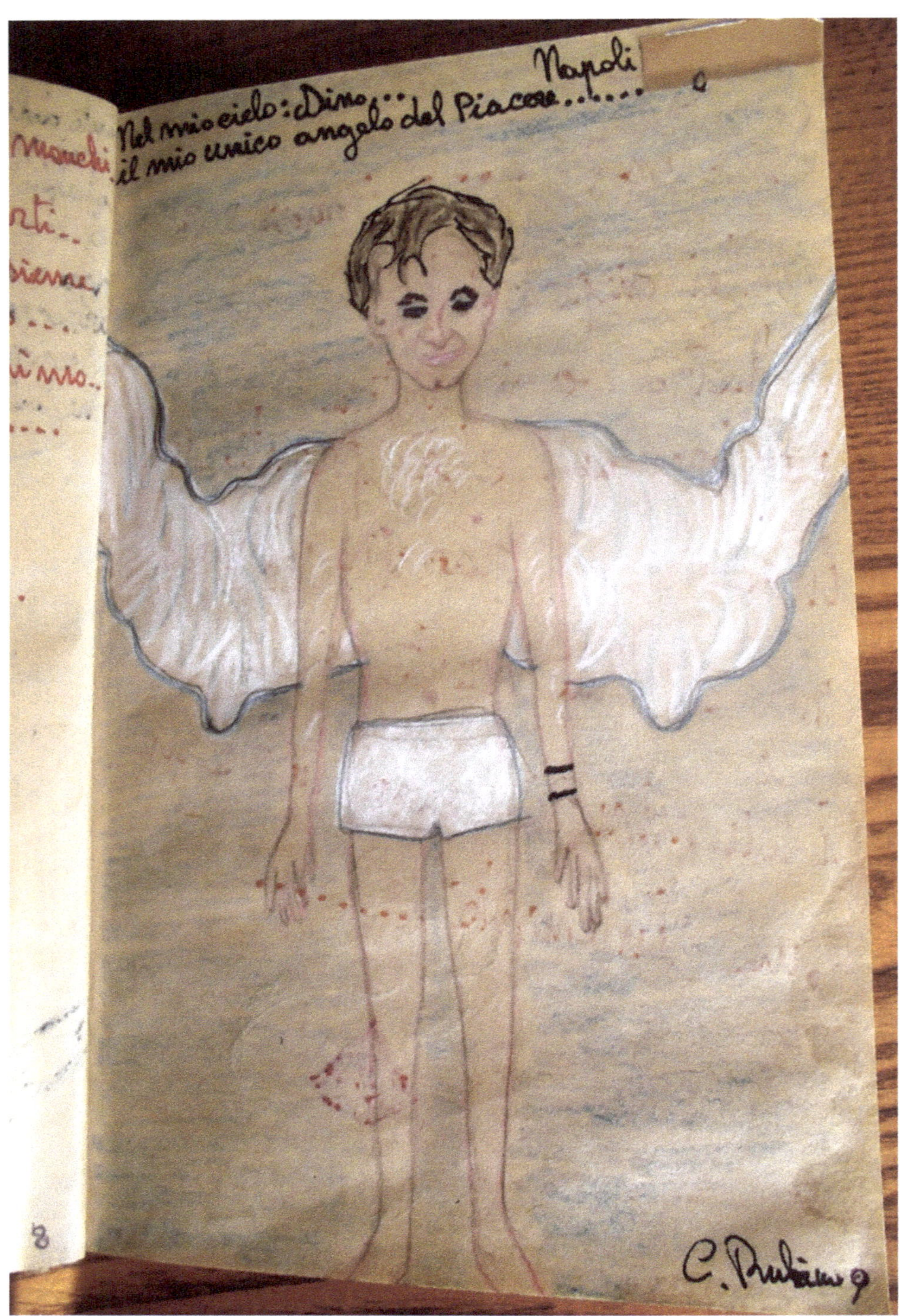

Nel mio cielo: Dino... Napoli
il mio unico angelo del Piacere......
C. Puliero

Conte : « DINO ' L'ANGE DU PLAISIR…' ET SON NUAGE DE VELOURS, VOLUPTEUX ET FEMININ »

Un jour, un de tes nuages de velours…lisse, parfumé et à l'aspect trop féminin, errait dans le ciel…il était légèrement coloré de rouge, il s'appelait Rubis. Là-haut, Il rencontre un ange, qui était à la recherche de nouveaux nuages, pour ressentir de nouvelles émotions. Il était tellement acharné qu'il avait été surnommé « L'ange du plaisir », bien que son vrai nom soit Dino. C'était l'ange de la luxure malicieuse. Il connaissait l'art d'attirer les nuages féminins dans ses filets et il continuait de passer de l'un à l'autre, pour assouvir tous ses sens brûlants… à chaque endroit où il passait, un nuage était anéanti, souvent détruit… ! Ce dernier nuage de velours, singulier et provocant, lui avait été envoyé par un être supérieur… il aurait eu ainsi la possibilité de sortir de ce tourbillon d'interminables passions, de se racheter, finalement… étant donné que le temps avançait inexorablement et il commençait à vieillir un peu, même s'il vieillissait très bien ! Il commençait aussi à avoir des remords à cause du long sillage de nuages affligés qu'il laissait derrière lui…Et ces derniers n'étaient jamais les derniers…. ! Néanmoins, il commençait à sentir le désir de s'attarder un peu plus longtemps avec l'un d'eux, avec un nuage plus sincère et plus serein….Le tendre nuage Rubis avait tout fait pour ébranler son cœur et son esprit endurcis… elle avait parcouru des milliers de kilomètres pour le rejoindre, bien que ce n'était pas son habitude de faire cela….Elle avait peint et écrit là-haut dans le ciel, un livre entier de mots, d'images…de dessins…de musique. A la fin, elle était exténuée, plus que jamais… il était tellement pris dans le tourbillon frénétique de ses vols quotidiens, car il devait transporter la pluie d'un nuage à l'autre, très rapidement, qu'il ne se rendait pas compte de ce que faisait pour lui ce nuage spécial…Elle était tellement fatiguée à la fin de cette œuvre d'amour qu'elle était contrainte d'inventer une autre fin, différente de la triste fin de la réalité… Dans ce livre écrit là-haut dans le ciel…
Malgré cela, lorsqu'il s'est approché d'elle, désireux de la posséder, elle s'était offerte entièrement, avec tout l'amour et toute la douceur dont elle était capable, avec toute la passion et

la sensualité qui font partie d'elle. Malgré toutes ses qualités, elle n'avait jamais ressenti le besoin de s'ouvrir autant à un ange du plaisir…Aucun autre ange n'avait réussi à lui inspirer le désir de se donner complètement et si intensément et inconditionnellement…Puis cette histoire est arrivée à sa fin, après qu'elle se soit offerte complètement à lui, le laissant faire tout ce qui lui plaisait avec un nuage féminin très attrayant…dans un tourbillon de baisers infinis, de caresses profondes et chaudes, de sexualité tendre à la limite de l'extase, en effleurant presque, tout du moins pour elle qui n'y était pas habituée, une forme de spiritualité incroyable de la matière…Tout cela…et tout ce qu'elle avait fait pour lui, n'avait pas été suffisant…après avoir assouvi ses pulsions marquées, douces, amoureuses et délicates… il était repus comme toujours…bien qu'il soit tenté par elle car il y est attaché…rien n'avait réussi à adoucir son cœur, même pas ce magnifique nuage de velours… Le petit nuage s'était fait des illusions, il croyait avoir réussi son projet…il avait été parfait : il avait confondu les sens, la raison et les émotions de la pauvre malheureuse, inexperte… Quand il embrassait ses nuages pour s'assouvir…il réussissait étrangement à leur transmettre des sensations étonnantes et paradisiaques d'un amour inexistant ou s'il existait, c'était seulement en une partie infime pour ces moments fugaces…..Pour finir, elle a tellement souffert parce qu'il ne lui a pas demandé de venir avec lui dans son coin de ciel bleu où il vivait, même pas pour un court moment…comme elle aurait tant désiré…Le beau nuage dut accepter cela et, à son plus grand regret, elle dut quitter pour toujours ce coin de ciel où elle aurait tellement désirer rester pour l'éternité avec lui… Ainsi, elle s'en est allée, très loin de lui et pour toujours…

Aujourd'hui, et de temps en temps, où elle vit et l'on ne sait pas précisément où, étant donné qu'elle est tellement désorientée et tellement en détresse, un orage terrible éclate. Ce sont ses sanglots interminables qui ne cessent plus de couler… de son cœur si affligé et que personne ne réussira plus jamais à arrêter…Elle a peur qu'un jour, proche ou lointain, mais quand désormais ce serait trop tard, à cause des distances immenses et de nouveaux événements, il se rende compte de s'être trompé, de ne pas avoir reconnu en elle le juste nuage, présent pour lui uniquement,

Et peut-être qu'il souffrirait…en comprenant qu'il l'aurait désormais irrémédiablement perdue,

 pour toujours.

Il l'avait sentie si immensément et transcendentalement proche de lui pendant ces neuf longues

 nuits, la brève durée de leur histoire indélébile, pleine de douceur et d'amour rare et de simples

 embrassades magiques, interminables, gravés pour toujours là-haut, dans le bleu infini du ciel et

 parmi les mouettes libres qu'il aime tant.

« Ne t'inquiète pas, mon amour…on continuera de s'aimer de là-haut, pour

toujours »

C'est un tableau de l'artiste, intitulé **« ELLES S'IMPOSENT SUR LA TOILE ».** Il le lui envoie car il s'est

rendu compte qu'elle est très triste… Il représente ce qui nous arrive quand on se trouve face aux

souffrances qui s'imposent impérativement dans notre vie, même si on ne le veut pas…C'est pour

cette raison que Cinzia le présente avec son triste conte…. Elle a choisi ce tableau parce que le

beau nuage devient un concentré de souffrances, à cause de son éloignement. En effet, les

couleurs sont sombres, mélangées à tant de noir…

Et Cinzia réagit…elle se redresse. Leur troisième rencontre approche….

C'est la seule chose qui compte maintenant ! Et comme il lui avait écrit

dans certains de ses messages, il semble qu'elle soit devenue plus belle

dans le reflet de sa beauté…

Ils discutent toujours plus agréablement... Elle répète à l'infini qu'elle l'aime à en mourir, elle lui caresse la tête affectueusement...Il est toujours stressé, elle lui dit de se détendre alors qu'elle le remplit de baisers... **(VOIR PAGE 290...) Très beau...** Des sensations en crescendo...Cette fois, elle a l'impression de vivre ses émotions comme dans un rêve... même avec un simple baiser... Ses émotions sont comme de **petites étoiles magiquement luminescentes,** sous un effet incontrôlé... !

Elle dessine une chose qui est devenu une habitude: dès qu'il arrive, il se déshabille rapidement…et il s'allonge sur leur lit.

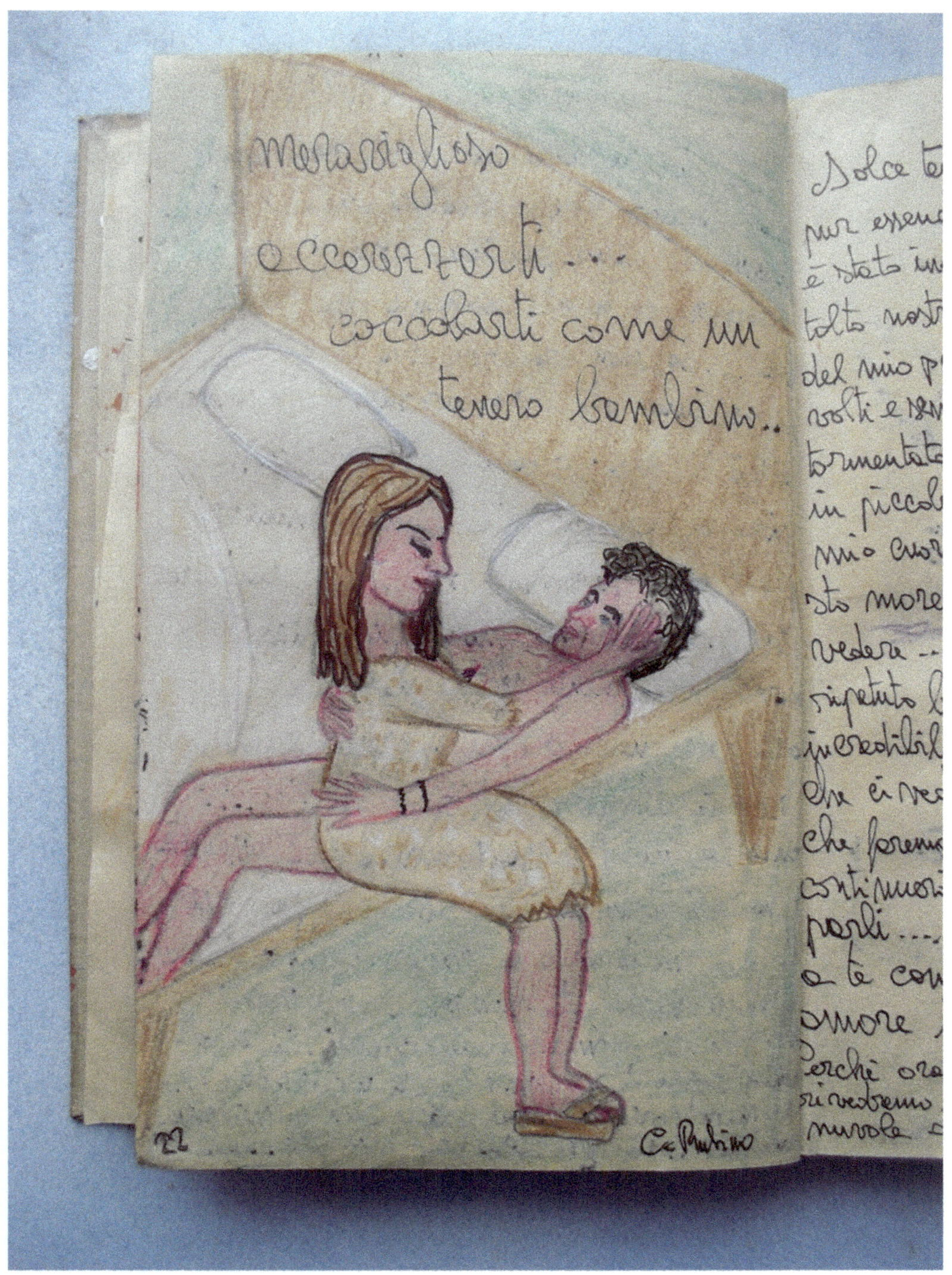

Chaque soir c'est ainsi…comme un prélude magique et émouvant…en écoutant une douce musique.

Elle s'est résignée à l'idée qu'il ne veut la considérer que comme une maîtresse occasionnelle…Elle en souffre énormément mais elle ne veut pas lui faire peser sa prise de conscience. Son amour pour lui est trop fort. Elle ne pourrait jamais, même en le voulant, lui créer une gêne quelconque. Elle dépend totalement de lui, de chaque chose qu'il lui demande et qu'il désire…

Elle pense au prochain au revoir et elle est très triste…elle pleure dans ses bras, à cause de la douleur qu'elle ressent déjà à l'idée de leur séparation. C'est incroyable comment la douleur peut suivre la joie aussi brève et rare. Elle pense souvent à cela… ! Le dernier soir, il lui dit, à sa grande joie : « Souviens-toi qu'à partir de maintenant tu resteras toujours avec moi, en moi ». Et voilà, le moment tant redouté de leur dernière rencontre avec son Dino est arrivé…elle pense à son retour chez elle, seule, où elle est obligée de vivre avec ses tristes problèmes et ses luttes…elle est triste et affligée… Au moment de leur séparation, il est très affectueux et tendre, comme toujours. Les jours suivants, elle lui écrit d'autres tristes messages….qui deviennent des monologues car il ne répond presque jamais…bien qu'il continue de l'appeler au téléphone.

14 juillet : « Merci pour le tableau…du carnet que je remplirai pour Toi…pour l'hôtel, mais plus que tout, de l'Amour que tu arrives à transmettre même sans être amoureux… Tu es merveilleux, outre mesure…JE T'AIME et JE T'AIMERAI POUR TOUJOURS…mon tendre bébé »

« Dans un quart d'heure, je pars…si tu devais peindre un tableau pour moi, qui représente mon état d'âme actuel…tu sais ce que tu verrais ? Une tâche noire terrifiante…avec des pointes perforantes…et rien d'autre… ! Pardonne-moi pour les choses terribles que j'écris…mais je me sens comme ça en ce moment…mon amour »

Le même jour, le soir : « Qu'est-ce que je ne donnerais pas pour pouvoir te donner un long baiser pour te souhaiter bonne nuit, sur ton irrésistible langue arrondie…Tu sais, cette fois j'ai commencé à avoir des frissons quand tu m'embrassais…c'était fantastique… ! »

Le 15 juillet : « Bonjour mon Amour…mon inspiration pour toi survit, étrangement… Quand je terminerai mon livre, j'écrirai mes pensées pour toi dans le carnet que tu m'as offert. Je serais tellement heureuse si tu pouvais m'accorder cinq minutes de ta journée, pour lire mon dernier conte que je t'ai envoyé par email. Je ne veux pas te faire devenir dingue en insistant, mais JE

T'AIME trop et j'ai encore le désir intense de te l'écrire… après j'arrêterai…dans peu de temps… »

Si je pouvais…avec une baguette magique…je transformerais tous les problèmes qui t'entourent

en des événements heureux, et tous les méchants…en blocs d'or… ! Peut-être que petit à

petit…ça arrivera…un vent meilleur devrait souffler pour Toi mon tendre Dino, je le veux…! BISES »

Elle est angoissée et elle ajoute : « Dino, tu devrais être sincère avec moi et tu le sais…je t'en prie

vraiment… Aide-moi à comprendre…dis-moi que tu ne portes pas un grand intérêt envers moi et

je comprendrais. Je me sens si mal. Je dois me résigner…Ne continue pas de me donner de faux

espoirs avec tes coups de téléphone ! Je t'en prie. Ne t'inquiète pas, mon ami de Pérouse viendra

quand même chez toi… Excuse-moi si j'insiste. Ecris-moi quelques mots…je le mérite…je suis

tellement confuse »

Comme on l'a déjà dit, il continue de l'appeler avec le même rythme concis, comme toujours, tout

en étant très tendre avec elle, mais en évitant les arguments de ses sms…

Le 15 juillet, elle continue : « Si je veux, pour t'oublier, je peux chercher quelqu'un d'autre dès

demain ! Il suffit que tu le dises…et tu seras libéré à tout jamais de mon amour exagéré… en

sortant définitivement de mon esprit…et de mon cœur…Réponds ! Ne t'inquiète pas pour moi…j'y

suis habituée… »

Il l'appelle et il affronte enfin ce sujet…avec un grand savoir-faire, une grande détermination et

des paroles concises, il réussit à se justifier et elle comprend enfin son comportement. Cette fois,

contraint, il lui parle clairement… Dans cette période de sa vie, il ne recherche plus certaines

choses…il a d'autres priorités ! Après son appel, elle lui écrit : «Ok, pardonne-moi si je t'ai énervé

après ta dure journée de travail…excuse-moi, je ne le ferai plus, j'ai compris maintenant…!» Le

lendemain matin, peut-être car il se sent en faute envers elle, ou pour une autre raison, il lui

envoie bizarrement un bref message, une chose qu'il ne faisait plus depuis longtemps : « Bonne

journée, je travaille trop »

Le 16 juillet : « Bonjour mon Amour, ne t'inquiète pas…je ne me serais jamais permise de

déménager à Asti sans que tu me le demandes…je te comprends TOTALEMENT, c'était

indispensable pour moi ! Je serai toujours présente pour toi et j'espère que tu pourras réaliser tous tes rêves afin de pouvoir alléger quelque peu ton travail.

Et je prierai pour que ton succès augmente toujours plus, car un grand Artiste comme toi le mérite…salut, mon tendre rêve ». Elle lui écrit cela, au sujet du déménagement, car elle lui avait dit au téléphone, en faisant semblant, que de toute manière elle aurait déménagé pour un an à Asti, même contre son gré… !

Le 16 juillet, elle continue : « Mon tendre Amour, tu sais, dans le dernier triste conte que j'ai écrit (où j'étais très inspirée et très triste…), tu es Dino, l'ange du plaisir, qui séduit un de ses nuages de velours aux formes féminines…J'espère que tu réussiras et que tu voudras ensuite la lire. Tu me manques tellement, comme l'univers infini… Salut, ange du plaisir… ! »

Et on arrive ainsi au 5 août. Elle décide de lui écrire une lettre brève par email, dans l'illusion de provoquer différentes réactions de sa part : « Durant notre dernière rencontre, tu as été très doux, unique, parfait, dans et hors de notre lit. Si tu te souviens…j'étais sur toi…tu me disais … **'Tu sais, tu me fais voler vraiment très haut…Pour moi, c'est ça faire l'amour… ! C'est comme ça que ça me plaît… '.** Cette combinaison de mots me fait trembler d'émotion surréelle…je voudrais tellement que tes mots soient sincères et que ce ne soit pas seulement les mêmes mots que tu répètes à toutes les femmes, dans les moments d'intimité ! Je n'arrive pas à effacer ces souvenirs… quand je ferme les yeux, je te revois comme si tu étais là, tu vis en moi, tu es le Plaisir indescriptible de tous mes sens…J'arrête-là, si tu veux me rendre heureuse, écris-moi quelque chose ici, en commençant peut-être à répondre à ma question concernant notre prochaine rencontre. Au contraire, et je t'en prie encore une fois, si tu as compris que tu ne ressens pour moi qu'une simple attraction sexuelle, car elle t'a été transmise accompagnée à un amour immense…une grande sensualité…et que tu n'éprouves pas de vrais sentiments…dans ce cas, Dino, je t'en prie, laisse-moi partir et arrête de me donner de faux espoirs avec tes mots habituels au téléphone…qui continuent ainsi de faire vivre mes sentiments infondés envers toi »

Rien à faire, même après ce dernier message… son énième silence soudain
continue pendant plusieurs jours. Elle lui dédie encore deux dessins,
comme représentation de toute sa souffrance à cause de son silence, et un
océan de larmes, comme elle lui avait raconté dans l'un de ses nombreux
messages mélancoliques.

Le 18 août, elle écrit : « Je vais devenir folle, mon artiste diabolique…et méchant…Quand je pense

à toi, je pleure sans arrêt…ou je ris d'une joie exaltante…Salut au responsable qui fait semblant de

désirer un triste rubis, dans cet état inquiétant et on ne sait pas pourquoi…Elle est belle la folie,

hein… Je devais en arriver là ?! »

19 août. Il réapparaît pour la réconforter avec l'un de ses appels habiles et excessifs. C'est

justement ces appels qui attisent la flamme encore allumée en elle. Elle lui dit ensuite : «Ce matin, je ne voulais pas t'écrire…mais je t'entends et puis je ne résiste pas…combien j'aurais voulu être aimée comme je t'aime…rationnellement je partirais loin de toi, pour toujours, mais je n'y arrive pas encore… »

« Tu sais, ton carnet recueillera aussi cette dernière série de messages et il s'intitulera « Le carnet de la vérité entre Dino et son rubis affligé »

« Il y a plusieurs années, j'ai enseigné pendant une courte période, à Nettuno, près de la mer. Ce panorama m'enchantait. Un jour, une phrase écrite sur un mur m'avait particulièrement frappée… ' Tu comprendras la valeur des choses chères près de toi, seulement quand tu les auras irrémédiablement perdues… ' ; ça ne m'est jamais arrivé de ne pas reconnaître à temps ce qu'il y a de précieux autour de moi et je ne voudrais pas que ça arrive aux personnes auxquelles je tiens. Ce serait terrible, tu sais…Salut, ma très belle illusion, à demain »

Le 20 août. Elle continue : « Un jour, quand j'étais jeune, un homme amoureux de moi, mais qui savait que je l'aimais pas, m'a offert une vignette dans un cadre, où c'était écrit -- Je t'aime au temps présent, je t'aimerai au temps futur…toi, tu ne m'aimes pas, temps perdu ! -- Peut-être que le moment est arrivé de t'offrir la même vignette… n'est-ce pas, mon beau rêve d'Amour illusoire… ? REPONDS-MOI, un simple OUI suffirait. Sans préjudice pour le reste…les promesses de collaboration pour d'autres choses… ».

Imperturbable, bien qu'il interrompe pendant deux jours ses appels, il continue de l'appeler mais ils parlent de tout et de rien, sans jamais affronter le sujet de ses messages… comme s'il ne les lisait pas, en essayant peut-être de les éviter ! Malgré cela, il arrive toujours, par la répétitivité méthodique de ses mots très tendres pleins d'imprécision…à ne jamais briser le lien invisible, mais solide en même temps, qui l'unit à lui. Cependant, Cinzia est de plus en plus affligée, et elle prépare, toujours plus fâchée, une petite affiche en souvenir de ce passé si proche mais désormais comme un mirage flou…afin de déverser son mal-être persistant. Elle n'aura toutefois pas le courage de la lui envoyer.

TITOLO FILM:"ARCOBALENO E TUTTE LE SFUMATURE DELLA CHAT"

Scena n.1: "Il primo bacio"Data:19.06......

Indirizzo: Via del Paradiso Terrestre(AT)

Sala di registrazione: L'anima di entrambi...

Protagonisti:

Lui, Artista, donnaiolo ammaliatore...(già premio OSCAR):
DINO ARESCA

Lei, ingenua sognatrice, principiante(una delle tante!):
CINZIA RUBINO

Colonna sonora:"Canto del cuore di lei"

Tempo di durata:"Un'eternità..."

Proiezione: UNICA E SENZA REPLICHE...   *Ore:21.00*

Regia e direzione: Dino Aresca

Le 21 août. Elle écrit : « Tu as un si grand intérêt pour moi que tu continues à ne pas lire... Malgré cela, même si je suis très fâchée...tu me manques infiniment et je voudrais que tu sois ici pour te faire des câlins »

Le 22 août matin, il écrit soudain : « Biiiiiises »

Elle est contente : « Bonne journée mon amour »

Ensuite, il l'appelle. Ce sera une longue et intense conversation mais il n'ajoute rien de nouveau à ce qui a déjà été dit. Et, comme tout le monde le sait, lorsque l'on est très amoureux, on ne fait pas attention aux détails, parfois significatifs… Tout de suite après, très enthousiaste d'avoir longuement entendu sa voix, elle lui écrit : « Je suis contente quand je parle avec toi…c'est le seul soulagement pour mon pauvre cœur… J'ai vraiment hâte de te revoir et de pouvoir t'embrasser lentement… alors que mes doigts jouent au piano la mélodie que tu m'as inspiré un jour…mon tendre artiste »

« Tu es une douce symphonie céleste, femme du destin »

Ils s'appellent encore, il décide de la réconforter. Il dit qu'il pense énormément à elle, même s'il ne lui écrit pas. Il répète qu'une fois ses problèmes résolus, ils ne passeront pas plus de deux semaines l'un sans l'autre.

23 août. Elle écrit : « Bonjour, mon enfant timide. Je sais que tu as très peur que quelqu'un puisse tenter de voler ta liberté tellement désirée et acquise…Mais rappelle-toi qu'avec une femme comme moi, ça ne pourrait jamais arriver ! Baisers libres et, comme tu l'as décidé, lointains… Qu'est ce que tu veux y faire Dino, je pense toujours à ce qui me fait mal…Je suis ta penseuse délirante, diabolique et obsessive… ! »

Le même jour, elle décide de lui écrire encore une lettre d'adieu. Continuer de s'appeler et de rêver est une cruauté pire que la solitude, telle une lente amputation, sans lame. C'est une hésitation sur le bord d'un abysse qu'il est impossible d'ignorer, en jouant avec le vertige. Tout autre geste est préférable. Toute autre douleur sera mieux que l'attente de la douleur, en ajout à la douleur même, qui peut- être effacée seulement par un appel ou par un message, comme si c'était de petits pas le long d'un calvaire inéluctable. Destin maudit qui continue de la maltraiter. Un jour lointain, une piémontaise lui avait enlevé son mari et le jour après… un piémontais… lui avait enlevé son pauvre cœur déjà affligé… pour toujours… !

« ENIEME ADIEU »

« Mon tendre Dino. Quand je pense que j'ai tout dit, il manque encore quelque chose… tu sais ce que je pensais, nous concernant… ? Peu de personnes ont la chance de vivre ce sentiment si noble, pur, unique et irremplaçable qui s'insinue en moi et qui y reste pour toujours. C'est ce qui est né en moi, dès que je t'ai vu et entendu… les mots présents dans le dictionnaire ne sont pas suffisants pour l'expliquer, c'est un sentiment qui se trouve au-dessus de toute parole et bien au-dessus du contact physique entre les personnes…

Déjà avant de te connaître, j'ai vécu des mois de sensations incroyables, qui me rapprochaient de toi et qui me faisaient rêver. Je te voyais, je te sentais là, près de moi, comme si tu étais déjà une partie enthousiasmante et touchante de moi-même. Et crois-moi, tout ce que j'ai écrit a toujours été très sincère. Tout ça a été d'une intensité incroyable… Quand je t'ai ensuite rencontré, après avoir tant désiré ce moment, ça a été le couronnement de quelque chose de magique, de mon plus grand rêve, qui s'était déjà réalisé et qui m'avait unie à toi…dès le premier moment !

Désormais, tu vis en moi, en une symbiose merveilleuse mais également tourmentée… Merveilleuse car le fait de penser à toi me fait voler et me feras toujours voler jusqu'au paradis…tant que je vivrai…Tourmentée car la douleur qui est présente en toi, est, par conséquence, présente en moi et j'en souffre énormément. Je souffre énormément quand je ne peux pas t'aider à réaliser tes rêves… Et également tourmentée car je peux vivre avec toi seulement dans mes pensées !

Que puis-je ajouter ? Je sais bien qu'au début, je n'ai été pour toi qu'un simple jeu, celui à la conquête intime d'une nouvelle connaissance féminine… avec tous les stratagèmes bien organisés… ! Je n'arrive pas à t'en vouloir pour autant ! Ensuite, et j'en suis certaine, tu as commencé à percevoir la pureté, la sincérité et l'amour fou qui règnent inconditionnellement en moi. Peut-être qu'à ce moment-là, je suis devenue, même si de manière moindre, un besoin certain de ton âme ; ce sentiment supérieur, qui est au-dessus du désir sexuel, un désir que tu arrives toujours à manifester avec tant de légèreté masculine, avec d'autres femmes…

en trouvant cette satisfaction éphémère, propre à ce moment de plaisir ! Le sentiment que tu as pour moi, bien que précieux, n'a rien à voir avec l'amour, l'amour qui ne te permet pas de vivre sans une personne, qui te coupe le souffle rien qu'à y penser…et surtout, qui est constamment présent en toi, mon tendre Dino, mon éternelle utopie… ? Il est inutile de continuer avec les choses déjà dites et répétées… concernant mon immense amour pour toi ! Je voudrais mettre fin à cette solitude qui me détruit, car moi aussi j'ai besoin d'un peu de chaleur, de sentir des bras autour de moi. Dans mon cœur, dans mon âme, dans mon esprit, la seule personne que je voudrais avoir auprès de moi, ICI, pour l'embrasser, la caresser, la câliner, avec une immense douceur, la rendre heureuse, c'est TOI et uniquement TOI. Dino l'enchanteur, l'émotion inconditionnelle. N'oublie pas, pour chacun de tes rêves réalisés, une lumière intense s'allumera en moi car, je n'en doute pas, je le sentirai…et finalement je te verrai sourire, satisfait. Désormais c'est clair que tu ne viendras plus chez moi. Si tu avais eu envie de me voir, tu m'aurais dit de venir te retrouver chez toi… ! Je commence à penser que tu t'amuses avec moi… Malgré cela, souviens-toi que je serai toujours présente pour toi, même simplement pour t'écouter… bien que l'idée de ne pas pouvoir t'embrasser soit quelque chose de douloureux… C'est pour cela que le moment est arrivé de clore ce cercle vicieux, ténébreux. **J'ai décidé que ce serait mieux que tu ne m'appelles plus, pour moi ce n'est pas…et ça n'a jamais été un jeu ! Peut-être que le jour où j'aurai réussi à ne plus t'identifier comme l'unique amour que j'aurais voulu, le jour où le son de ta voix, après avoir raccroché le téléphone, ne me fera plus pleurer à cause de ton absence, alors j'espère…que ce sera moi qui t'appellerai pour savoir comment tu vas…**

Cette fois, avec l'une de mes poésies…qui n'est pas, pour la première fois, dédiée à toi…je demanderai même au temps de m'aider à t'oublier pour toujours !

Tu te rends compte ? « Je prierai… le temps ! »

Au revoir, **ADIEU**, Mon Amour infini… Et cette fois, je DOIS Y ARRIVER ! Bonne chance

Ton  **…………………….pour toujours…**

Et voici la poésie née de sa résignation définitive et de sa renonciation consolidée…

Titre *:* « *PRIERE AU TEMPS* »

Cette fois, au temps je m'adresserai…

Dernier recours de mon âme :

« Toi seulement tu peux, si tu le voudras…me faire descendre de ce sommet.

Crêtes atteintes, jamais plus convoitées

J'étais en extase dans cette jouissance

Pure émotion d'AMOUR VRAI

Mais cela ne pouvait pas être pour moi…

COUP DE THEATRE : 25 août, il l'appelle et l'impensable arrive… Elle ne s'attendait désormais plus à cela de sa part ! Malgré sa lettre, il lui demande si elle pourrait vraiment déménager pour un an à Asti… Elle n'en croit pas ses oreilles, DINO ARESCA, le plus grand rêve de sa vie…le seul homme qui l'a fait voler, dans le ciel le plus infini d'émotions jamais ressenties jusqu'à lors. L'homme pour lequel elle a ressenti pour la première fois une intense joie, lui demande de déménager, là où il vit ! Elle se pince pour être certaine qu'elle n'est pas en train de rêver, que tout cela est réalité.

Il insiste et elle, incrédule, mais obligée de le croire… lui répond qu'elle pourrait le faire, évidemment, mais qu'elle devrait remplir tout de suite la demande d'affectation provisoire qui expirait le lendemain. Elle lui dit qu'elle avait vu à Asti un petit paradis où elle aurait pu habiter : le petit appartement de rêve de sa nouvelle amie Laura, qui était à Villa, un quartier d'Isola d'Asti. Elle le décrit et elle imagine déjà que ce serait merveilleux qu'ils se rencontrent là-bas… Elle lui répète qu'elle s'occupera de lui et qu'il se sentira bien avec elle. Elle voudrait construire une vraie oasis de paix pour lui, dans le désert de ses luttes quotidiennes. A chaque fois qu'il aurait besoin de se reposer et de trouver un peu de confort, de contact humain et spirituel, elle serait là, toujours prête pour lui, pour accomplir son devoir, le plus plaisant de sa vie : celui de pouvoir l'aimer, et d'avoir en échange, même pour seulement un instant, son Amour, sincère, son affection et d'autres petites choses très tendres…

Dino lui dit alors de se dépêcher d'effectuer toutes les démarches nécessaires pour la mutation. Cinzia est heureuse comme jamais auparavant et elle accepte tout ce qu'il lui demande et elle lui montre, par email, les photos du petit appartement. Il lui plaisait tellement et elle avait pu, grâce à sa propriétaire, le prendre en photo…

De son rêve ...ici encore un peu flou, pour arriver à la réalité splendide qu'il lui avait souvent promis...Regardez la photo suivante !

25 août, il écrit enfin : « Douce sensualité d'un doux rubis qui, de par sa lumière, illumine mon âme, mon tendre amour »

C'est lui qui a prise cette photo, pour elle, qui ne désirait rien de plus que d'être immortalisée pour toujours, sur une photo, blottis l'un contre l'autre... !

Voilà l'entrée de l'appartement dans lequel elle créera leur nid d'amour…à chaque fois qu'il désirera la voir…

Entrée. L'étoile, devant la porte, dérive d'un effet optique recherché, car en réalité, cette étoile est suspendue au-dessus de l'escalier… C'est l'étoile de leur union, qui brillera pour toujours là-haut, dans le BLEU de la foi immense de notre rubis.

Séjour – cuisine. Va savoir combien de bons petits plats elle lui préparera...

 et probablement avec beaucoup de romarin frais, qu'il aime tant...

Cet appartement est un vrai petit trésor, rien ne manque, grâce à l'amour

 avec lequel la propriétaire Laura l'a meublé...

Petit salon délicieux. Cette couleur rose est si délicate. Son amie Laura lui a raconté qu'elle a fait elle-même cette couverture, avec de vieux rideaux qu'elle conservait depuis longtemps, car elle ne jette rien, et avec une grande patience et des mains habiles, elle les transforme en de magnifiques objets...à réutiliser !

La chambre chaleureuse, avec vue sur la petite rue. Rubis n'ose même pas

imaginer la joie, pour ne pas dire autre chose… qu'elle éprouvera dans ce

lit avec son incroyable rêve d'amour tant désiré…

"E vissero x sempre felici
e contenti.....

Melissa, qui a appris à très bien utiliser les couleurs pastels...lui a
demandé de pouvoir dessiner Dino et Cinzia ensemble et avec plein....de
cœurs !

Petite fenêtre de la chambre, avec vue sur le panorama magnifique. Elle pense que quelquefois, ils regarderont par cette fenêtre, tendrement serrés l'un contre l'autre…. dans une quiétude et une sérénité totale….

Entrée de l'appartement du jardin. Il ne manque rien dans ce petit trésor :

ils pourront jouir également de ce petit jardin très romantique, pour

passer un peu de temps simplement en se regardant dans les yeux et en

discutant agréablement : c'est une chose qui lui manque et qu'elle

aimerait tellement...

Dans deux mois, ils commenceront à se rencontrer ici, dans ce petit appartement qui semblait être apparu dans de nombreuses narrations de Cinzia !

Et ce fut ainsi que, comme dans presque toutes ses petits contes… *« Ils vécurent pour toujours (mais attention…) ensemble, heureux… ! »*

Mes amis lecteurs…allez savoir ce qui se passera encore entre les deux chers protagonistes de cette histoire, qui a débuté grâce à un …ARC-EN-CIEL… et à toutes les nuances d'un simple tchat… dans lequel elle a enfin trouvé le VRAI AMOUR, celui qui ne s'éteindra jamais et qu'elle désirait depuis toujours, avec son ' ange du plaisir… ' adoré : son tendre DINO.

A bientôt mes chers lecteurs...saluons maintenant nos deux romantiques d'antan...du moins pour l'instant...

L'AMOUR, L'AMOUR VRAI…EXISTE…VOUS DEVEZ Y CROIRE, MES AMIS…ET VOUS NE DEVEZ JAMAIS CESSER DE LE CHERCHER, CAR VOUS VERREZ…QUE BIENTOT… IL SE PRESENTERA A VOUS… !

En privant **l'ARC-EN-CIEL** de toutes ses couleurs, il y aura un revers de la médaille pour cette histoire… Et si notre histoire ne s'était pas bien terminée ? Quel sens aurait eu tout ce qui a été écrit jusque maintenant… ? Il vaut mieux s'arrêter là… ! C'est un conte et il ne pouvait avoir qu'une belle fin… je vous laisse réfléchir sur ce qui aurait pu se passer autrement…et également sur la morale conséquente…

Toute ressemblance avec des faits réels n'est que pure et simple coïncidence. Aucun fait réel n'est raconté à part ce qui concerne Tiziana Rubino et, en partie, en ce qui concerne la séparation de l'auteure. Les deux protagonistes de ce roman vivent une profonde amitié indélébile. Le reste a été inventé par l'auteure grâce à la collaboration précieuse et efficace de l'artiste Dino Aresca, très apprécié de l'écrivaine, qui a accepté la publication d'une partie de ses œuvres artistiques et littéraires avec les descriptions relatives.

Un grand merci à l'expert en informatique Fabrizio Delle Femine, pour sa collaboration à titre gratuit. Grâce à ses compétences techniques et informatiques, il a aidé l'écrivaine à utiliser aisément l'ordinateur.

Merci à Laura de la chambre d'hôte « Le Querce », situé à Isola di Asti, pour son hospitalité adorable et pour avoir autorisé l'écrivaine à photographier les lieux magnifiques où elle résid.

Je remercie Isabelle l'Haridon qui a traduit ce roman en langue francaise, à titre gratuit.

Une pensée **PARTICULIERE** pour la sœur de l'écrivaine, **Tiziana Rubino**, dont l'auteure a constamment senti la présence : elle est partie intégrante de ce roman. Et encore, un dernier et profond **REMERCIEMENT aux PARENTS de Cinzia**, qui lui ont transmis les secrets fondamentaux de la paix intérieure et du bonheur : **HUMILITE, GENEROSITE et FOI PROFONDE**, en étant eux-mêmes un exemple, en lui apprenant à ne pas tenir compte de tout le mal que l'on reçoit souvent, injustement… **car le Mal, n'apporte que le Mal !** Ils l'ont incitée à pardonner la méchanceté humaine…. Car, en fin de compte, c'est seulement à **Notre Seigneur** que l'on rendra compte…

Et maintenant, NOTRE CHER ARTISTE DINO, nous saluera en offrant avec sympathie, à toutes les femmes à la recherche de l'AMOUR… une belle rose rouge ! A côté, de nouveau Cinzia et ses rêves… Et enfin, un dessin de la petite Melissa, où il lui a été demandé de représenter Dino. Désormais le temps a passé, Melissa a grandi, elle arrive à dessiner une figure entière et même à signer ! AU REVOIR MES CHERS LECTEURS et j'espère que l'on se reverra BIENTOT… !!!!!!!

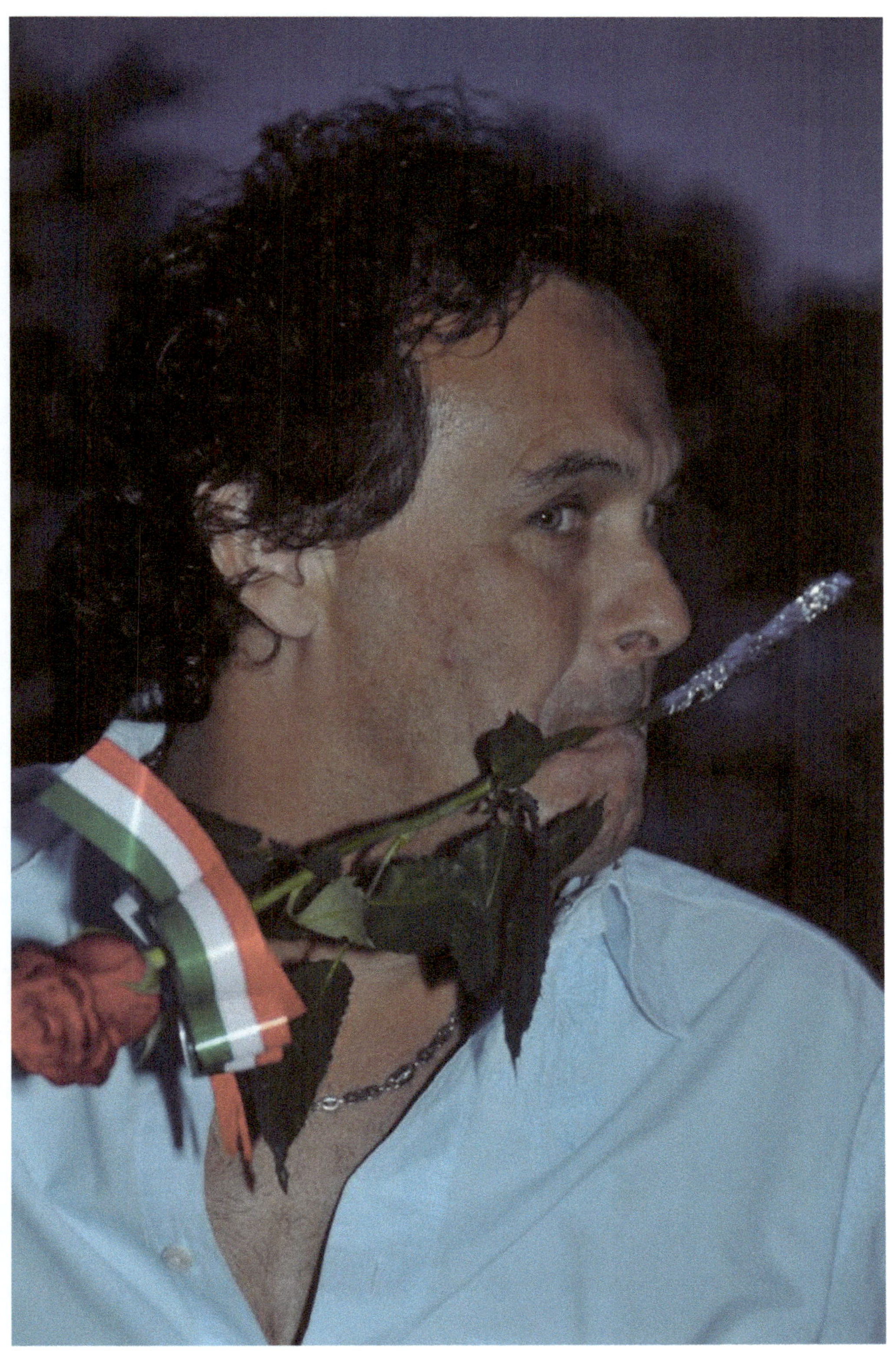

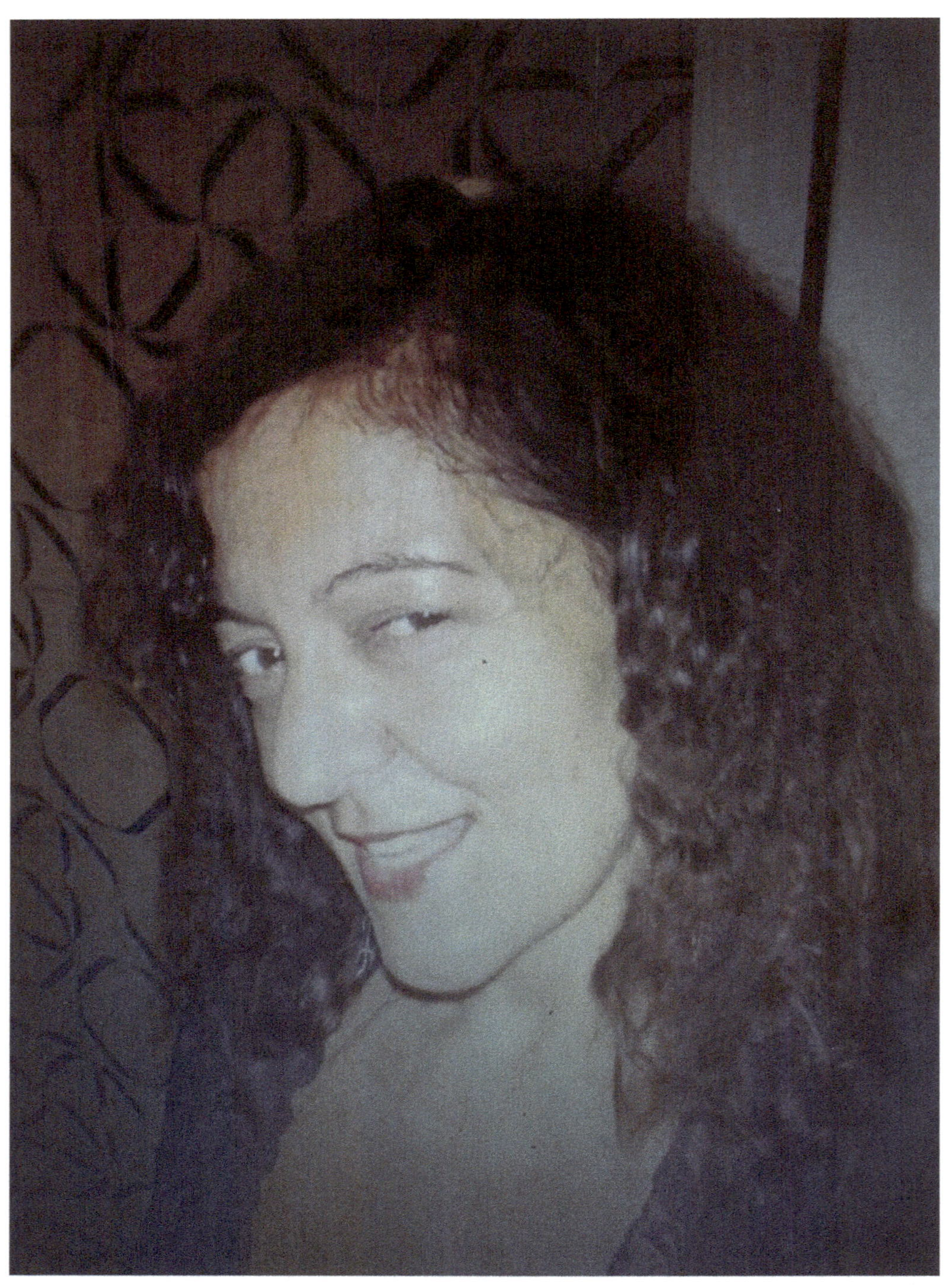

Vive l'amour! Et souviens-toi... *DINO,* **mon tendre** *ARC-EN-CIEL,* *certaines histoires... ne pourront jamais finir!*

Dino représenté...par MELISSA.

Titre Arc-en-ciel et toutes les nuances du tchat

Auteure Cinzia Rubino

ISBN 978-88-91187-19-2

Youcan print Self-Publishing

Via Roma, 73 – 73039 Tricase (LE) – Italy

www.youcanprint.it

info@youcanprint.it

Facebook: facebook.com/youcanprint.it

Twitter: twitter.com/youcanprintit

Imprimé au mois de novembre 2015

pour le compte de Youcanprint self – publishing

Finito di stampare nel mese di Dicembre 2015
per conto di Youcanprint *self - publishing*

www.ingramcontent.com/pod-product-compliance
Lightning Source LLC
Chambersburg PA
CBHW041207100726
47911CB00017B/889